**Das Buch**

Sein dritter Fall führt Léon Duval, den Kommissar aus Cannes, auf die Insel Sainte-Marguerite. In der Bucht unmittelbar vor der Stadt gelegen, ist sie ein beliebtes Naherholungsgebiet und im Sommer pendeln die Fähren unablässig zwischen Cannes und dem kleinen Inselhafen hin und her. Doch inzwischen ist es Herbst geworden, ein Sturmtief liegt über der Bucht, als auf einer Jacht im Hafen von Sainte-Marguerite ein Matrose ermordet aufgefunden wird. Duval und sein Ermittlungsteam machen sich an die Arbeit. Bald wird jedoch der Fährverkehr eingestellt und Duval führt die Ermittlungen vor Ort allein weiter. Er kommt im Forsthaus unter und zum Glück gibt es im Inselrestaurant eine hervorragende Köchin. Doch nicht nur das Wetter ist stürmisch, auch der Mordfall entwickelt sich turbulent, und privat bewegt sich der Kommissar auch nicht unbedingt in ruhigem Fahrwasser.

**Die Autorin**

Christine Cazon lebt mit ihrem Mann und zwei Katzen in Cannes. »Stürmische Côte d'Azur« ist ihr drittes Buch mit Kommissar Léon Duval.

**Weitere Titel bei Kiepenheuer & Witsch**

»Mörderische Côte d'Azur«, KiWi 1376.

»Intrigen an der Côte d'Azur«, KiWi 1429.

KiWi
1469

Christine Cazon

# Stürmische Côte d'Azur

Der dritte Fall für
Kommissar Duval

Kiepenheuer
& Witsch

Der vorliegende Roman spielt in Cannes und auf seiner vorgelagerten Insel Sainte-Marguerite. Stadt und Insel und manche der beschriebenen Orte sind reell und haben mich zu der vorliegenden Geschichte inspiriert. Die Handlung des Romans ist fiktiv und die darin vorkommenden Personen, ihre beruflichen und privaten Handlungen und Konflikte sind ebenso frei erfunden. Jegliche Ähnlichkeit mit lebenden oder realen Personen wäre rein zufällig und ist nicht beabsichtigt.

MIX
Papier | Fördert gute Waldnutzung
FSC® C083411

6. Auflage 2022


*Umschlaggestaltung* Barbara Thoben, Köln
*Umschlagmotiv* © Gulliver Theis/laif
*Foto der Autorin* © Stéphanie Melber
*Karte* Oliver Wetterauer
*Schrift* Scala Pro und Copperplate Gothic
*Satz* Wilhelm Vornehm, München
*Druck und Bindung* CPI books GmbH, Leck
*ISBN* 978-3-462-04883-4

Aux Amis des Îles

*Cris de mouette, signe de tempête.*

FRANZÖSISCHES SPRICHWORT

*Les marins croient en Dieu.*
*Quand on est tout seul en mer, c'est bien plus facile de croire.*

FLORENCE ARTHAUD, Paris Match, 25 mars 1993

# 1

Es regnete immer noch. Eintönig, nicht enden wollend, monoton. Am frühen Abend des Vortags hatte es begonnen und seither nicht nachgelassen. In der Nacht war auch noch Wind aufgekommen. Alice zog unter der Decke die Schultern zusammen und rollte sich ein. Es war kalt geworden. Aber vielleicht war es auch nur ihre Müdigkeit, die sie frösteln ließ. Die halbe Nacht hatte sie wach gelegen, immer wieder hatte sie in das stete Rauschen des Regens gelauscht und den Nachrichteneingang ihres Mobiltelefons überprüft. Gegen Morgen war sie schließlich kurz eingeschlafen, aber schon bald war sie wieder aufgeschreckt. Ihr Herz klopfte und sie lauschte in die Stille des Hauses. Sie stand auf und blickte aus dem Fenster, aber von hier konnte sie außer den ausladenden Baumkronen der Pinien, die sich ächzend im Wind bewegten, nicht viel sehen. Ohne Licht zu machen, zog sie sich an und verließ leise das Forsthaus. Drei Möwen flogen laut kreischend über sie hinweg. Eilig lief sie über die matschig gewordenen Wege zum kleinen Bistro am Fähranleger, es schmatzte und knirschte unter ihren Füßen und im Nu waren ihre Turnschuhe durchnässt, der Regen trommelte ihr auf den Kopf, sie hatte ihn tief in der Kapuze ihres Pullovers verborgen. Vorsichtig öffnete sie das Tor, gerade so weit, dass sie hindurchschlüpfen konnte, ohne dass es anfing zu quietschen. Sie tastete mit klammen, nassen Fingern nach dem Schlüssel unter einem der Blumentöpfe und schloss leise die Tür auf. *Le Bistro de la Guerite* stand auf einer Holzplanke, die über der Eingangstür hing. Im Bistro zog sie eilig den kleinen Gasofen aus der Ecke und presste mit einer Hand den knatternden Anzünder, während sie mit der anderen gleichzeitig am Thermostat drehte. Wie durch ein Wunder sprangen diesmal alle drei Heizfelder an. Sie atmete auf und kauerte sich einige Sekunden vor die wohlige Wärme. Dann heizte sie die Kaffeemaschine auf, sie lechzte nach einer großen Tasse frischen heißen Kaffees. Sie hoffte, dass Regen und Wind die Geräusche im Bistro dämpften, keinesfalls wollte sie Pascal, der in einem Anbau neben dem Bistro schlief, mit dem dröhnenden Gebrumm und Gezische der Kaffeemaschine wecken. Ihren ersten Kaffee und die erste Zigarette nahm sie gern allein und in aller Ruhe ein. Sie mochte noch nicht sprechen, und schon gar nicht wollte sie von Menschen umgeben sein, die ihr auf die Nerven gingen. Pascal ging ihr zunehmend auf die Nerven. Sie setzte sich mit dem Kaffee an die Fensterfront, drehte sich eine Zigarette, zündete sie an und zog daran. Dann öffnete sie eines der Fenster einen Spalt weit und blies den Rauch hinaus: Es war ihre Variante des »draußen« Rauchens, wenn sie alleine war. Sie seufzte und zog noch einmal tief an der Zigarette. Zeit, den Abflug zu machen, dachte sie.

Ein Sommerjob als Surflehrerin hatte sie auf die Insel gebracht und sie hatte die langen sonnigen Sommermonate hier verbracht. Wie in einem Traum hatte sie sich anfangs hier gefühlt, geborgen und seltsam fern von allen drängenden Fragen und Weltproblemen. Grün und lieblich war die Insel, stundenlang war sie immer wieder die kleinen Wege abgelaufen, ohne sie sattzuhaben. Beinahe täglich hatte sie sich auf die schroffen Klippen auf der Südseite gesetzt und hinaus aufs Meer gesehen. Wie hatte sie es genossen, wenn die Schwärme von Tagesausflüglern abends mit der letzten Fähre wieder verschwunden waren und die Schreie und das Geplapper der Cannoiser Schulkinder im Fort langsam verstummten, bis es endgültig still wurde auf der Insel. Wie wundervoll war es gewesen, im sanften Abendlicht zu schwimmen und dabei den dahingleitenden Möwen zuzusehen. Es war unglaublich, dass nur einen Steinwurf entfernt von Luxus und Eitelkeiten der Côte d'Azur diese kleine, fast unberührte Insel existierte, die sich trotz des Touristenansturms bislang gegen alle modernen Errungenschaften behauptete. Hier gab es nichts. Nur einen Kiosk, der aber nicht einmal Souvenirs verkaufte, sondern nur ein Minimum an Sandwiches, Eis und Getränken anbot, daneben ein paar kleine Häuschen, die ausschließlich im Sommer bewohnt waren, das alte Fort, in das ein Museum integriert war und ein paar Hütten, in denen Naturschützer in großen Aquarien etwas von der Meeresfauna und Flora zeigten. Das Forsthaus natürlich und die Segelschule, wo man den Schulkindern bei ihrem Inselaufenthalt die Anfänge des Segelns und des Surfens beibrachte. Nicht zu vergessen das Bistro.

Sie hatte den Sommer über mit den wechselnden Kindergruppen und den anderen Surf- und Segellehrern in den ehemaligen Kasernen im Fort gewohnt. Aber nun war die Saison vorbei. Die Schlafsäle und die Großküche waren geschlossen. In der Segelschule lagen die Boote an Land, die Surfbretter waren in den Hallen verstaut und Nico, Jérôme und Julien waren aufs Festland gefahren und bereiteten sich auf ihre Wintersaison als Skilehrer vor. Jérôme. Kurz dachte sie an ihre Sommerliebe. Auch er war gegangen. Aber sie hatte bleiben wollen. Gegen etwas Mithilfe in Haus und Garten des Forsthauses hatte Philippe ihr angeboten, kostenfrei dort zu wohnen. Aber Philippe war ein Spinner mit seinen Bienen und seiner asketischen Lebensweise. Letztlich reduzierte sich die Mithilfe bei ihm auf einen Putzjob und sie hatte es bald sattgehabt. Pascal vom Bistro hatte ihr später ebenso gegen Mithilfe angeboten, umsonst bei ihm zu essen. Aber auch die Hilfe im Bistro war weniger spannend als erhofft und sie mochte es immer weniger, wie Pascal sie herumkommandierte.

Es war deutlich weniger amüsant auf der Insel nur mit Pascal und Philippe. Und langsam spürte sie auch die Enge. Inzwischen kannte sie jeden: René und Lionel, die Angestellten der Gemeinde, die den Müll abfuhren, sie kannte Jocelyne, Sévérine, Thomas und Patrick, die sich den Dienst im Museum teilten und sie kannte die immer gleichen Sprüche des alten Damien und der wenigen Menschen, die hier den Sommer über in den kleinen Häuschen lebten. Sie hatte die Ankunftszeiten der Fähren im Kopf, die jeden Tag Hunderte von Tagesausflüglern auf die Insel ausspuckten und jeden Tag sehnte sie noch mehr den dreimaligen Hupton der letzten Fähre herbei, mit der sie endlich alle wieder von der Insel verschwanden. Jeden Tag aufs Neue. Immer das Gleiche. Nein, sie konnte nicht bleiben. Manchmal wünschte sie auch, es würde sich etwas ändern. Das Herumziehen war anstrengend. Aber bislang hatte sie noch nicht gefunden, was sie suchte. Noch nicht.

Alice nahm hin und wieder einen Schluck Kaffee, rauchte und blies den Rauch aus dem Fensterspalt hinaus. Von hier konnte man normalerweise die Boote am Steg liegen sehen. Aber noch sah sie nur Regen und tief hängende Wolken. Der Tag begann zögerlich, es dauerte heute lange, bis sich der Nebel hob und die Umrisse der Boote sichtbar wurden.

Sie sah erneut auf das Display ihres Mobiltelefons. Keine Nachricht. Aber die *Zephyr* lag noch genauso da wie gestern, ebenso die anderen drei Boote, die in den letzten Tagen angekommen waren. Nichts schien sich dort zu rühren. Die *King II*, eine klobige weiße Jacht, wartete seit zwei Tagen auf ein Ersatzteil und ihr Besitzer, ein bärtiger Muskelprotz mit schwerer Goldkette, brüllte deswegen ununterbrochen wütend in sein Mobiltelefon, während er die kleine Inselstraße auf und ab lief. Auf der kleinen Motorjacht schliefen die Brüder Michelet vermutlich ihren Rausch aus. Und auch auf der schicken Segeljacht *Melodie* der Familie aus der Schweiz rührte sich noch nichts.

Die *Zephyr* hatte gestern angelegt. Ein Zweimaster, eine 24-Meter-Ketsch, ein edles altes Holzsegelschiff von 1914, das James Longley 2001 zu einem lächerlich geringen Preis, aber in desolatem Zustand von einem Kanadier erworben hatte. Das Schiff war in seinem bewegten Leben durch die Hände mehrerer Eigner gegangen und immer wieder umgetauft worden. Longley hatte es für eine exorbitante Summe in jahrelanger Arbeit originalgetreu instand setzen lassen und ihm seinen ursprünglichen Namen zurückgegeben: *Zephyr*. Den Innenausbau hatte man deutlich und luxuriös modernisiert, immer darauf bedacht, den Stil des Schiffes nicht zu verändern. Die neu gestalteten Kabinen waren bis ins kleinste Detail durchdacht und verfügten jede über eine separate Nasszelle mit Bordtoilette. Nun konnte der alte Segler mit dem Komfort jeder modernen Segeljacht mithalten. Die betuchte englische Familie Longley, die ihre Sommer in einer Ferienresidenz im noblen Viertel *La Californie* in Cannes verbrachte, bediente sich ihrer hin und wieder, um einen Ausflug zu verborgenen Buchten zu machen. Nur selten gönnte sich James Longley das Vergnügen, mit einer angeheuerten Crew an einer Regatta teilzunehmen. Die meiste Zeit lag die stattliche Jacht nur im Hafen von Cannes. Eine Schande, dachte Jean-Louis Théolien, dass so ein fantastisches Schiff Menschen gehörte, die es nur für banale Bade- und Picknicktörns nutzten. Aber Ira Longley wurde schon bei der kleinsten Welle seekrank, sodass sie immer nur hinausfuhren, wenn der Wind gerade noch das Segeln zuließ. An einer Regatta hatten sie schon lange nicht mehr teilgenommen. Er würde mit der *Zephyr* die Welt umsegeln, aber die *Zephyr* war nicht sein Schiff, auch wenn er es nach all den Jahren, die er schon für die Longleys arbeitete, beinahe als seines betrachtete. Für dieses Jahr hatte Théolien seinen Dienst als Skipper beendet. Seine Auftraggeber waren gestern Morgen Richtung London zurückgeflogen. Théolien hatte sich und seiner Crew einen kurzen sportlichen Ausflug gönnen wollen, bevor er die *Zephyr* für eine kleine Revision nach La Ciotat zu einer Schiffswerft brachte. Aber der einsetzende Regen und Sturm hatte ihnen einen Strich durch die Rechnung gemacht, sodass sie, um wenigstens das Ambiente zu wechseln, am äußersten Ende des Stegs der Insel Sainte-Marguerite angelegt hatten, dort, wo es gerade noch tief genug war für einen Segler seiner Klasse. Den Abend hatten sie im Bistro verbracht und mal wieder mehr getrunken, als ihnen guttat. Das dachte Théolien zumindest, der nur mühsam zu sich kam. Er drehte seinen muskulösen Körper mehrfach hin und her und stöhnte dabei. Er fühlte sich schwer und unbeweglich. Es kostete ihn einige Anstrengung, die Augenlider zu öffnen. Der Mund war trocken, sein Hals war rau, vermutlich hatte er wieder die ganze Nacht auf dem Rücken gelegen und geschnarcht. Er löste mühsam die Zunge, die ihm am Gaumen klebte, alles fühlte sich dick und klebrig an. Wir müssen los, dachte er, aber noch konnte er sich nicht regen. Langsam setzte er sich auf. Es kostete ihn Kraft und er atmete schwer. Du bist auch keine zwanzig mehr, Alter, dachte er und versuchte sich an den gestrigen Abend zu erinnern. Sie hatten erzählt, getrunken, gelacht, mit der Kleinen im Bistro gescherzt, Karten gespielt und immer wieder hatte einer eine Runde ausgegeben. Was sollte man auch sonst tun, im Regen auf der Insel? Die anderen Bootsbesitzer waren ebenfalls da. Die Männer zumindest. Nicht die Schweizer Familie, natürlich, denen war es wohl zu derb gewesen. Madame hatte mit ihrem Sohn in aller Eile gegessen und war bald wieder auf ihr Boot zurückgekehrt. Aber ihr Skipper war auch im Bistro gewesen. Alle hatten sie ein Auge auf die Kleine geworfen. Wen hatte sie wohl erhört? Er hatte irgendwann begriffen, dass er das Rennen nicht machen würde. Das Lächeln, das sie ihm schenkte, war nur eines, das sie allen Männern schenkte, wenn sie noch etwas zu trinken bestellten. Lächerlich war er sich plötzlich vorgekommen und irgendwann war er gegangen. Spät immerhin und er hatte ordentlich geladen. Die Scham, als er erkannte, dass er zu alt war für das Balzen um ein junges Mädchen, hatte ihn noch schnell den einen oder anderen Rum abkippen lassen. Er erinnerte sich nicht, wie er in seine Kabine gekommen war. Er versuchte aufzustehen. Oh, là, là. Er stöhnte. Zu viel getrunken hatte er. Das war sicher.

»Jungs, wir müssen los!«, rief er, aber seine Stimme hatte fast keine Kraft. Er räusperte sich und rief nun noch einmal lauter und mit rauer Stimme: »Heeho, ihr faulen Säcke, los raus, wir müssen los!«

Keine Antwort. Er tappte schwerfällig zur benachbarten Kabinentür und sein nackter Fuß stieß an einen metallischen Gegenstand, der daraufhin über den hölzernen Kabinenboden glitt. Er bückte sich mühsam, betrachtete ihn, hob ihn auf und steckte ihn in seine Hosentasche. Es war sein Talisman. Ein Amulett des Heiligen Nikolaus, das er immer bei sich trug. Hatte er es in der Nacht verloren? Warum? Er erinnerte sich wirklich an gar nichts mehr. *Eieiei,* stöhnte er leise. Der Tag nach einem Besäufnis ist nicht schön.

»Los Jungs! Wir müssen ...«, rief er erneut, öffnete die Tür zur kleinen Kabine gegenüber und blieb überrascht stehen. Er zog die Augenbrauen hoch. Es war halb dunkel in der kleinen Crewkabine und es dauerte einen Moment, bis er begriff, was er sah. Er konnte nur einen der Jungs ausmachen, der quer auf der unteren Koje lag. Der andere wird bei Alice gelandet sein, dachte er und näherte sich dem noch schlafenden jungen Mann. »He, Lanvalle«, sagte er mit unsicherer Stimme. Der Mann war völlig angezogen. Er lag auf dem Bauch und hatte seinen Kopf im linken Arm verborgen. Théolien sah das blonde lockige Haar und erkannte seinen Fehler. »He, Frénet«, sagte er jetzt. Denn es war Sébastien Frénet, der auf Lanvalles Koje lag. Aber wo war Pierre Lanvalle? Die obere Koje war leer. War Lanvalle etwa schon an Deck? Aber Sébastien Frénet rührte sich immer noch nicht. »Du hast auch zu viel gesoffen, mein Guter, aber jetzt ist die Nacht rum, hopp, los.« Théolien war jetzt ungeduldig und machte zwei Schritte auf den schlafenden Mann zu, der sich nicht rührte und rüttelte ihn an der Schulter. Erschrocken hielt er inne und fluchte: »*Merde*, was ist das denn für ein Dreck?« Sein nackter Fuß war wieder gegen etwas gestoßen – diesmal war es kalt, fettig und glitschig, beinahe wäre er darauf ausgerutscht. Er betrachtete irritiert seinen Fuß, der voller

Blut war und dachte verwundert, dass er sich geschnitten haben müsste, um derart zu bluten. Er verspürte dabei gar keinen Schmerz, aber er blutete stark, das Blut war überall, eine riesige Pfütze hatte sich in der Mitte des Raumes gesammelt, genau da, wo er jetzt stand. Dann begriff er und schrie nun den Namen des Mannes, während er gleichzeitig an ihm zog, um ihn umzudrehen: »Frénet, oh mein Gott, Frénet!« Der Körper des jungen Mannes war leblos und hatte bereits begonnen sich zu versteifen. In dem wenigen Morgenlicht, das durch das Bullauge fiel, sah er ein erschreckend weißes blutleeres Gesicht. Der Körper war kalt. Frénet hatte Blut am Kinn, es klebte in seinem Dreitagebart, am Hals, auf der Brust, überall Blut, sein hellblaues Poloshirt war über den Bauch hochgerutscht und getränkt von Blut. Théolien sah eine grässliche Wunde auf dem Bauch, aus der all das Blut geflossen war. Er starrte darauf und hatte es jetzt begriffen, endlich, Sébastien Frénet war tot.

Er wich zurück und fluchte. So etwas hatte ihm gerade noch gefehlt. »Lanvalle!«, brüllte er nun. »LANVALLE!« Aber niemand antwortete ihm. Wo war dieser Kerl abgeblieben? War er schon weg? Vermutlich war er gar nicht heimgekommen. Oder wie sonst sollte man es sich erklären, dass er aus der Kabine verschwunden war, ohne Alarm zu schlagen?

Théolien rief ihn dennoch immer und immer wieder mit einer Stimme, die sich beinahe überschlug, und riss wild die anderen Kabinentüren auf: »LANVALLE!« Schließlich gab er es auf. Er war allein mit dem Toten und hörte nur das regelmäßige Prasseln des Regens auf dem Deck. Er schwang sich den Niedergang hinauf und zog energisch die Luke auf. Er steckte den Kopf hinaus und schrie noch einmal nach Lanvalle, als ihm eine Regensalve entgegenpeitschte. Er taumelte zurück und hustete. Der Regen hatte ihn durchnässt, das Wasser troff von ihm bis hinunter zu seinen noch immer nackten, blutbesudelten Füßen. Das Blut von Frénet. Théolien wurde bewusst, dass er immer noch barfuß war. Trotzdem steckte er noch einmal den Kopf hinaus und warf einen Blick über das Deck, aber es war leer, entsetzlich nackt und leer, nur der Regen prasselte unablässig darauf.

In seiner Kabine trocknete er sich ab, riss die neongelbe Regenjacke vom Haken, nahm seine Stiefel in die Hand und noch während er den zweiten Arm in die Ärmel seiner Jacke steckte, war er wieder an Deck geklettert. Er rief nun nicht mehr nach Lanvalle und auch nach niemand anderem. Sein Gesicht war angespannt und sein Blick war dunkel. Zwei Männer hatte er bis gestern an Bord gehabt, nun war einer tot und der andere verschwunden. Und er, der Skipper und Verantwortliche, hatte währenddessen geschlafen, tief und fest geschlafen und nichts davon bemerkt, weil er sich besoffen hatte wie ein Idiot. Schöne Scheiße. Théolien zog seine Stiefel an, sprang mit einem Satz von Bord, lief über den Steg und suchte dabei am Ufer mit den Augen ein eventuelles Zeichen von Lanvalle. Im Bistro war Licht und er sah leichten Rauch aus dem Schornstein steigen. Vielleicht war er bei Alice geblieben? Von Weitem sah er die Silhouette eines Mannes, der aus dem Bistro kam. War es Lanvalle? Nein, er glaubte vielmehr die massige Figur des Besitzers der *King II* zu erkennen, der sich entfernte.

Pascal Moriani, der Wirt, stand trotz des Regens unbeweglich vor dem Eingangstor des Bistrogeländes und sah ihm schon von Weitem entgegen. Er rauchte einen seiner Zigarillos.

»*Bonjour* Käpt'n, na, wieder unter den Lebenden?«, grüßte er ironisch.

Théolien sah ihn finster an und antwortete nicht.

»Siehst aus, als sei dir ein Gespenst begegnet«, scherzte der Wirt nun, und fügte, als er den düsteren Blick des Skippers sah, ein fragendes »Alles klar, Käpt'n?« hinzu.

»Nichts ist klar. Ich wünschte, es wäre nur ein Gespenst gewesen.« Er krächzte es nur. Théoliens Stimme war vom vielen Schreien gebrochen.

In dürren Worten berichtete der Skipper dem Wirt von seinem grausigen Fund. Pascal Moriani hörte ihm schweigsam zu und verzog keine Miene. »Schöne Scheiße!«, war sein ganzer Kommentar. Er dachte nach. »Hast du die Polizei schon benachrichtigt?«, fragte er nun.

Théolien schüttelte stumm den Kopf. Er kam sich wie ein Idiot vor. Nicht einmal daran hatte er gedacht.

»Willst du, dass ich sie anrufe? Oder willst du ...?« Der Wirt sah den Skipper fragend an.

Der schüttelte apathisch den Kopf. »Mach ruhig.«

So wurde die Polizei verständigt. Danach saß Théolien im Bistro am Tresen und schlürfte seinen Kaffee. Er hing seinen Gedanken nach. Wo war nur dieser Lanvalle abgeblieben?

»Alice ist wo?«, fragte er den Wirt des Bistros.

»Keine Ahnung. Sie verschwindet immer mal. Raucht oder telefoniert. Wird schon wieder auftauchen.«

Wie auf ein Zeichen öffnete Alice in diesem Moment die Tür, schob die Kapuze ihres Pullovers vom Kopf und schüttelte ihre dunklen kurzen Locken.

Théolien starrte sie an. Sie war blass und hatte tiefe Augenringe. Sie verstaute ein kleines Päckchen Tabak in ihrer Tasche, ging dann wie selbstverständlich hinter den Tresen und begann automatisch die herumstehenden Gläser und Tassen zu spülen.

Sie blickte zu Théolien. »Katerstimmung?«, fragte sie spöttisch.

Théolien sah sie stumm und eindringlich an.

»Stimmt was nicht?«, fragte sie jetzt und in ihr stieg eine leichte Nervosität auf.

Der Skipper blickte sie nur weiterhin stumm an. Alice sah unruhig von ihm zum Wirt. »Was ist los?«

»Alice ...«, begann der Wirt langsam und brach dann ab.

Sie spürte, wie eine leichte Panik ihren Nacken hinaufkroch. »Wollt ihr mir vielleicht sagen, was los ist, verdammt noch mal?«

»Einer der Jungs von Théolien ...«, ergriff der Wirt erneut das Wort, »nun ... Théolien hat ihn in seiner Kabine gefunden ... er ist tot.«

»Was?« Sämtliche Farbe war nun aus ihrem Gesicht gewichen. Sie atmete kaum noch und lehnte sich an die Wand. Ihre Augenlider flatterten. »Oh mein Gott, wie furchtbar, wie ...« Sie stockte. Dann sah sie Théolien an. »Welcher ist es?«

»Frénet.«

»NEIN!« Sie schrie es. »Nein, nein, nein. Nein! Oh mein Gott, nein ...«

»Beruhige dich, Alice.« Der Wirt versuchte sie in den Arm zu nehmen, aber sie wand sich heraus.

»Lass mich!«, zischte sie ihn an.

»Was ist passiert?«, fragte sie Théolien, ihre Stimme zitterte, sie suchte mit zitternden Händen nach dem Tabak, den sie gerade noch verstaut hatte.

Aber Théolien sagte immer noch nichts.

»Haben Sie ihn gefunden?«

Er nickte. Dann fragte er seinerseits. »War Lanvalle heute Nacht bei dir?«

»Geht Sie das was an?«, gab sie patzig zurück.

»Er ist verschwunden.«

»Ah.« Sie blickte düster vor sich hin und schien zu überlegen.

»Ich dachte, er sei vielleicht bei dir gewesen.«

»Nein. War er nicht.« Sie sah ihn offen an. »Ich will ihn sehen«, sagte sie dann in entschiedenem Ton.

Der Kapitän sah sie verständnislos an. »Lanvalle?«

Sie schnaubte. »Quatsch, Lanvalle, der ist mir egal. Sébastien natürlich. Ich will Sébastien sehen. Jetzt! Seid ihr überhaupt sicher, dass er tot ist?« Sie schaute die beiden Männer herausfordernd an. »Vielleicht ist er nur verletzt und bewusstlos, während ihr hier dumm herumsteht und schwafelt, vielleicht kann man noch etwas tun ...«

»Der ist mausetot, Mädchen, mach dir keine Hoffnung, glaub mir, ich ...« Théolien sprach nicht zu Ende.

»Ich will ihn trotzdem sehen, bitte!« Ihre Stimme bebte.

Théolien seufzte leise und zuckte die Achseln. »Wenn du dir das antun willst, Mädchen ... na, meinetwegen.«

Zu dritt gingen sie los. Alice war bleich und zitterte. Der Wirt Pascal hielt fürsorglich einen alten Schirm, der an einer Seite schon abgeknickt war, über sie, aber sie schien es nicht einmal zu merken. Er kämpfte sich damit ab, den Schirm gegen den Wind zu stemmen. Urplötzlich drehte der Wind und nun musste er das Gestänge zusätzlich mit einer Hand festhalten.

»He«, rief eine laute Stimme. Es war der Schweizer, der mit seinem Skipper Dan auf dem Vordeck stand. »*Bonjour,* na, Mademoiselle hat wohl Geleitschutz?! Wohin geht's denn so früh am Morgen bei dem Regen?«, scherzte er mit seinem schweizerischen Akzent. Niemand antwortete ihm. Fragend sah er seinen Skipper an, der den Kopf schüttelte. Beide beschlossen, dem merkwürdig stummen Grüppchen zu folgen. Es gesellten sich bald auch noch der alte Damien und der Muskelprotz der *King II* dazu. Und so kam es, dass sich trotz des Regens und der Wellen, die sich immer wieder schäumend über den Steg brachen, in kürzester Zeit ein Grüppchen Neugieriger am äußersten Ende des Stegs vor der *Zephyr* wiederfand. »Was ist wohl passiert?«, fragte man sich und sprach mit halblauter Stimme gegen den Wind an.

Théolien und Alice waren an Bord gegangen. Der Wirt folgte zögerlich. Der alte Damien machte Anstalten ebenfalls auf das Boot zu springen, aber der Skipper sah ihn nur grimmig an. Dies hier war sein Schiff und nur er entschied, wer es zu betreten hatte. Nur der Wirt stand mit auf Deck und hielt wieder den flatternden Schirm über Alice. Sie stand zwischen beiden Männern und es sah aus, als würden ihr die Beine wegsacken, als sie sich der Luke näherten.

»Bist du sicher, dass du dir das antun willst, Alice? Ich geh für dich runter, wenn du willst«, schlug Pascal Moriani ihr leise vor.

»Du wirst mir da unten nicht ohnmächtig, ist das klar?!«, herrschte der Skipper sie gleichzeitig an.

Sie schüttelte den Kopf. Ihre Beine zitterten, aber als hätten die Worte ihr Kraft verliehen, stieg sie nun mit Entschlossenheit die steilen Stufen des Niedergangs hinab.

»Was steht ihr hier rum und glotzt? Geht nach Hause! Der wird auch durch eure Anwesenheit nicht mehr lebendig«, rief Théolien den Männern unfreundlich zu. Aber keiner rührte sich vom Fleck. Auch Pascal blieb weiter auf dem

Deck stehen und hielt den flatternden Schirm nun über sich. Théolien machte ein Geräusch, das seine Unzufriedenheit ausdrückte, und stieg dann ebenfalls hinab.

Alice stand vor der kleinen Kabine und sah hinein, der Regen troff von ihren Kleidern und hinterließ kleine Wasserpfützen, die sich mit dem Blut, das der Kapitän am frühen Morgen mit seinen nackten Füßen verteilt hatte, vermischte. Aber sie merkte es nicht. Sébastien war tot. Sie wusste es sogleich. Sie ging auf den leblosen Körper zu und berührte ihn vorsichtig am Hals, wo sich ihrer Meinung nach die Halsschlagader befand. Sie spürte nichts. Sie schluchzte auf. Sie strich ihm mit zärtlicher Geste sachte durch die blonden Locken und küsste dann ihre Fingerspitzen, mit denen sie anschließend seine bereits wächsern aussehende Wange berührte. Er sah schon so fremd aus.

Théolien, der vor der Tür gewartet hatte, räusperte sich. Sie schrak zusammen, verließ die Kabine und blieb mit hängendem Kopf vor ihm stehen. Er hob ihren Kopf an. Sie hatte Tränen in den Augen. Er hielt ihr Kinn mit Daumen und Zeigefinger fest.

»Was weißt du?«, herrschte er sie an.

Ihr Blick wurde dunkel und wütend. Sie antwortete nicht.

Der Skipper wiederholte seine Frage mit Nachdruck. »Was weißt du?« Er betonte jedes Wort.

Sie schüttelte seine Hand ab. »Gar nichts. Was soll ich denn wissen?« Sie funkelte ihn an.

»Hör mir gut zu, meine Kleine, mit mir machst du das nicht. Du weißt etwas und ich will wissen, was! Was ist heute Nacht passiert?« Sein Ton wurde drohend,

»Das weiß ich doch nicht! Ich war doch nicht hier. Sie haben doch nebenan geschlafen, oder? Sie müssten doch etwas wissen!«

»Lenk nicht ab. Was hattest du mit Frénet? Was mit Lanvalle? Weißt du, wo Lanvalle ist?«

»Gar nichts. Ich weiß nichts und ich weiß nicht, wo Lanvalle ist und ich hatte nichts mit niemandem, nichts ... mit ihm!«, stieß sie hervor und zeigte auf Frénet. Noch nichts. Noch gar nichts, außer ein paar verlangenden Küssen und einer vagen Hoffnung auf ein übermütiges Glück, das es endlich auch für sie geben sollte, auf etwas, an das sie manchmal schon nicht mehr glauben konnte. Das aber behielt sie für sich.

»Wann sind sie gegangen?«

»Was weiß ich. Um Mitternacht, vielleicht später, keine Ahnung.«

»Sind sie zusammen gegangen?«

»Keine Ahnung. Ich führe doch kein Buch darüber, wer wann kommt, mit wem was trinkt und wieder geht.«

»Ich glaube dir kein Wort, Mädchen, ich empfehle dir ...«

»Es reicht! Lassen Sie mich in Frieden!« Sie unterbrach ihn patzig. »Wie reden Sie überhaupt mit mir? Und hören Sie auf, mich zu duzen! Wer bin ich denn in Ihren Augen? Die kleine Thekenschlampe? Die jeder mal ins Bett ziehen kann? Ich hatte mit niemandem was, ist das klar? Ich vögele nicht mit jedem und es braucht schon etwas mehr, um mich zu beeindrucken als das eitle Gockelgehabe alternder Machos.«

Er wich einen Schritt zurück, verwundert über ihren Ausbruch. Und fühlte sich persönlich getroffen von ihren Worten. Ihm wurde heiß, als er sich daran erinnerte, wie er gestern im Bistro schwadroniert hatte – ein eitler alter Gockel war er in ihren Augen. Ihm wurde heiß vor Wut und Scham. »Hör mir gut zu, Mädchen ...« Er sprach leise und drohend, aber dieses Mal unterbrach er sich selbst und folgte dem Blick Alices, die starr auf etwas blickte. In einer Ecke, auf dem Boden neben der Koje, auf der der tote Frénet lag, hatte sie etwas aufblitzen sehen. Sie machte einen Schritt darauf zu.

»Fass das nicht an! Nicht anfassen!«, brüllte er, aber es war schon zu spät.

Sie hatte es schon aufgehoben. Ihre Hand zitterte und sie hielt es weit von sich weg. Es war ein Messer, ein großes Taschenmesser, und es war voller Blut. Sie erkannte es sofort wieder. Die blutverschmierte Klinge mit den geschwungenen Linien aus Damaszenerstahl, der Handschutz aus Messing und der geschnitzte Griff aus Teakholz, der die Form eines nackten Frauenkörpers mit langem Haar hatte. Eine Art Meerjungfrau. War das die Mordwaffe? Sie hielt es ihm mit zitternder Hand entgegen.

»Ihr Messer, Kapitän, wenn ich mich recht entsinne?« Sie genoss trotz allem die Situation. »Sie haben es ja gestern lange genug herumgezeigt. Wie heißt sie noch, die Meerjungfrau? Thatis?«

Er korrigierte sie nicht. Zu verwirrt war er. »Ja, es ist mein Messer, aber du Idiotin hast es angefasst, bist du von allen guten Geistern verlassen?« Er nahm es ihr vorsichtig aus der Hand. »Hör zu Alice ... ich ...« Er versuchte sie am Arm festzuhalten.

»Lassen Sie mich los!« Sie riss sich los, drängte sich energisch an ihm vorbei, eilte durch den kleinen Salon und stieg behände den Niedergang hinauf.

Théolien hielt das Messer mit zwei Fingern, überlegte kurz und legte es dann vorsichtig in eine Schublade seiner Kabine. Dann stieg er ebenfalls nach oben. Aber als er auf Deck ankam, war das Mädchen schon von Bord gesprungen und eilte im Regen zum Bistro. Verdutzt sah der Wirt, der noch immer auf dem Deck stand, ihr nach und hielt nun geistesgegenwärtig den Schirm über den Skipper.

»Lass das!«, knurrte der ihn an.

Vom Kai aus hatten die anderen Männer zugesehen, wie Alice mit dem Kapitän unter Deck gegangen war. Auch die Brüder Michelet waren nun noch dazugekommen. In gedämpftem Ton tauschten sie ihre Ansichten aus.

Erst durch den Zuruf des wütenden Théolien hatten sie begriffen, dass etwas Schreckliches geschehen war. »Frénet ist tot«, hatte ihnen der Wirt auf ihre Fragen knapp bestätigt und eine drastische »abgemurkst«-Geste mit der Hand gemacht. Aber mehr war bislang nicht aus ihm herauszuholen.

Was für ein Schock. Zunächst schwiegen sie, aber dann redeten alle auf einmal. »Frénet tot!« Man musste es immer wieder sagen, um das Unfassbare zu verstehen. »Was ist wohl passiert?« – »Und wie?« – »Und warum war Alice unter Deck?«

»Frénet, war das der Blonde?«, fragte der Muskelprotz.

»Ja, der Blonde«, bestätigte Dan, der Skipper.

»Grauenhaft, wirklich grauenhaft ist das! Schien doch ein netter Kerl zu sein.« Das war der Schweizer.

»Gestern Abend war er noch so ausgelassen, er hat gelacht und gesungen – wer hätte gestern gedacht, dass er heute tot sein könnte.« Eric Michelet wiegte den Kopf.

»Und Théolien hat nebenan geschlafen und nichts davon mitgekriegt?« Sein Bruder war skeptisch.

»Mit so einem besoffenen Kopf? Der hatte ganz schön geladen. Ich bin mal nach einer Feier in einem fremden Bett gelandet und morgens lag da eine dralle Brünette neben mir – ich dachte, ich träume noch, aber nein, ich lag neben einer fremden Frau in einem fremden Bett und ich weiß bis heute nicht, wie ich da hingekommen bin. Und was nachts passiert ist, weiß ich auch nicht – aber ich fürchte, nicht viel, ich war zu nichts mehr fähig ...« Der Muskelprotz zog eine Grimasse, die anderen lachten verhalten, aber angesichts des Geschehens ebbte die Heiterkeit gleich wieder ab.

»Der andere Kerl hat aber wohl auch nichts gehört«, warf der alte Damien trocken ein.

»Welcher andere Kerl?«, fragte Pat Michelet.

»Na, der zweite Maat, Lanvalle.«

»*Ah oui*«, Pat Michelet pfiff durch die Zähne, »wo ist der überhaupt? Hat den schon jemand gesehen?«

Die Männer blickten sich an. Einhellig schüttelten sie den Kopf. Nein. Niemand hatte Lanvalle gesehen.

»Na, das ist doch merkwürdig, oder?« Nun wurde einheitlich genickt. »Allerdings ist das merkwürdig.«

»Hat denn schon jemand die Polizei informiert?«, erkundigte sich nun der Schweizer.

Schulterzucken. Die Männer sahen sich an. Man einigte sich darauf, dass sicher schon jemand angerufen habe.

»Von wo kommen die? Aus Nizza?« Das war der Schweizer.

»Cannes, oder? Die Inseln gehören doch zu Cannes?«, vermutete Dan, der Skipper.

»Ja«, der alte Damien nickte bestätigend, »Cannes, natürlich Cannes.« Er sah hinaus aufs Meer. Aber bei dem diesigen Wetter konnte er nichts ausmachen. Er sah auf die Uhr. Die nächste Fähre käme erst in einer Viertelstunde, und wer wusste schon, ob da bereits jemand von der Polizei mitkam.

»Lasst uns ins Bistro gehen. Hat ja keinen Sinn hier noch länger im Regen herumzustehen«, schlug er vor.

»Und davon wird der Junge auch nicht mehr lebendig.«

»So was.« Der Schweizer schüttelte immer wieder den Kopf. »Unfassbar.«

»Hast du gesehen, Alice war ganz mitgenommen.« Eric Michelet sah seinen Bruder an.

»Hab' ich bemerkt«, knurrte Pat Michelet.

»Ich denke, die hatten was miteinander«, vermutete der bullige Mann.

»So schnell?« Eric Michelet schien erstaunt.

»Naja, Liebe auf den ersten Blick, schon mal gehört?« Pat Michelet war spöttisch.

»Kommt, wir gehen was trinken«, insistierte der alte Damien. »Ich persönlich mag nicht mehr hier herumstehen. Bin total durchnässt und durchgefroren.«

So lief das Grüppchen Männer, alle in der gleichen Haltung, leicht vorgebeugt, Regen und Wind trotzend, zum Bistro. Natürlich war es für den Apéro noch zu früh, aber wer wollte das heute schon so genau nehmen? Ein Gläschen Roten oder ein *pousse-café* gegen die feuchte Kälte und den Schock könnten nicht schaden.

Alice stand am halb offenen Fenster und rauchte schon wieder. Als die Männer hereinkamen, nahm sie einen letzten Zug, blies den Rauch hinaus, drückte die Zigarette aus und schloss das Fenster. Dann fand sie sich hinter der Theke ein. Ihre Augen waren gerötet und sie war blass. Die Ringe unter ihren Augen schienen noch dunkler zu sein.

»Bring uns doch mal was zu trinken, Alice, ich glaube, das können wir jetzt alle gebrauchen«, sagte der alte Damien, lehnte sich an den Tresen und sah sich nach Zustimmung suchend um. Die Brüder Michelet hatten geräuschvoll zwei

Tische zusammengeschoben und zogen nun die Stühle hin und her. Dann setzten sie sich.

»Was wollt ihr denn? Pastis?« Alice sah die Männer fragend an.

»Vielleicht noch ein bisschen früh für Pastis«, meinte Damien. Er wandte sich an die Männer im Bistro. »Was wollt ihr trinken? Die Runde geht auf mich.«

»Bravo, gute Initiative, also ich nehme dann einen Whisky.« Der Muskelprotz war schnell entschieden.

»Nur einen Kaffee für mich, aber einen verlängerten«, bat der Schweizer.

»Kaffee«, orderten auch die Brüder Michelet wie aus einem Mund.

»Und du?« Damien sah den Skipper der Schweizer an.

»Eine Cola bitte.«

»Eine Cola.« Gedehnt wiederholte Damien die Bestellung und sah den Skipper spöttisch an. »Willst du vielleicht einen Schuss Whisky in deine Cola?« Der Skipper warf Damien einen unfreundlichen Blick zu und schüttelte stumm den Kopf. »Nun gut«, Damien wandte sich an Alice. »Und einen Café-Calva für mich«, bestellte Damien. »Hast du das alles, Alice?«, fragte er. Sie nickte.

»Und was trinkst du, Mädchen?«, fragte er sie freundlich.

»Ach, ein Café-Calva ist vielleicht keine schlechte Idee«, sagte sie leise und wagte ein kleines Lächeln.

»Braves Mädchen«, sagte Damien und tätschelte ihr väterlich die Hand. »Trink was, das wird dir guttun.«

Am Tisch hatte Eric Michelet begonnen, Spielkarten zu mischen. »Wer spielt?«, fragte er nun.

Sein Bruder sah ihn an und schüttelte den Kopf. »Ich glaub', das ist jetzt nicht der Moment, Eric.«

»Nein?« Eric war überrascht. Er sah in die Runde. Tatsächlich, niemand schien spielen zu wollen. »Na, dann nicht.« Resigniert steckte er die Karten wieder ein.

Alice servierte die Getränke, während die Männer sich erneut über das Geschehene austauschten. Es war so unglaublich und unbegreiflich, man musste es einfach immer wieder erzählen.

Die Tür ging auf, es war Pascal, der Wirt, der nun düster blickend eintrat. Er schüttelte das Regenschirmgerippe aus und stellte es in einen Plastikeimer neben der Tür.

»Wo ist wohl Lanvalle abgeblieben?«, hörte Alice einen der Männer sagen. Sie zuckte zusammen. Ja, wo war eigentlich dieser Lanvalle? So sehr ihr Sébastien auf Anhieb gefallen hatte, so wenig hatte sie Lanvalle gemocht. Sie erinnerte sich nicht mal mehr an seinen Vornamen. Wie hieß er noch? Pierre. Genau. Pierre Lanvalle. Warum konnte eigentlich nicht dieser Lanvalle tot sein, anstelle von Sébastien?

Hatte Lanvalle Sébastien getötet? Das mutmaßte jetzt einer der Männer, der goldkettenbehängte Muskelprotz, der Besitzer der *King II*, der sein Glas Whisky stehend am Tresen trank. Und ohne dass sie es wollte, hatte Alice ein kleines Lächeln im Gesicht. Ein kleines böses Lächeln. Denn immerhin wusste sie etwas, was die anderen nicht wussten. Sie hatte das Messer gefunden. Kurz überlegte sie, ob sie es wie nebenbei beim Spülen sagen würde: »Sébastien Frénet wurde mit dem Messer von Théolien getötet! Erinnert ihr euch? Das Messer, das er uns gestern noch so angeberisch gezeigt hat.« Hier würde sie kurz hochschauen, nur um zu prüfen, wie ihre Worte ankamen. »Mit dem Griff, der den Körper dieser Meeresgöttin symbolisiert, Thais, oder wie sie hieß ...« Spätestens jetzt wären alle stumm. Ihr Herz begann zu flattern, ihre Hände zitterten, als sie ein weiteres Glas ins

Spülwasser senkte. Sie wagte es dann doch nicht. Es reichte, wenn sie es später der Polizei sagte.

Pascal stellte sich neben sie und goss sich einen Calvados ein. »Schlimmer Anblick?«, fragte er sie leise.

Sie nickte fast unmerklich.

»Hat man ihn …«, er zögerte, »ich meine, konntest du sehen, wie …« Er brachte den Satz nicht zu Ende.

»Erstochen«, sagte sie trocken, ohne das Gläserspülen zu unterbrechen.

»Erstochen? Bist du sicher?«

Na, wenn sie sich einer Sache sicher war, dann dieser. Sie nickte. Dann platzte es doch aus ihr heraus. »Ich habe das Messer gefunden.«

»Du hast was?!« Pascal sah sie an, als habe sie den Verstand verloren.

»Das Messer. Ich habe das Messer gefunden, es lag neben der Koje und es war voller Blut.«

Jetzt hörten auch die anderen Männer zu. Perplex und sprachlos starrten sie sie an, als sie erzählte, wie sie das Messer des Skippers gefunden hatte. »Das Messer mit dem Frauenkörper, das er gestern noch herumgezeigt hatte, ihr erinnert euch doch?« Sie dachte daran, wie anzüglich Théolien die Brüste der Frauenfigur vor ihren Augen gerieben hatte. Und wie das Messer dann von Hand zu Hand gegangen war. Die Männer nickten, natürlich erinnerten sie sich an dieses Messer.

»Schönes Messer«, befand Damien. Die anderen Männer murmelten zustimmend.

»*Pfh.*« Alice schnaubte verächtlich.

»Es ist keine Frauenfigur, es ist die Göttin des Wassers«, ergänzte der Wirt etwas oberlehrerhaft, »und sie heißt Téthys.«

»Téthys!« Alice wurde wütend. »So ein Schwachsinn, dieses Messer ist ...« Alice verstummte. »Eine reine Wichsvorlage«, wollte sie sagen, aber sie entschied sich dagegen. »Es ist sein Messer«, sagte sie stattdessen.

»Es ist sicher sein Messer, aber bist du sicher, dass der Junge damit erstochen worden ist?«

»Es war ganz voller Blut.«

Im Bistro herrschte Schweigen. Was hätte man auch noch sagen sollen. Oder fragen. Angesichts dessen, was Alice erzählt hatte. Jeder hing seinen Gedanken nach und überlegte, ob ...

Plötzlich öffnete sich die Tür. Alle Köpfe wandten sich dem Eingang zu. Die Polizei? Nein, es war Théolien. Das Schweigen wurde nun frostig, geradezu tödlich. Théolien war vollkommen durchnässt und blieb unschlüssig in der offenen Tür stehen, als spüre er die Feindseligkeit, die ihm entgegenschlug, während sich unter ihm sofort eine kleine Pfütze bildete.

»*Salut!*«, sagte er rau und hob kurz die Hand zum Gruß. Ein unruhiges Gemurmel und Geräusper antwortete ihm. Jemand scharrte mit dem Stuhl. »*Re-Salut*, um genau zu sein«, versuchte er zu scherzen.

Der Wirt fasste sich als Erster. »Komm rein und mach vor allem die Tür zu, sonst geht die ganze Wärme raus«, sagte er autoritär. »Was trinkst du?«, setzte er nach. »Einen Roten?«

Théolien schloss die Tür und machte unentschlossen einen Schritt Richtung Theke. Alice blickte nicht auf und schien ganz in das Gläserspülen vertieft zu sein. »Nein«, Théolien winkte ab, »keinen Alkohol. Eine Cola vielleicht. Oder etwas Warmes, einen Tee.«

»Was also?«

»Einen Tee, mach mir einen Tee mit einer Scheibe Zitrone, wenn du hast.«

»Keinen Grog?«

»Nein, nein, ich sage doch, keinen Alkohol. Mir reicht's noch von gestern.«

»Alice, einen Tee mit Zitrone!« Die Stimme des Wirts klang befehlend.

Alice verzog keine Miene und stellte wortlos eine große Henkeltasse auf den Tresen. Sie ließ das heiße Wasser aus der Dampfdüse in eine kleine Teekanne schießen und legte einen Teebeutel und ein Stück Zucker neben die Tasse. Dann schob sie dem Skipper alles hin. »Zitrone is' nich'«, murmelte sie und vermied seinen Blick. Sie dachte an Sébastien Frénet. Das Bild, wie er dort auf seiner Koje gelegen hatte, würde sie so bald wohl nicht vergessen. Ganz voller Blut, das in seinem Gesicht schon angetrocknet war, mit dem verzerrten Mund und den großen offenen Augen, die Richtung Bullauge starrten, gerade so, als würde er dem prasselnden Regen zusehen. Gestern Abend noch hatte er sie mit diesen Augen angesehen. Mit einem Blick ... ihr wurde noch immer heiß, wenn sie daran dachte. »Sébastien.« Sie hatte es fast unhörbar geflüstert, während sie die Hände erneut in das Spülwasser senkte. Sie musste seinen Namen aussprechen. Sie klapperte laut mit den Gläsern. »Sébastien, Sébastien«, wiederholte sie leise und voller Zärtlichkeit. Wohin jetzt mit all dieser Sehnsucht? Ihre Augen füllten sich mit Tränen.

Théolien war am Tresen stehen geblieben und rührte stumm den Zucker in den Tee. Er schien abwesend, sorgenvoll und müde. Dann plötzlich hob er den Kopf und sagte: »Die Polizei ist angekommen. Wir müssen alle bis auf Weiteres hierbleiben.«

»Wie?« – »Was?«, fragten der Besitzer der *King II* und die Brüder Michelet zeitgleich. »Hier im Bistro?«

»Ob im Bistro oder anderswo. Hier auf der Insel«, präzisierte Théolien.

»Und wie lange?«

Der Muskelprotz polterte sofort los: »Wie stellen die sich das vor? Ich habe noch was anderes zu tun, und wenn heute endlich dieses Ersatzteil kommt, dann bin ich weg!«

»Das ist nicht von mir, das haben die *Flics* so entschieden«, verteidigte sich der Skipper.

»Und was haben sie sonst noch gesagt?«

»Nicht viel. Sie fangen gerade erst an.« Er fuhr sich durch die Haare. War er nervös? »Aber ich habe keine Wahl, mich lassen sie sowieso nicht weg. Und solange Lanvalle noch verschwunden ist ...«

*Ah oui*, Lanvalle. Wo war der nur abgeblieben?

»Man hat ihn also nicht gefunden?«, fragte nun der alte Damien.

»Bis jetzt nicht«, gab Théolien zurück.

»Und auch sonst nichts? Kein Indiz? Kein Zeichen?« Alice sah Damien befremdet an. Worauf wollte er hinaus?

»Hm, naja ... sie haben mein Messer beschlagnahmt«, sagte der Skipper nun mit rauer Stimme.

Mit dieser Eröffnung hatte niemand gerechnet. Schon gar nicht Alice. »DAS haben Sie ihnen gezeigt? Ihnen gesagt, meine ich, also ...« Sie verstummte.

»Warum hätte ich es ihnen nicht sagen sollen? Und warum hätte ich ihnen denn nicht mein Messer zeigen sollen?« Er sah Alice prüfend an und warf einen Blick auf die Männer, die ihn nun mit einem gewissen Respekt ansahen. »Du hast es allen brühwarm erzählt, was?«

Er lachte kurz auf und trank einen Schluck Tee. »Sicher, ich hab den *Flics* alles erzählt. Dass du das Messer gefunden hast, dass es voller Blut war. Zu meinem Ärger haben sie es mir weggenommen.« Er schüttelte den Kopf. »Naja, war ja nicht anders zu erwarten, aber ich hoffe, ich kriege es zurück, ich hänge sehr dran – na, warten wir's ab.« Er blickte prüfend in die Runde. »O. k., Männer, ich geb' einen aus.« Mit einem Blick auf die Kaffeetassen, die Alice gerade einsammelte, fügte er hinzu: »Was immer ihr wollt, kann auch ein Tee sein ... Zum Wohl allerseits! Auf das Leben ... und auf den Tod!«

# 2

Schon lange wollte Duval den Inseln vor Cannes einen Besuch abstatten, aber er hätte sich gewünscht, dass es nicht gerade an einem absolut verregneten Tag stattfände, bei dem die Fähre zudem noch mit böigem Wind und entsprechendem Wellengang zu kämpfen hatte. Der Bug des kleinen Fährschiffs hob und senkte sich und die Wellen klatschten hart an die Fenster. Ihm war schlecht und er war angespannt. Sein Magen hob und senkte sich im Rhythmus der Fähre und er wusste nicht, ob er weiterhin im Inneren der Fähre ausharren sollte: In der Mitte des Bootes sei von den Schlingerbewegungen am wenigsten zu spüren, hieß es immer, oder ob er sich für alle Fälle vorsichtshalber Richtung Heck bewegen sollte. Auch wenn er sich keinesfalls übergeben wollte. Er hoffte inständig, dass auch kein anderer sich übergeben müsste. Schon die Vorstellung davon ließ ihn würgen. Der Schiffsmotor unter seinen Füßen stampfte, dröhnte und vibrierte. Obwohl die Fähre halb offen war, roch es im Inneren leicht nach Diesel. Das machte die Sache nicht besser. Er sah sich nach Villiers um. »Leiche am Morgen bringt Kummer und Sorgen«, hatte Villiers vorhin noch gescherzt und mit den Fährleuten gelacht. Dass er nun ganz gegen seine Gewohnheit weder sprach noch Witze riss, konnte nur bedeuten, dass auch er mit Übelkeit zu kämpfen hatte. Jawohl, auch Villiers starrte nur stur geradeaus und Duval fand ihn etwas blass im ansonsten kaffeebraunen Teint. Duval betrachtete ihn argwöhnisch. Er hoffte inständig, dass Villiers sich nicht übergeben würde. Er selbst *konnte* sich nicht übergeben. Er wusste selbst nicht, warum. Als Kind, wenn er zu viel gegessen hatte, hatte er manchmal stundenlang auf den kühlen Fliesen des Badezimmerbodens gelegen und wimmernd und stöhnend darauf gewartet, dass die Übelkeit nachlassen würde. Keinesfalls konnte er den Kopf über die Toilettenschüssel beugen und sich erleichtern, so wie andere es taten. Allein die Vorstellung vom Erbrechen war ihm so zuwider, dass er sofort würgen musste, aber erbrechen konnte er sich nicht. Tapfer ertrug er die Übelkeit beim Autofahren und hielt stets eine Hand in den Fahrtwind und drückte die Stirn an die kühle Scheibe. Ihm wurde auch aus anderen Gründen schnell übel, so ekelte er sich vor allem Schleimigen, vor Exkrementen und deren Geruch. Er ging mit dieser Empfindlichkeit vor allem seinem Vater auf die Nerven, der ihn wiederholt in den Ferien auf einen Bauernhof geschickt hatte: Der Umgang mit Kühen und Schweinen, ihr Geruch und vor allem der Anblick und Geruch ihrer Exkremente sollten ihn wohl abhärten. Vielleicht war es sogar gelungen, er hatte den Anblick der Kuhfladen und ihren Geruch mit Todesverachtung durchgestanden, aber es war vor allem der säuerliche Geruch des Silofutters, der ihm auf dem Hof zu schaffen gemacht hatte. Er hatte ihm jedes Mal so auf den Magen geschlagen, dass er während des gesamten Aufenthaltes so gut wie nichts essen konnte. Duval verzog angewidert das Gesicht, als er daran dachte. Er warf erneut einen Blick zu Villiers. Er war blass und schweigsam, sah aber nicht aus, als würde er sich gleich über die Reling hängen, *um die Fische zu füttern.* Diese Ausdrücke auch. Duval würgte es erneut.

Commandant Noah Villiers hatte seine Hautfarbe und seine Unbeschwertheit von seiner Mutter geerbt, einer kleinen fröhlichen und rundlichen Réunionnaise. Dass er Polizist geworden war, lag am Einfluss seines Vaters, eines Angehörigen des französischen Militärs, das auf der Insel La Réunion stationiert war.

Duval streifte mit einem prüfenden Blick die ältere Dame, einziger Passagier neben ihm und Villiers auf der kleinen Fähre. Die PTS, die *Police Téchnique et Scientifique,* und der Gerichtsmediziner waren schon vor Ort. Der Dame schienen die Schlingerbewegungen der Fähre ebenso wenig auszumachen wie der Besatzung. Sie schrie vielmehr gegen den Lärm des Bootes an, um sich mit einem Mann der Besatzung zu unterhalten. Sie hatte einen Trolley bei sich, vermutlich hatte sie Einkäufe auf dem Festland gemacht.

Die Fähre pflügte unbeirrt durch die Wellen, die noch höher geworden waren, seit sie aus der Bucht von Cannes aufs offene Meer gelangt waren. Duval sah stumm geradeaus. »Die Bewegungen des Schiffes vorwegnehmen«, hatte er irgendwo gelesen, aber, so fürchtete er, wenn er jetzt versuchte sich »mit wiegenden und federnden Schritten« zu bewegen, würde er genauso rhythmisch seinen Mageninhalt von sich geben. Vielleicht hätte er weniger Kaffee trinken sollen. Das Schiff rollte wieder heftig und Duval schoss bitterer Magensaft in den Mundraum. Er krampfte sich an der Bank fest, schluckte und schloss die Augen, nur um sie sofort wieder zu öffnen. Schweiß brach ihm aus. Angestrengt starrte er vor sich hin. »Konzentrier dich, konzentrier dich. Ganz ruhig!«, befahl er sich. »Atmen. Einatmen, ausatmen.« Es musste ja gleich vorbei sein. Die Inseln lagen nur wenige Kilometer vor Cannes. Eine Viertelstunde dauerte die Fahrt normalerweise, und trotz des widrigen

Wetters wäre die Fähre auch heute nicht länger als zwanzig Minuten unterwegs, wie ihm die freundliche Kassiererin in ihrem kleinen Kassenhäuschen versicherte, als sie ihm seine Fahrkarte ausdruckte. Hatte sie ihm die Seekrankheit schon angesehen? Woher hatte er das? Auch Matteo, seinem Sohn, wurde beim Autofahren jedes Mal und fast sofort in der ersten Kurve schlecht. Anders als ihm gelang es seinem Sohn aber, selbst in die kleinste Papiertüte zu spucken, die man ihm in aller Eile hinhielt. Die Hélène ihm hinhielt wohlgemerkt, denn Duval sprang jedes Mal panisch aus dem Auto. Weder das Geräusch noch den Geruch konnte er ertragen. Und danach konnte er nur mit weit geöffnetem Fenster weiterfahren und sah das blasse Gesichtchen seines Sohnes gequält durch den Rückspiegel an. Hélène war abwechselnd wütend oder sie schämte sich für ihn. Niemals konnte sie vergessen, dass er Matteo als Baby angeekelt beinahe fallen gelassen hatte, als dieser auf seiner Schulter einen feuchtwarmen Rülpser geblubbert hatte. Duval hatte es auch nie vergessen und er schämte sich dafür. Aber er wusste einfach nicht, wie er den Ekel abstellen sollte. »Du hast eine Emetophobie«, hatte Hélène ihm eines Tages erklärt, und ihm eine Internetseite gezeigt, wo diese seltene Störung erklärt wurde. Er zuckte die Achseln. Jetzt hatte sein Verhalten einen Namen. Na und? Tatsächlich kamen ihm die beschriebenen Symptome bekannt vor, aber er war weder magersüchtig noch depressiv, auch schränkte er weder sein Essverhalten und sein Leben besonders ein, fand er. »Du könntest mit einem Therapeuten die Ursache suchen, dann löst sich diese Phobie vielleicht!«, hatte Hélène mehr als einmal genervt gefordert, die fand, dass er seine Kinder mit seiner Phobie anstecke und zu übertriebener Reinlichkeit anhielt. Mit abgewandtem Kopf reichte er ihnen demonstrativ ein Taschentuch, wenn sie schniefend die Nase hochzogen oder ihnen Rotz aus der Nase lief. »Es schadet ihnen nicht, rechtzeitig ein Taschentuch zu benutzen anstatt Nasenpopel zu Kügelchen zu rollen und irgendwohin zu schnippen!«, insistierte Duval streng und damit war das Thema für ihn erledigt. Und einen Psychiater würde er deswegen schon gar nicht aufsuchen. Er hatte sich im Laufe der Jahre mit diesem Ekel arrangiert. Er versuchte allerdings Situationen, in denen es ihm oder anderen schlecht werden konnte, weitestgehend zu meiden, was nicht eben leicht war, vor allem nicht in seinem Job. Aber alles ging, solange er die Kontrolle über die Situation behielt. So ertrug er es durchaus, einen verwesenden Körper zu sehen, überraschend über das Erbrochene eines Betrunkenen zu stolpern aber war grenzwertig. Duval würgte allein beim Gedanken daran und zwang sich an etwas anderes zu denken. »Konzentrier dich, konzentrier dich. Einatmen, ausatmen.« Die zwanzig Minuten kamen ihm unendlich lang vor. Ohne den Kopf zu drehen, versuchte Duval aus den Seitenfenstern zu erspähen, wie weit sie noch von der Insel *Sainte-Marguerite* entfernt waren, aber die ungestümen Wellen vor dem hüpfenden Horizont ließen ihn schwindlig werden. Er stöhnte leise, und um sich abzulenken, memorierte er das, was er von den Inseln wusste.

*Sainte-Marguerite* und *Saint-Honorat* hießen die beiden kleinen Inselchen vor Cannes, die im 6. Jahrhundert zu Ligurien gehörten und damals die Namen *Lero* und *Lerina* trugen, weshalb sie bis heute auch als die *Îles de Lérins* bekannt sind. Saint-Honorat, die kleinere von beiden, lag von Cannes kommend versteckt hinter Sainte-Marguerite und wurde von der *Abbaye de Lérins*, einem Zisterzienserkloster, dominiert, in dem eine Handvoll Mönche abgeschieden lebte, die, über die Grenzen Südfrankreichs hinaus bekannte Weine und Liköre produzierten. Das Boot rollte erneut heftig und Duval verbot sich sogleich an Essen und Trinken zu denken. Er wandte sich gedanklich der ungleich kriegerischeren Geschichte von Sainte-Marguerite zu, deren mächtige Festung bis ins 19. Jahrhundert auch als Gefängnis genutzt worden war. Der berühmteste Gefangene war sicherlich der »Mann mit der Eisenmaske«, der mehr als elf Jahre hier in einer Zelle gedarbt hatte. Seine Identität war niemals preisgegeben worden, ebenso wenig der Grund, der dazu geführt hatte, dass Ludwig XIV. ihn hier hatte einsperren lassen. Legenden ranken sich bis heute um diese Gestalt. Hatte der absolutistische König sich in einem Willkürakt seines Zwillingsbruders entledigt und so seine Macht gesichert?

Die Fähre verlangsamte ihre Fahrt und Duval atmete auf. Er wagte erneut einen Blick Richtung Insel. Dunkel erstreckte sich der ausladende Pinienwald vor ihm, der die gesamte Insel bedeckte. Links erhob sich majestätisch das alte Fort. Direkt vor ihm lagen aneinandergeschmiegt ein paar winzige Fischerhäuschen und zwei Anlegestege.

Der Kapitän drosselte den Motor und die Fähre schaukelte nun zusätzlich von rechts nach links, bis sie stotternd anlegte. Duval versuchte aufzustehen, seine Beine fühlten sich taub an und er stützte sich ab. Herrgott, war ihm schlecht. Er schwankte langsam zum Ausgang und atmete auf, als er die frische kühle Luft spürte. »Die letzte Fähre geht heute um 17 Uhr!«, sagte ihm eindringlich einer der Männer der Fähre. »Und passen Sie auf, wenn Sie hier entlanggehen, die Wellen überspülen hin und wieder den Steg!« Duval nickte, aber er wollte keinesfalls schon an die Rückfahrt denken. Noch rumorte sein Magen. Wie benommen stand er auf dem Anlegesteg und atmete durch, während der kalte Regen auf seinen Kopf trommelte. Er spürte es nicht. Die alte Dame hatte sich in ein Regencape gehüllt und zog nun tapfer ihren Trolley über den Steg. An dessen Ende wurde sie von einem älteren Mann in Empfang genommen. Villiers hatte die Kapuze seines Sweatshirts über den neuerdings fast kahl rasierten Kopf gezogen und sprintete nun bereits los. Duval sah sich um. Am Nachbarsteg lagen vier Boote: ein beeindruckendes zweimastiges Holzsegelschiff, eine klassische weiße Segeljacht, eine protzige, breite Motorjacht und ein kleineres Motorboot, das wild in den Wellen schaukelte. Gelbes Absperrband flatterte im Wind, das den Zugang zu dem Holzsegler provisorisch versperrte. Regen klatschte Duval ins Gesicht. Ein paar Möwen kreischten wild, als sie sich lustvoll in den böigen Wind warfen. Dann versetzte ihm eine Regenbö einen Schlag, sodass er einen kurzen Satz nach vorne machte. Was für ein ungemütliches Wetter. Eilig lief er los. Zurückfahren würde er erst, wenn die See wieder ruhig war, so viel war sicher.

»*Bonjour,* Monsieur le Commissaire.« Yves Dermez, einer der Polizeitechniker, gab Duval die Hand und hielt mit der anderen einen flatternden Schirm fest. »Gut hergekommen? Was für ein Wetter! Wir sind noch nicht fertig, wollen Sie den Tatort sehen?«

Eigentlich wollte Duval immer sofort den Tatort sehen. Aber im Augenblick wollte er vor allem vermeiden, sich gleich wieder auf ein schaukelndes Schiff zu begeben. Er schüttelte den Kopf. »Später«, sagte er.

Yves Dermez verstand. »Die Überfahrt war kein Vergnügen, was?« Er zog eine Grimasse.

Duval machte eine vage Kopfbewegung. Er hatte keine Lust, seine persönliche Leidensgeschichte auszubreiten. »Also?«, fragte er stattdessen. »Was gibt's?«

»Ziemliches Massaker.« Der Polizeitechniker sprach laut gegen den Wind und das rauschende Meer an, während er den Schirm gegen den Wind hielt. »Blut überall. Alles sieht nach einer gewalttätigen Auseinandersetzung aus. Leider sind der Skipper, der die Leiche entdeckt hat und eine junge Frau aus dem Bistro«, der Polizist machte eine Kopfbewegung Richtung Inseldorf, »mehrfach durch das Schiff und die Kabine gelaufen und natürlich auch klitschnass mitten durch die Blutlache. Die Spuren sind futsch.«

Duval verdrehte die Augen. »Warum das denn? Das weiß doch inzwischen jedes Kind, dass man den Tatort nicht betreten soll, oder?«

»Die junge Frau wollte den Toten wohl unbedingt sehen. Er war ihr Freund oder Liebhaber, was weiß ich. Glücklicherweise sind nicht alle anderen aus dem Dorf auch noch neugierig hinterhergelaufen. Hatten wir auch alles schon.« Er verzog ironisch das Gesicht. »Wir haben das hier vom Skipper der *Zephyr* bekommen.« Der Techniker hielt dem Kommissar das Messer in einer Plastiktüte entgegen. »Vermutlich die Tatwaffe.«

»*Ah bon?*« Duval zog die Augenbrauen hoch.

Der Techniker erklärte, dass Théolien aus freien Stücken auf sein Messer zu sprechen gekommen sei. Er hatte ihnen auch berichtet, wie Alice es gefunden hatte. Duval betrachtete das Messer interessiert. »Was soll es darstellen?«, fragte er. »Eine Meeresgöttin«, erklärte der Techniker.

»Docteur Charpentier ist schon da?«, fragte Duval.

Dermez lachte. »Da kennen Sie den Herrn Gerichtsmediziner aber schlecht. Bei dem Wetter geht der nirgendwohin, der wartet, dass wir ihm die Ware liefern.«

Duval nickte. »Können *Sie* mir denn etwas sagen?«

»Wenn Sie wollen, gehen Sie unter Deck, dann sehen Sie es selbst«, schlug der Techniker erneut vor, aber Duval bewegte sich nicht. »Gut«, fuhr Dermez fort. »Der Tote ist Sébastien Frénet, 36, gebürtig aus St. Martin du Var, einem Kaff im Hinterland von Nizza.«

»Und er ist erstochen worden?«

»Alles, was ich Ihnen jetzt sage, ist natürlich nur vorläufig!«, ahmte Yves Dermez den Gerichtsmediziner nach.

Duval lächelte leicht. »Natürlich, aber wenn Sie uns vielleicht trotzdem schon etwas sagen könnten ... «, spielte Duval das Spiel mit.

»Nun, vorläufig«, wiederholte der Kriminaltechniker in der umständlichen Art des Gerichtsmediziners, »vorläufig würde ich sagen, dass der Tote mehrere Messerstiche in den Bauchraum erhalten hat.« Er wechselte zu seiner normalen Stimme. »Ich schätze, es sind auch innere Organe betroffen. Er hat sehr viel Blut verloren. Es sieht so aus, als habe er versucht, sich selbst zu verbinden oder die Blutung zu stillen, aber er war vermutlich zu schnell zu schwach. So wie es für mich bis jetzt aussieht, ist er in seiner Kabine verblutet. Es ist wirklich überall Blut.«

Duval nickte dankend.

»Ich gehe wieder unter Deck, Commissaire, ist nicht schön da, aber wenigstens trocken ... und wie gesagt, es bleibt noch einiges zu tun. Wollen Sie den Schirm?«

»Warum nicht, danke!« Der Schirm flatterte, drehte sich wild mit dem Wind und stülpte sich dann um. Eine Regensalve ging auf Duval nieder. »*Merde!*« Duval kämpfte mit dem Schirm und spannte ihn erneut auf. Villiers kam ihm entgegen. Auch er hatte einen flatternden Schirm und auch schon ein paar Informationen. »Das zweite Crewmitglied der *Zephyr* ist spurlos verschwunden«, sagte er. »Sie waren zu dritt auf diesem Segler. Der Skipper und zwei Jungs. Der Skipper ist im Bistro, einer der Jungs ist jetzt tot und der andere verschwunden. Ich dachte, ich suche als Erstes den *Garde Forestier* auf, der hier auf der Insel stationiert ist, und gehe mit ihm über die Insel. Er weiß, wer hier wo lebt, und er kennt sicher alle Orte, wo man sich verstecken kann und vielleicht hat er sonst etwas bemerkt.«

»Gut.« Duval nickte. Und mit einem Blick auf die verwaist wirkenden Boote am Steg fügte er hinzu: »Und vielleicht können Sie auch rauskriegen, welche illustre Gesellschaft hier vor Anker liegt.« Villiers nickte und war im gleichen Augenblick schon unterwegs.

Duval kämpfte auf dem Steg mit dem sich im Wind drehenden Schirm. Ein kleines Chanson über den Wind von seinem Lieblingssänger Georges Brassens kam ihm in den Sinn, der Wind, der Röcke flattern und Hüte davonwehen ließ: *»Si, par hasard, sur l'pont des Arts, tu crois's le vent, le vent maraud, prudent, prends garde à ton chapeau.«* Schirme kamen in dem Lied allerdings nicht vor. Vermutlich, weil alle wussten, dass Schirme bei zu viel Wind völlig nutzlos sind. Er klappte den seinen nun auch resigniert zusammen und stapfte mit hochgezogenen Schultern durch den Regen.

Er näherte sich dem Bistro. Waren auch die meisten anderen Häuschen, die das Dorf auf der Insel bildeten, winzig klein, so war das Bistro erstaunlich groß und zusätzlich umgeben von zwei ausladenden Terrassen. Von dort hatte man einen fantastischen Blick aufs Meer und Duval ahnte, dass das Bistro im Sommer vor allem die beiden großen Terrassen bewirtschaftete, die vermutlich der Anziehungspunkt schlechthin waren. Er blickte durch eines der vielen Fenster des etwas zurückgesetzt liegenden Gebäudes und sah im Inneren mehrere Männer, die angeregt miteinander sprachen. Auch jetzt schien das Bistro der Dreh- und Angelpunkt der Insel zu sein. Bei dem Wetter waren vermutlich alle froh, sich an einem trockenen und halbwegs warmen Ort versammeln zu können.

»*Messieurs, Bonjour*«, grüßte Duval beim Eintreten. Der Saal war vollständig mit dunklem Holz verkleidet und ähnelte dem Innern eines Schiffes. Die leicht gebogene Form der Deckenbalken ahmte die Streben eines Schiffsrumpfes nach und die Dekoration des Saales tat ein Übriges. Im Saal standen Tische und Stühle für mindestens fünfzig Personen, aber er war weitgehend leer. Es war klamm und nicht besonders warm, im großen Kamin an der Längsseite des Raumes brannte nur ein kleines Feuer.

Es war schlagartig still geworden. Duval zählte acht Männer. Hinter dem Tresen am Kopfende des Raumes standen der Wirt und eine schmale, blasse Frau mit kurzen dunklen Locken. Am Tresen lehnte ein bulliger, braun gebrannter Mann in einer goldschimmernden Jacke voller goldfarbener Nieten und einer kunstvoll modisch-zerrissenen Jeans. Trotz des schlechten Wetters trug er eine verspiegelte Sonnenbrille, die er in die kurz geschorenen Haare geschoben hatte. Vor ihm stand ein fast leeres Whiskyglas. Die Männer an den Tischen hörten mit einem Schlag auf zu sprechen und starrten Duval neugierig an.

*Klick*. In Duvals Kopf ratterte es. Ausdruckslos betrachtete er den Mann in der Goldjacke, in dem er den Besitzer der schnellen Motorjacht vermutete, nickte dann in alle Richtungen, näherte sich dem Paar hinter dem Tresen und stellte sich vor. Der Mann in der Goldjacke trank seinen Whisky aus und warf etwas Geld auf den Tresen: »Stimmt so.« Er zog sein Smartphone heraus, nickte dem Wirt zum Abschied zu und verließ das Bistro.

Die Gespräche der Männer an den Tischen wurden vorsichtig wieder aufgenommen.

Duval entschied sich, als Erstes den Wirt zu befragen. Irgendwo und mit irgendwem musste er ja anfangen. Und wenn sich ohnehin immer alle im Bistro einfanden, war es doch am einfachsten, hier zu beginnen und sich direkt den Herrn des Hauses vorzunehmen. So könnte man vielleicht auch den gestrigen Abend rekonstruieren.

Pascal Moriani war ein großer, braun gebrannter Mann etwa Mitte fünfzig. Er war muskulös, aber nicht dick. Er schien sogar geschmeichelt zu sein, als Erster befragt zu werden und wollte gern bei der Aufklärung helfen, so gut er es vermochte. Sie zogen sich in einen angrenzenden Raum zurück, in dem eine große Tiefkühltruhe und zwei große Getränkekühlschränke standen, und offensichtlich hatte man hier die Terrassenmöbel für den Winter eingelagert. Hunderte von weißen Plastikstühlen und Tischen waren bis unter die Decke gestapelt und in einer Ecke lehnten unzählige rotweiß gemusterte Sonnenschirme. Duval hatte einen der Plastiktische herangezogen und sein Notebook darauf installiert. Suchend blickte er sich um. »Eine freie Steckdose?«, fragte er. Der Wirt wies in Richtung Tiefkühltruhe. Duval schloss ein Verlängerungskabel an und zog es bis zu einer Mehrfachsteckdose, in der noch freie Anschlüsse waren.

»Nein«, der Wirt schüttelte entschieden den Kopf, »nein, es hat keinen Streit gegeben. Die Männer spielten Karten, redeten, es war vielmehr ein geselliger, aber ruhiger Abend. So ist es hier in der Wintersaison eigentlich immer, wissen Sie.«

»Kennen Sie den Herrn, der gerade am Tresen stand?«

»Kennen? Nein. Er hat ein Problem mit seiner Motorjacht, wenn ich ihn richtig verstanden habe. Er wartet auf ein Ersatzteil. Und vertreibt sich derweil die Zeit.«

»Womit?«

»Wie bitte?«

»Womit vertreibt er sich die Zeit?«

»Was weiß ich, ich habe das so dahingesagt. Er ist vorgestern hier gestrandet. Bislang war er die meiste Zeit auf seinem Schiff und man sah nichts von ihm. Das Bistro ist ihm vermutlich nicht edel genug. Erst gestern Abend kam er dann. Luxus hin, Luxus her, alleine ist es ihm auf Dauer auf seinem Schiff dann wohl doch zu langweilig. Er hat ein bisschen was getrunken und später auch Karten gespielt.«

»Was wurde gespielt?«

»*Belote.* Hier spielen alle *Belote.*« Die Antwort des Wirts kam schnell.

»*Belote*«, wiederholte Duval trocken.

Der Mundwinkel des Wirts zuckte kurz. »Natürlich, nur *Belote.* Und nicht um Geld, wenn Sie das fragen wollen. Ich riskiere doch nicht meine Lizenz.«

»Sicher nicht.« Duval nickte. »Gab es Musik? Wurde getanzt?«

»Getanzt?« Der Wirt sah Duval verwundert an.

»Mir schien, als hätte ich ein Klavier gesehen …«

»Ah, *oui,* das Klavier«, er nickte und machte eine wegwerfende Handbewegung, »das ist ein Relikt aus vergangenen Tagen. Früher haben sie hier im Winter Tanzabende organisiert oder kleine Kostümfeste veranstaltet, um auch außerhalb der Saison ein paar Einnahmen zu haben. Ich habe sogar irgendwo noch Fotos davon ...« Er schien kurz nachzudenken. »Meine Vorvorgänger hatten dafür immer einen Musiker engagiert, der dann Klavier gespielt hat. Heute ist es in keinem guten Zustand und völlig verstimmt, manchmal klimpert trotzdem jemand darauf herum, aber für mich ist es mehr Dekoration, genau wie die alten Schiffsmodelle oder der Anker über der Tür.« Er drehte sich halb um und deutete vage in den Saal. »Ich organisiere bestimmt keine Tanzabende«, fuhr er dann fort. »Im Sommer, am 14. Juli, dann ja, dann kommen die Leute zum Essen und sehen von hier das Feuerwerk über Cannes und ich drehe die Anlage laut und dann wird auch getanzt. Aber nicht im Winter.« Er schüttelte den Kopf. »Gott bewahre, ich bin froh, wenn es mal zwei, drei Monate ruhiger ist. Ich lasse den Fernseher laufen, wenn die Nachrichten und der Wetterbericht durch sind, dann stelle ich einen Musiksender ein und manchmal dreht man ein Stück lauter, aber es war bestimmt kein Tanzabend. Gab ja auch keine Frauen.«

»Und Ihre Frau ... es ist doch Ihre Frau?« Duval zweifelte plötzlich.

»Alice?« Der Wirt schüttelte den Kopf. »Nein.«

»Ihre Angestellte also?!«

Er zögerte kurz. »Nein, Alice ist weder meine Frau noch meine Angestellte ... sie ist ...« er suchte offensichtlich eine korrekte Formulierung, »eine Freundin und sie hilft mir ab und zu ein bisschen.«

»Verstehe.« Duval nickte ernst. »Monsieur Moriani, ich bin wegen eines Mordes hier. Ich bin nicht von der Gewerbeaufsicht, und ob die junge Dame für Sie arbeitet oder nicht, geht mich, zumindest im Moment, nichts an.«

Der Wirt nahm es regungslos zur Kenntnis.

»War die junge Frau gestern Abend da?«

Der Wirt nickte, beeilte sich aber zu versichern: »Ja, sie war da, wie jeden Abend, aber Alice hilft mir am Tresen, beim Bedienen und manchmal in der Küche. Sie ist kein Animiermädchen.«

Duval nickte und winkte ab.

»War der Skipper des Bootes, auf dem die Leiche gefunden wurde, gestern hier?«

»Ja.«

»Mit seiner Crew?«

»Crew – naja, zwei Männer hat er. Aber die waren auch hier.«

»Aha. Was haben sie gemacht?«

»Zusammengesessen, erzählt, getrunken und Karten gespielt.«

»Alle drei?«

»Ja, nein. Der Skipper kam später. Die beiden Jungs saßen lange da hinten.« Er drehte sich Richtung Saal und deutete auf einen Tisch am Ende des Saals. »Und beim Kartenspielen haben alle mal mit allen zusammengesessen.« Sein linker Mundwinkel zuckte leicht. »Also, das denke ich, so genau habe ich nun auch wieder nicht darauf geachtet.«

Duval nickte.

»Sind sie spät gegangen?«

»Wer?«

»Naja, der Skipper und seine Leute.«

Der Wirt fuhr sich mit der Hand durch die dichten grauen Haare. »Hm, wenn ich mich recht erinnere, dann ist Théolien kurz vor Mitternacht gegangen.«

»Alleine?«

»Ja.«

»Und seine Männer?«

»Später. Viel Später. Gegen eins. Vielleicht halb zwei …«

»Gemeinsam?«

»Ja, gemeinsam.«

»Und es hat keinen Streit gegeben zwischen den beiden?«

»Nein, das sagte ich doch schon. Die sind sogar untergehakt losgegangen. Hatten beide ordentlich getankt.« Der Wirt machte eine Grimasse.

»Gut. Ich danke Ihnen erst mal.«

Der Wirt schien eher überrascht, dass die Befragung schon zu Ende sein sollte.

»Darf ich Ihnen vielleicht was zu trinken anbieten, Monsieur le Commissaire?«

Duval schüttelte den Kopf. »Im Moment nicht. Später vielleicht. Danke Ihnen.«

Mit Théolien war das Gespräch gleich etwas aus dem Ruder gelaufen. Der Skipper der *Zephyr* war ein aufbrausender Mensch und er hatte für heute schon die Faxen dicke.

»Ich habe das doch alles schon erzählt!« Er war unwirsch.

»Das macht gar nichts. Ich leite die Ermittlungen und ich will es noch einmal von Ihnen hören.«

»Fragen Sie doch Ihre Kollegen«, brummte der Skipper unwillig.

»Hören Sie, ich kann Sie auch mitnehmen und wir reden im Präsidium weiter, wenn Ihnen das lieber ist.« Duval war nun kalt und autoritär. »Also? Sie heißen Jean Théolien?«

»Jean-Louis Théolien, 52 Jahre, geboren in Lille«, antwortete Théolien knapp.

»Verheiratet?«

»Witwer.«

»Kinder?«

»Ein Sohn. In Paris. Beamter. Er arbeitet in der Stadtverwaltung.«

»Und Sie fahren schon lange zur See?«

»Schon immer. Seit über dreißig Jahren. Früher in der Handelsmarine. Seit zehn Jahren arbeite ich als Skipper für dieselbe Familie. James und Ira Longley in Gloucestershire. Können Sie nachfragen.« Er sprach es »Gluhsestersheire«.

»Werde ich tun. Und Ihre Crew?«

»Sébastien Frénet, es war seine erste Saison mit mir. Pierre Lanvalle ist schon seit drei Jahren dabei.«

Duval notierte sich die Namen. »Kannten Sie sie vorher schon?«

»Nein.«

»Haben Sie sich gut verstanden?«

»Sie haben mir gehorcht.«

»Was meinen Sie damit?«

»Ich bin der Skipper, das meine ich.«

Duval spielte mit seinem Kugelschreiber und nickte. »Gut, gut, und die beiden, Lanvalle und Frénet, die haben sich untereinander gut verstanden?«

»Sind gute Seeleute, sie haben ordentlich zusammengearbeitet. Ansonsten weiß ich es nicht.«

»Gute Seeleute?!«

»Ja, sportlich, polyvalent, patente Jungs.«

»Erzählen Sie mir etwas von den beiden. Wie muss ich mir Frénet vorstellen?«

Der Skipper zuckte mit den Achseln. »Was soll ich Ihnen sagen? Hübscher Kerl. Er verstand was vom Segeln, er hatte Manieren, konnte kochen.«

»Und menschlich?«

Er zuckte erneut die Achseln. »Ich kannte ihn kaum.«

»Wollen Sie mich auf den Arm nehmen? Sie haben eine Saison auf engstem Raum mit ihm gearbeitet und gelebt und Sie wollen mir erzählen, Sie hätten ihn nicht gekannt?«

»Ich habe mit ihm gearbeitet, aber das heißt nicht, dass ich ihn wirklich gut gekannt habe.«

»Und Pierre Lanvalle?«

»Ob ich den kenne, wollen Sie wissen? Seit er verschwunden ist, zweifle ich daran, dass ich ihn wirklich kenne.«

»Sie trauen ihm keinen Mord zu?«

Der Skipper schüttelte den Kopf.

»Die beiden hatten auch keinen Streit, Ihrer Meinung nach?«

»Nicht, dass ich wüsste.«

»Und als die beiden gestern Nacht aufs Schiff kamen, haben Sie geschlafen?«

»Ja.« Er knurrte es unwillig.

»Und dann?«

»Wie und dann? Ich habe geschlafen!«

»Was ist dann passiert?«

Jetzt wurde der Skipper rot im Gesicht. »Ich habe geschlafen! Ist das so schwer zu verstehen?«

»Ganz ruhig, Monsieur Théolien. Sie haben also keine Ahnung, was dann passiert ist?«

Der Skipper sah den Commissaire wütend an. »Nein! Verdammt!«

»Es gab immerhin einen Kampf, ziemlich gewalttätig. Und das wollen Sie nicht gehört haben?«

»Wie oft soll ich es noch sagen? Ich habe geschlafen wie tot. Ich habe absolut nichts gehört.«

»Hm«, machte Duval und sah dem Kapitän in die Augen. Er wich dem Blick nicht aus.

»Sie glauben mir nicht, was?!«

Duval machte eine vage Kopfbewegung.

Jetzt gab sich der Skipper einen Ruck: »Hören Sie, Monsieur le Commissaire, ich habe zu viel getrunken gestern Abend. Ich erinnere mich an nichts. Ich vertrage einiges, aber diesmal erinnere ich mich nicht mal, wie ich aufs Boot kam. Ich schwöre Ihnen, es ist wie mit dem Messer, ich lüge nicht. Wieso sollte ich lügen? Ich gebe Ihnen mein Ehrenwort, Monsieur le Commissaire, ich habe nichts gehört in dieser Nacht. Nichts. Gar nichts.«

Duval sah den Mann lange schweigend an. Er schien aufrichtig zu sein.

»Gut«, sagte er dann. »Wie erklären Sie sich also, dass Ihr Messer ...«

»Ha!«, unterbrach der Skipper nun wieder laut. »Gar nichts erkläre ich mir, ich verstehe es absolut nicht! Das habe ich auch schon Ihren Kollegen gesagt. Ich habe keine Ahnung! Als ich aus dem Bistro kam, hatte ich es in der Gürteltasche. Ich habe das Messer immer bei mir, verstehen Sie, es ist mein Messer! Und vorhin hat die Kleine es neben der Koje liegen sehen ...«

»Die Kleine? Sie meinen die junge Frau, die hier im Bistro aushilft?«

»Genau die! Alice. Fragen Sie die mal, ich glaube, die weiß mehr als sie sagt, diese ...«

»Das reicht, Monsieur Théolien. Das sehen wir später.

Kommen wir zu Ihrem Messer zurück. Schauen Sie, die einzige Idee, die ich momentan habe, ist, dass der Täter sich ihren erstaunlich tiefen Schlaf zunutze gemacht hat, um Sie Ihres Messers zu berauben und damit Sébastien Frénet zu ermorden. Was sagen Sie dazu?«

»Naja, was weiß ich, das müssen Sie wissen ... aber ...« Der Skipper hielt inne und sah Duval fragend an.

»Ja?«

»Sie meinen, der Mörder von Frénet wollte mir diesen Mord anhängen?«

»Tja, vielleicht ist das so. Das können vermutlich nur Sie beurteilen, je nachdem wie gut oder wie schlecht Sie sich mit Frénet und Lanvalle verstanden haben.«

Duval hatte sich mit Xavier Schnyder und dessen Skipper Dan auf das Boot der schweizerischen Familie begeben. »Dann können Sie auch gleich mit meiner Frau sprechen«, hatte der Schweizer in seinem schleppenden Französisch vorgeschlagen, »falls das nötig sein sollte, natürlich nur«, fügte er dann fragend hinzu. Duval nickte. Warum nicht. Nun, Boot war untertrieben. Sie standen vor der eleganten weißen Segeljacht und Xavier Schnyder war ohne Zweifel stolz. Duval spürte, dass ein Kompliment angebracht war, aber seine Kenntnisse über Segeljachten und Motorboote hielten sich in Grenzen. »Sehr schön!«, sagte Duval anerkennend, um irgendetwas zu sagen, damit lag er sicher nicht falsch.

»Ja, wir sind ganz zufrieden«, gab Xavier Schnyder lächelnd zurück. »Eine Dufour. Wir hatten unsere Hochzeitsreise mit einer kleineren Dufour gemacht. Das hat uns überzeugt. Wir haben diese hier vor zwei Jahren gebraucht gekauft und wir können uns nicht beschweren. Ich wollte einen klassischen Segler, der genug Platz für die Familie bietet, auch für lange Törns, mich aber auch noch richtig sportlich segeln lässt, hin und wieder zumindest. Und wir haben ein paar nette Regatten damit bestritten, nicht wahr, Dan?« Xavier Schnyder drehte sich zu seinem Skipper um. Der nickte und lächelte leicht.

»Segeln Sie?«, fragte Monsieur Schnyder jetzt.

»Nein.« Duval war einsilbig und sah die Jacht nun misstrauisch an, sie lag ein Stück entfernt vom Steg und bewegte sich nicht wenig in den unruhigen Wellen.

»Ich muss Sie trotz des Regens bitten, die Schuhe auszuziehen.« Monsieur Schnyder machte eine bedauernde Geste und entledigte sich selbst seiner Schuhe und schritt als Erster barfuß über die kleine Brücke. Dan bot dem Kommissar seine Hilfe an, aber Duval balancierte bereits über den schmalen Steg auf das schaukelnde Schiff. »Willkommen an Bord, Commissaire!«, begrüßte Xavier Schneider ihn nun offiziell. Duval nickte dankend.

Duval fand Madame Schnyder sowie ihren etwa zehnjährigen Sohn im kleinen *Salon* vor. Trotz der Innenausstattung in hellem Holz war es recht düster darin. Ein paar kleine, in die Decke integrierte Halogenlampen warfen Licht auf die fest eingebaute weiß gepolsterte Sitzecke und auf die beiden großen Oberlichter trommelte der Regen. Der Junge war über ein Heft gebeugt und schrieb etwas, nun sah er auf und schien erfreut über die Unterbrechung.

»*Chérie*, das ist Commissaire Duval, du weißt ja, was passiert ist«, sagte Monsieur Schnyder zu seiner Frau, »der Kommissar möchte uns ein paar Fragen stellen.«

Madame Schnyder nickte. »*Bonjour* Commissaire, setzen

Sie sich doch …« Sie machte eine einladende Geste. Auch sie hatte den schleppenden Akzent der Schweizer.

»Was ist denn passiert, Maman?«

»Nichts, was dich interessieren müsste. Das schreibst du bitte noch zu Ende, Clément«, sagte seine Mutter streng, während sie gleichzeitig etwas Platz auf dem Tisch machte.

»Verzeihen Sie, Clément macht gerade seine Hausaufgaben.« Der Junge schrieb etwas und schob das Heft seiner Mutter zu. Sie sah darauf und nickte. »In Ordnung. Jetzt gehst du bitte in deine Kabine und liest in Ruhe dieses Kapitel.« Sie reichte ihm ein Buch. »Ich frage dich nachher dazu ab.«

»Och Menno, immer, wenn was passiert, darf ich nicht dabei sein«, nörgelte der Junge und ging langsam die drei Schritte zu einer der hinteren Kabinen.

»Und du machst die Tür zu!«

*Klack.* Der Junge hatte die Tür zugestoßen und rumorte in seiner Kabine. Dann wurde es ruhig darin.

»Sie unterrichten den Jungen selbst?«, fragte Duval interessiert, während er seinen Rechner installierte und hochfuhr.

»Ja, solange ich es kann, mache ich *Homeschooling*, so können wir unterwegs sein, wann und wo wir wollen, und solche Regentage sind geradezu ein Segen, denn sonst will Clément immer nur draußen sein. Er weiß alles übers Segeln und über das Meer, er kennt jeden Fisch und jede Alge, aber mit Rechnen und Schreiben sieht es etwas anders aus. Orthografie ist nicht gerade seine Stärke.«

Duval nickte. Er spürte instinktiv, dass sich die Kabinentür wieder leise einen Spalt weit geöffnet hatte. Er unterdrückte ein Lächeln. Sein Sohn hätte es genauso gemacht. Nun, er würde keine blutigen Details ausbreiten. Sollte der Junge nur zuhören.

»Sie kennen den Skipper der *Zephyr?*«, fragte Duval nun das Ehepaar Schnyder.

»Kennen ist zu viel gesagt, wir haben uns dieses Jahr schon einmal getroffen. In St. Tropez lagen wir zufällig nebeneinander im Hafen. Natürlich spricht man über die Schiffe. Segler unter sich, Sie verstehen? Die Segeljacht der Longleys ist ein fantastisches Schiff. Am stolzesten darüber scheint aber Théolien zu sein. Wir haben ein bisschen geplaudert, auch mit den Longleys, wir haben uns gegenseitig einmal auf ein Glas eingeladen. Aber das war auch schon alles«, antwortete Madame Schnyder.

»Wissen Sie, wie sein Verhältnis zu seiner Mannschaft war?«

»Ganz in Ordnung, denke ich.« Jetzt war es Monsieur, der antwortete. Sie machte eine zustimmende Kopfbewegung.

»Sie haben nichts Besonderes bemerkt in seinem Verhalten gestern Abend? Oder etwas mit den beiden jungen Männern? Streit? Laute Diskussionen?«

Madame Schnyder schüttelte den Kopf. »Ich war nur kurz im Bistro. Wir haben dort gegessen, aber ich wollte den Jungen nicht so lange dieser Kneipenatmosphäre aussetzen.« Sie zögerte, als ob sie etwas hinzufügen wollte, ließ es dann aber bleiben.

»Redet ihr von dem Messer?«, ließ sich jetzt die Stimme des Jungen vernehmen.

Seine Mutter verdrehte die Augen. »Nein, wir reden nicht von dem Messer und du machst bitte die Tür zu!«

»Aber das muss der Commissaire vielleicht wissen«, insistierte der Junge.

Duval nickte den Eltern zu und sagte dann laut: »Dann komm doch bitte und erzähle mir, was dir aufgefallen ist.«

Sichtlich stolz kam der Junge aus der Kabine und lehnte sich lässig an den Tisch.

»Also?«, forderte Duval ihn auf.

»Na, der Skipper hat so ein Messer, das hat er rumgezeigt und alle haben es in die Hand genommen außer ich, weil Maman das nicht wollte.«

»Es heißt nicht ›außer ich‹, es heißt ›außer mir‹«, korrigierte ihn seine Mutter.

»Ja, außer mir und außer dir. Und Alice auch nicht. Die sah ganz böse aus.«

»Warum sah Alice böse aus, deiner Meinung nach?«, fragte Duval interessiert nach.

»Ich weiß nicht, ich glaube, ihr hat das Messer nicht gefallen. Vielleicht hatte sie auch Angst, dass was passiert.«

»Hattest du denn Angst, dass was passiert?«

»Nein. Ich habe auch ein Messer, nicht so eins, aber ein Schweizer Klappmesser, ich kann damit umgehen. Wollen Sie es sehen?«

Duval schüttelte den Kopf. »Im Moment nicht.«

»Meins hat auch keinen Namen.«

»Was meinst du?«

»Naja, das Messer des Skippers heißt *Teetisch*, das ist doch ein blöder Name für ein Messer, oder?«

»Teetisch?«

Seine Mutter lachte unterdrückt. »Es heißt nicht *Teetisch*, Clément, es heißt *Téthys*. Das ist eine Meeresgöttin. Und nicht das Messer heißt so, sondern die Frauenfigur, die in den Griff geschnitzt ist. Sie symbolisiert diese Göttin. Schau mal im Lexikon nach, da findest du das bestimmt. Téthys. T É T H Y S«, buchstabierte sie es für ihn.

»Jetzt gleich?«

»Ja, jetzt gleich, das heißt, wenn der Commissaire keine Fragen mehr an dich hat ...« Sie sah Duval fragend an.

»Nein, aber schau das mal nach und berichte es uns, es interessiert mich auch.«

»O. k.« Der Junge verschwand eilig in seiner Kabine.

»Genau deshalb sind wir bald wieder gegangen. Dieses Messer ... haben Sie es gesehen?«, fragte sie halblaut Duval. Er nickte. »Also«, fuhr sie leise fort, »es war eine etwas testosterongeschwängerte Atmosphäre, alkoholisierte Männer, die anzüglich ein Messer befingerten und dabei das Mädchen ansahen. Ich fand, das war nicht die richtige Atmosphäre für den Jungen.«

»Ja, das verstehe ich.«

»Ich hab's gefunden!«, ließ Clément sich nun aufgeregt vernehmen. »Téthys war eine Titanin und Meeresgöttin in der griechischen Mythologie, Tochter des Uranos und der Gaia. Sie war mit ihrem Bruder Okeanos verheiratet. Eine ihrer Enkelinnen war Thetis, die später vom sterblichen Peleus den Achilles gebar. Sie war Mutter der Hauptflüsse des Universums«, las er langsam und stockend vor. Zu viele eigentümliche Namen kamen in dem Lexikonartikel vor. »Was ist eine Titanin?«, fragte er.

»Das schaust du jetzt einfach auch nach. Alles, was du nicht verstehst in diesem Artikel, schaust du nach, wir sprechen dann nachher darüber, in Ordnung?«

Clément nickte und ging nun folgsam in seine Kabine, ließ aber die Tür offen.

»Entschuldigen Sie«, wandte sie sich an Duval.

»Alles in Ordnung. Ich habe selbst einen Jungen in diesem Alter.« Duval wandte sich nun an Monsieur Schnyder. »Haben Sie etwas Besonderes bemerkt?«

Monsieur Schnyder schüttelte den Kopf. »Nein, nichts, abgesehen von dieser Messergeschichte. Wie gesagt, es wurde getrunken, gelacht, Karten gespielt, ein paar derbe Witze gerissen. Das ging hin und her.« Er sah seine Frau an. »Meine Frau ist da vielleicht etwas empfindlich. Ich fand, es war ein ganz normaler Kneipenabend. Aber ich bin auch nicht sehr lange geblieben.«

»Und heute Nacht? Haben Sie da etwas bemerkt oder gehört? Ihre Jacht liegt ja nicht so weit weg von der *Zephyr*.«

Monsieur Schnyder schüttelte den Kopf. »Nein, aber sie merken es ja selbst, wie laut es im Bauch eines Schiffes ist. Wenn es regnet, hören Sie nur den Regen auf Deck trommeln. Wenn zusätzlich der Wind heult und die Wellen schlagen, dann hören Sie nicht, was auf dem Schiff nebenan passiert.«

»Aber vielleicht weiß Dan noch etwas, Daniel meine ich, unser Skipper, er kennt Théolien auch von früher, glaube ich«, warf Madame Schnyder nun ein.

»Wo ist er denn?«

»Er wartet sicher draußen.«

»Bei dem Regen?«

»Dan ist ein wunderbarer Skipper, fleißig, ruhig und sehr diskret und er macht sich unsichtbar, wenn er spürt, dass es angebracht ist.«

Monsieur Schnyder erhob sich und stieg zwei Stufen des Niedergangs hinauf, er schob die Luke auf. »Dan, kommst du mal?!« Dan hatte tatsächlich auf Deck gelassen in den Regen gestarrt, war aber durchaus erfreut, dass man ihn jetzt hereinbat.

Allzu viel zu erzählen hatte er jedoch nicht. Die blutigen Ereignisse schienen ihn nur wenig zu berühren, wenn nicht gleichgültig zu sein. Und keineswegs kannte er den Skipper Théolien so gut, wie Madame angenommen hatte.

Einmal hätte er beinahe bei Théolien angeheuert. Das war im Prinzip alles.

»Auf diesem Schiff?«

»Ja, auf der *Zephyr,* vor zwei Jahren war das, ich hatte keinen Job und einer seiner Jungs war ausgefallen, der hatte sich den Fuß gebrochen.«

»Lanvalle oder Frénet?«

»Keiner von beiden, ein rothaariger Engländer, vielleicht war es der Vorgänger von Frénet.«

»Und Lanvalle?«

»Was meinen Sie?«

»Gehörte Lanvalle damals schon zur Crew von Théolien?«

»Ja. Der fährt schon eine Weile mit ihm, soweit ich weiß.«

»Und warum haben Sie nicht angeheuert?«

Dan zuckte die Achseln. »Ach. Ich hatte es nicht eilig und habe dann lieber noch ein bisschen herumgesucht.«

»Wieso haben Sie nicht sofort zugeschlagen?«

Daniel druckste ein bisschen herum. »Persönliche Gründe.«

»Und ... würden Sie mir Ihre Gründe mitteilen?«

Dan bemühte sich nun: »Naja, er steuert diesen fantastischen Segler, aber die Eigner schippern damit nur blöde zum Picknicken. Das muss man mögen, im Hafen zu liegen und immer nur das Schiff zu putzen und darauf zu warten, dass der Eigner anruft, um vielleicht mal ein bisschen zu segeln. Und es hieß, Théolien sei ein unangenehmer Zeitgenosse. Das hat mich vielleicht gegen ihn voreingenommen, und als ich ihn traf ... hm, sagen wir, das *Feeling* hat einfach nicht gestimmt zwischen uns.«

»Aber es gab keinen konkreten Grund, irgendetwas, was sie ihm vorwerfen?«

»Nein, nein, nur eben kein *Feeling* und wie gesagt, ich suchte etwas mehr *Action.*«

»Kein *Feeling*«, wiederholte Duval und sah Dan aufmerksam an.

»Naja, ich hatte keine Lust unter ihm zu arbeiten, mir war er zu großkotzig und zu autoritär.« Endlich war es raus. »Und ich habe dann den Job als Skipper hier gefunden. Skipper hier ist natürlich zehnmal besser als nur Crewmitglied zu sein unter Théolien, verstehen Sie?« Er sah Duval an, und fügte dann erklärend hinzu: »Allein schon wegen der Bezahlung.« Es war ihm sichtlich unangenehm, dies vor den Schnyders auszusprechen, und er beeilte sich hinzuzufügen: »Und es ist wirklich nett hier, auch sportlich, wir sind ein gutes Team, wenn ich mir das erlauben darf.« Er zögerte kurz und sah Madame an, »und wir kommen rum, wir waren gerade noch auf Malta ... also, ich denke, ich habe die richtige Wahl getroffen«.

Madame Schnyder sah ihren Skipper freundlich an. »Danke Dan, wir haben auch eine gute Wahl getroffen, finden wir.«

»Sie waren gestern auch im Bistro?«, fragte Duval weiter.

Dan nickte.

»Wann sind Sie gegangen?«

»Gegen elf, halb zwölf vielleicht. Xavier war schon weg, aber die anderen waren alle noch da. Ich habe ein paar Runden Karten gespielt, aber irgendwann hat's mir gereicht. Mir ging dieses notgeile Gebalze um die Kellnerin ein bisschen auf die Nerven.« Er machte ein verächtliches Gesicht.

»Sie hatten kein Auge auf sie geworfen?«

Dan schüttelte den Kopf. »Nicht mein Fall.«

»Was haben Sie gespielt?«

Dan zögerte kurz. »*Belote*.«

»Nicht etwa Poker?«

»Ich bin kein Spieler.« Dan war einsilbig.

»Es wurde also Poker gespielt?«

Dan bewegte leicht den Kopf.

»Hören Sie, ich werde es sowieso erfahren, wenn nicht von Ihnen, dann von einem anderen.«

Dan räusperte sich kurz und sagte dann gepresst: »Auch Poker, ja. Santo hat mit Sébastien und Pierre Poker gespielt. Ich war am Anfang auch dabei. Aber ich bin kein Spieler.«

»Santo?«

»Ja, so hat er sich vorgestellt. Keine Ahnung, wie sein richtiger Name ist, besonders heilig wirkte er jedenfalls nicht.« Dan grinste schräg.

Duval ging nicht darauf ein. »Ging es um hohe Summen?«, fragte er stattdessen.

»Zumindest nicht, solange ich dabei war.«

Duval nickte. Santo. In seinem Kopf ratterte es. Er hatte diesen Typen schon einmal gesehen, irgendwo in der kriminellen Fotogalerie. Jetset, Halbwelt, er müsste eine Recherche machen.

»Gut.« Duval insistierte nicht länger. Viel mehr würde er nicht erfahren. Als er aufstand, warf er einen Blick Richtung Kabine, in die der Junge verschwunden war. »*Au revoir*, Clément!«

»*Au revoir*, Commissaire«, rief es aus der Kabine zurück.

Obwohl Duval die Atmosphäre auf dem Schiff der Schnyders als angenehm empfunden hatte, ging er erleichtert von Bord. Das stete Schaukeln des Schiffes hatte ihm schon wieder eine leichte Übelkeit verursacht. Er atmete tief ein, als er wieder auf dem Steg stand. Es regnete nicht mehr, aber der Wind wehte böig und und ließ die Falle ununterbrochen laut klingend an die Masten der Boote schlagen: ein schnelles *kling, klöng, pling* und *klöng, pling, kling*. Der alte Betonsteg war voller Pfützen. Das Meer war aufgewühlt, grüngrau und rollte laut. Tief hing der milchig graue Himmel darüber. Unterhalb der Festung brachen sich krachend große Brecher an den Klippen und die Gischt spritzte hoch und weit. Von Weitem sah er eine Fähre ankommen. Er wartete, bis sie schaukelnd anlegte, aber es stieg dieses Mal niemand aus und ebenso wenig stieg jemand zu. Wo war wohl dieser Lanvalle abgeblieben? War er noch auf der Insel oder hatte er irgendeine Möglichkeit gefunden, von hier zu verschwinden? Nachdenklich sah er die *Zephyr* an, der stattliche Zweimaster schaukelte und seine Masten knarzten im Wind. Im Moment wollte er keinesfalls auf ein weiteres Schiff.

Es traf sich gut, dass gerade Eric Michelet von der kleineren Motorjacht auf den Steg sprang. Er grüßte und sah den Kommissar neugierig an. »Kann ich Ihnen helfen?«, rief er gegen den Wind an. »Sie sind von der Polizei, nicht wahr? Ich habe Sie vorhin schon im Bistro gesehen.«

»Sicher können Sie das. Ich bin Commissaire Duval, Police Nationale von Cannes.« Duval zeigte seinen Dienstausweis vor. »Und ich würde Ihnen tatsächlich gern ein paar Fragen stellen.« Er musste laut sprechen, um den Wind zu übertönen.

»Schlimme Sache«, nickte Eric Michelet. »Aber wollen Sie nicht aufs Boot kommen, es ist eng, aber man muss beim Reden nicht so brüllen«, schlug Eric Michelet vor und sah gleichzeitig misstrauisch in den Himmel.

Gott bewahre, dachte Duval, der keinesfalls auf das kleine wild schaukelnde Boot wollte. Lieber blieb er draußen stehen und schrie gegen den Wind an.

Hatte Michelet Duvals Zögern bemerkt? Auf jeden Fall insistierte er nicht.

»Es wird gar nicht lang dauern«, Duval sprach laut, »ich wollte nur wissen, ob Sie die Leute der *Zephyr* kennen?«

»Klar, also ich meine, kennen ist vielleicht zu viel gesagt. Aber wir sind aus Cannes und wir haben die *Bar Tabac* am Hafen, wissen Sie?! Da kennt man dann alle Schiffe, die im Hafen liegen und die Leute, die dazugehören. Die *Zephyr* ist ein schönes Schiff!«, sagte er mit Nachdruck, für den Fall, dass Duval dies nicht erkannt haben möge. »Schade, dass es die meiste Zeit nur im Hafen liegt«, fügte er bedauernd hinzu. »Da kann man als Crew schon mal verzweifeln, denke ich, immer nur warten, für mich wäre das nichts.«

Was Duval vor allem wusste, war, dass er in einer Welt ermittelte, die ihm völlig fremd war, und er war nicht sicher, ob er die Mentalität der Segler und Bootsbesitzer wirklich verstand. Vielleicht bräuchte er Unterstützung, überlegte er, jemand, der sich mit Schiffen und Seeleuten auskannte. Ihm fiel niemand ein.

»Sie kennen sich aber nicht näher?«

»Théolien und ich, meinen Sie?«

»Ja, genau.«

»Nein, man grüßt sich im Vorbeigehen, redet ein bisschen übers Wetter, wie man das so macht. Er kauft seine Zeitungen bei uns und manchmal trinkt er einen Kaffee oder einen Apéro.«

»Und die beiden Männer?«

»Welche beiden Männer?«

»Die Crew von Théolien, meine ich.«

»Ah. Den Neuen kannte ich nicht gut.«

»Welcher ist der Neue?«

»Na, der Blonde, der jetzt tot ist. Frénet heißt er, oder?«

»Den haben Sie vorher noch nicht gesehen?«

»Doch, doch, gesehen schon. Er kam auch immer mal in die *Bar Tabac*. Aber so richtig in Kontakt kamen wir erst gestern hier im Bistro. Gestern Abend. War ein witziger Kerl.«

»Und Lanvalle?«

»Lanvalle hatte ich schon öfter gesehen. Ist ja lange genug dabei.«

»Und welchen Eindruck hatten Sie von ihm?« Duval blickte Eric Michelet in die Augen und fügte dann beinahe vertraulich hinzu: »Verzeihen Sie, wenn ich in der Vergangenheitsform spreche, aber es scheint so, als sei er spurlos verschwunden.«

»Also dazu kann ich Ihnen auch nichts sagen«, antwortete Eric Michelet ein wenig befangen, »ansonsten fand ich ihn ruhig, freundlich ... ganz normal eigentlich ... ein guter Maat, denke ich.«

»Wissen Sie, mir ist die Seefahrt nicht so vertraut, wenn Sie sagen, ›ein guter Maat‹, dann sagt mir das nicht viel. War er auch ein witziger Typ wie Frénet?«

»Witzig?! Nein, eher schweigsam, aber gestern war er vor allem müde, schien mir.«

»Müde?«

»Ja, was weiß ich, müde, erschöpft. Aber so ist das am Ende der Saison. Wir können ein Lied davon singen, was, Pat?« Damit wandte er sich an seinen Bruder, der nun auf dem Boot erschien und auf den Steg sprang.

»Wovon können wir ein Lied singen?«, fragte der neugierig.

»Von der Saison, Pat, das ist der Commissaire Duval aus Cannes, er fragte mich nach Lanvalle. Ich sagte, er wirkte müde gestern, oder was meinst du?«

»*Bonjour,* Monsieur le Commissaire.« Pat Michelet gab Duval die Hand. »Aber warum steht ihr denn hier im Wind herum?«, fragte er und sah seinen Bruder an. »Wollen Sie nicht aufs Boot kommen?«, wandte er sich an Duval.

»Das hatte ich dem Commissaire vorgeschlagen ...«, beteuerte Eric Michelet, »aber …« Er ließ den Satz unvollendet in der Luft hängen.

»Ah.« Vielleicht verstand Pat Michelet den Commissaire, denn er schlug sogleich vor: »Wollen wir nicht ins Bistro oder uns wenigstens da vorne unterstellen?« Er zeigte in die Richtung der ersten Häuschen des Inseldorfes. »Es gibt da so einen Unterstand vom ONF, da schaukelt es nicht«, fügte er launig hinzu, wurde aber sofort ernst, als er den strengen Blick Duvals auffing. Sie gingen schweigend zum Dorf und tatsächlich lag zwischen zwei Häuschen eingezwängt ein mit Waldmotiven bemalter kleiner Unterstand.

Hier war es gleich viel ruhiger. »Ist doch besser hier, oder?«, fragte Pat Michelet eifrig. Duval nickte. »Was wollten Sie wissen, Commissaire?«, bemühte er sich, den guten Bürger zu spielen. »Es ging um Théolien?«

»Lanvalle!«, korrigierte sein Bruder. »Ist dir an Lanvalle etwas aufgefallen?«

»Lanvalle? Nö. Unscheinbarer Typ, kann mir nicht vorstellen, dass …«, er sprach nicht zu Ende.

»Sie kannten ihn näher? Ihn oder Frénet oder Théolien?«

Pat Michelet machte eine vage Kopfbewegung: »Vom Sehen, man redet, macht ein paar Sprüche … man weiß, was sie trinken oder welche Zeitung sie lesen, aber kennen würde ich das nicht nennen. Wissen Sie, Eric und ich, wir haben eine *Bar Tabac* in Cannes, *Le Madrigal* am Hafen.«

Duval nickte. »Ihr Bruder erwähnte es gerade. Und jetzt haben Sie die Bar geschlossen und machen Ferien?«

»Ferien ist vielleicht übertrieben, aber ein paar freie Tage, wir haben uns eine Vertretung genommen. Haben wir uns auch verdient, was?« Er blickte seinen Bruder an. Sie sahen sich nicht nur ähnlich, sie hatten auch das gleiche sonnige Gemüt und schienen beide gerne und anstrengungslos zu plaudern. Aber vermutlich musste man als Besitzer eines kleinen Ladens oder einer Bar *la tchatche* haben, wie man hier im Süden sagte, diese Gabe, den ganzen Tag gut gelaunt Belangloses zu reden. Pat Michelet erzählte auch schon freimütig weiter aus ihrem Alltag: »Das kann man sich nicht mehr wirklich leisten, zuzumachen. Kaum ist man ein paar Tage nicht da, ist die Kundschaft woanders. Da bezahlen wir lieber jemanden, der den Laden für ein paar Tage schmeißt. Aber raus müssen wir schon mal. Nach der Saison zumindest. Wir sind das ganze Jahr von frühmorgens bis spätabends auf den Beinen, das ist anstrengend und der Sommer war lang, sage ich Ihnen, aber jetzt haben wir uns diesen Abstecher auf die Insel gegönnt, bisschen Tapetenwechsel und so.« Er zwinkerte verschmitzt mit den Augen.

»Und so ... was meinen Sie mit ›und so?‹«, fragte Duval nach.

»Oh ...« Pat Michelet wurde ernst. »Nichts Besonderes, wirklich. Wir wollten raus aus Cannes, die Inseln sind prima zum Abschalten, die Natur, die Ruhe, vollkommen anderes Ambiente als Cannes ... und vielleicht ergibt sich was, man weiß ja nie.«

»Ergibt sich *was?*« Duval war hartnäckig.

Pat Michelet schwieg. Eric Michelet sah seinen Bruder streng an und antwortete an dessen Stelle: »Pat hatte ein Auge auf die Kellnerin geworfen.«

»Und?«

»Was und?« Pat Michelet wurde ruppig. »Darf man das nicht?«

»Natürlich dürfen Sie das. Hat sie Sie erhört?«

Wieder war es Eric Michelet, der anstelle seines Bruders antwortete. »Nein, hat sie nicht. Es gab da noch andere, die sich das Gleiche erhofft haben.«

»Lanvalle zum Beispiel?«

»Lanvalle sicher auch, ja.«

»Und hatte Lanvalle mehr Glück?«

Pat Michelet schüttelte den Kopf. »Lanvalle hat noch nicht mal gewagt, sie richtig anzusehen. Bisschen verklemmter Typ, wenn Sie mich fragen, der hat ihr nicht gefallen.«

»Hat ihr denn irgendeiner gefallen?«

Pat Michelet sah den Kommissar düster an. »Wenn, dann der andere.«

»Der andere?«

»Ja, der, der jetzt tot ist, Frénet.«

»Was erzählst du denn da, Pat? Das sind doch Hirngespinste.«

Aber Patrick Michelet sah nicht so aus, als fantasiere er sich etwas zusammen.

»Erzählen Sie mal«, forderte Duval ihn zum Weiterreden auf.

»Sollen wir nicht vielleicht ins Bistro gehen?«, unterbrach Eric Michelet. »Es dauert ja doch einen Moment und ...«, er sprach nicht zu Ende, sah aber auf die Uhr.

Duval schüttelte streng den Kopf und sah Pat Michelet weiterhin an.

»Naja, wir haben Karten gespielt, ich zwinkerte ihr immer mal zu, aber sie hat nicht reagiert. Aber ich habe sie im Auge gehabt, deshalb habe ich es gemerkt, obwohl sie sich alle Mühe gab, es nicht zu zeigen. Sie und Frénet haben am Tresen getuschelt und später sind sie ein-, zweimal zum Rauchen rausgegangen, aber zeitversetzt, damit es nicht auffällt. Aber ich habe es trotzdem gemerkt. Und als sie wieder reinkam, sah sie verändert aus. Sie war irgendwie aufgekratzt.«

»Und später sind sie zusammen gegangen?«

»Wer? Alice und Frénet?«

Der Commissaire nickte.

»Nein. Frénet ist mit Lanvalle zusammen gegangen. Alice blieb im Bistro bis zum Schluss.«

»Das wissen Sie genau?«

»Ja, das können Sie glauben, ich wollte nämlich unbedingt noch mal mit Alice alleine sein, deswegen bin ich auch geblieben bis zum Schluss, aber sie hat mich rausgeworfen.«

»Und Théolien, wissen Sie, wann der gegangen ist?«

»Früher. Weiß nicht, um wie viel Uhr, aber ein gutes Stück früher.«

Das deckte sich inhaltlich mit dem was der Wirt erzählt hatte. »Danke, lassen wir es für jetzt mal dabei bewenden. Vielleicht habe ich später noch Fragen …«, beendete Duval das Gespräch. Sein Magen begann, sich trotz der morgendlichen Übelkeit hungrig zu regen. Er sah jetzt auch auf die Uhr und verstand die Nervosität von Eric Michelet. Es war höchste Zeit fürs Mittagessen!

»Sie wollten zum Essen ins Bistro?«, fragte er die Brüder Michelet, die fast gleichzeitig und erleichtert nickten.

»Na, dann lassen Sie uns mal aufbrechen.«

# 3

»Tag, die Herren!«, begrüßte Duval die Kollegen der PTS und schüttelte Fabien Belleudy und dem »kleinen Martin« die Hand. »*Re-bonjour*«, sagte er zu Dermez und Villiers. Christophe Martin, den alle wegen seiner geringen Körpergröße nur den »kleinen Martin« nannten, und vor allem, um ihn so vom »großen« Stéphane Martin, einem bulligen Kollegen aus der Drogenfahndung, der *brigade des stupéfiants*, kurz STUP, zu unterscheiden, war noch etwas blass um die Nase. Die Kollegen hatten drei kleine Tische an der Fensterseite zusammengeschoben. Dermez deutete auf einen der freien Stühle. Duval setzte sich. »Wir haben schon bestellt, wir wussten ja nicht, wann Sie wieder auftauchen«, entschuldigte sich Villiers. Duval nickte. »Kein Problem.« Augenblicklich stand Alice neben ihm. »Möchten Sie auch noch essen?« Sie klang angestrengt.

»Ja, bitte, was gibt es denn Feines?« Er lächelte sie dabei an.

Ihr Ton wurde freundlicher. »Heute gibt es Lasagne. Sie können aber auch noch ein Omelette bekommen oder ein Hacksteak mit Pommes frites.« Alice zögerte kurz. »Und von gestern gibt es noch eine *Daube*.«

Duval war unschlüssig. »Was würden Sie mir denn empfehlen?«, fragte er charmant und sah sie wieder freundlich an.

Sie lächelte jetzt ganz leicht. »Wenn Sie *Daube* mögen, dann würde ich die nehmen, aufgewärmt ist sie sowieso noch besser. Das Fleisch ist ganz zart.« Ihre Stimme klang rau. Sie räusperte sich.

»Gut, dann nehme ich die.«

»Pommes frites oder Nudeln?«

»Nudeln.«

Sie nickte. »Und zu trinken?«

»Einen Rotwein.«

»Reicht die erst mal?« Sie zeigte auf die Flasche auf dem Tisch, die die Kollegen bestellt hatten.

»Ah, sicher, was ist es für einer?« Duval besah sich das Etikett.

»Ein *Vin du Pays* aus dem Var.« Villiers schenkte dem Kommissar ein Glas ein.

Duval trank einen kleinen Schluck und nickte. »Gut, aber vielleicht nehmen wir noch eine Karaffe Wasser bitte.«

Sie nickte und verschwand hinter der Theke.

»Sie kriegen wohl eine Sonderbehandlung, Commissaire, uns hat Mademoiselle die *Daube* nicht angeboten«, frotzelte Yves Dermez.

»Weil ich nur noch zwei Portionen habe!«, entgegnete Alice ungerührt, als sie dem Kommissar ein Gedeck brachte und die Karaffe Wasser auf den Tisch stellte.

»Ich hätte gerne die andere Portion genommen«, sagte Villiers provozierend.

»Meinen Sie, die Lasagne sei etwa nicht gut?«, gab Alice forsch zurück.

»Doch, doch, die ist sicher ganz ausgezeichnet.«

»Na also.« Sie verschwand in der Küche.

Villiers grinste Duval an. Er war jetzt wieder ganz der Alte. Duval verzog keine Miene. »Haben Sie den Typ mit der goldenen Jacke gesehen?«, fragte er stattdessen mit leiser Stimme.

»Nur so vage, das ist zumindest der Typ von der Motorjacht. Passt nicht so ganz ins Ambiente. Wer ist das? Jemand aus dem Milieu?«

»Spieler vielleicht. Sein Gesicht kommt mir bekannt vor. Ich komm nicht drauf. Er nennt sich Santo. Sagt Ihnen das was?«

»Santo?«, überlegte Villiers. »Ein Italiener? Aus dem Milieu?«

»Vielleicht. Mein Gefühl sagt mir, dass der nicht ganz sauber ist, wir sollten den im Auge behalten, er hat wohl eine Schiffspanne, aber wenn er Dreck am Stecken hat, wird ihn das nicht hindern zu verschwinden.« Er überlegte kurz, stand dann auf und ging in das Hinterzimmer des Gastraums zum Telefonieren.

»Léa?«

»Oui, Monsieur le Commissaire?«

»Léa, können Sie mal im System nach einem ›Santo‹ suchen? Italienischer Typ, vielleicht Korse, muskulös, sehr blaue Augen, ich schätze Mitte vierzig. Der liegt hier mit einer weißen Motorjacht, die *King II* heißt.«

»Mache ich sofort!«

»O. k., bis später.«

»Ich habe Leroc angerufen«, informierte er Villiers. Der nickte.

»Gut, erzählen Sie mal ... was haben Sie rausgefunden?«, forderte Duval ihn auf.

»Ich war die ganze Zeit mit dem *Garde Forestier* unterwegs. Komischer Typ, ziemlich wortkarg, lebt anscheinend sehr zurückgezogen, nicht sehr an menschlichen Kontakten interessiert, scheint mir. Aber die Insel und der Naturschutz gehen ihm über alles. Und so muss es vielleicht auch sein, wenn man hier auf der Insel leben will.«

»Aha.« Duval ging bei Villiers bestimmt auch als wortkarger Typ durch. »Konnten Sie trotzdem etwas von ihm erfahren?«

»Philippe Gantois, so heißt er, der *Garde Forestier*, vertritt die Theorie, dass der Junge sich mit einer Jolle davongemacht hat. Davon gibt's ja hier jede Menge auf der Insel. Die liegen vor jedem Haus, und als ich das kleine Sträßchen entlanggelaufen bin, sah ich auch im Schilf kieloben welche liegen, gut, die sind vielleicht leck, keine Ahnung, aber hier auf der Insel hat quasi jeder mindestens ein Boot.«

»Wie viele Leute leben denn hier auf der Insel überhaupt?«, unterbrach Duval.

»Leben ... so richtig ganzjährig leben tun hier nur wenige, der *Garde Forestier* und eine Aufsicht im Fort und der Wirt des Bistros, der hat eine Sondergenehmigung. Die Häuschen hier, alles ehemalige Fischerhäuschen, werden von der Stadt Cannes vermietet und sie sind offiziell nur als Zweitwohnsitz zugelassen. Zwanzig Mieter sind es im Moment so in etwa, aber man unterzeichnet eine Vereinbarung, dass man hier nur zeitweise, im Sommer oder an den Wochenenden, wohnt. Ob das allerdings so eingehalten wird, steht auf einem anderen Blatt. Gantois sagte mir, zumindest einer der älteren Herren wohne ganzjährig hier. Dem können Sie ja mal auf den Zahn fühlen. Alle anderen kommen morgens mit der ersten Fähre und fahren abends mit der letzten Fähre zurück.«

»Und wer sind die ›anderen‹?«

»Na zum Beispiel die Museumsaufsicht. Das sind zwei Personen in der Nachsaison, in der Hauptsaison sind es vier, die sich den Dienst teilen.« Er nahm sich ein Stück Brot, biss hinein und trank einen Schluck Wein dazu, dann fuhr er fort. »Wissen Sie, dass es sogar einen Postboten gibt, der einmal täglich mit der Fähre kommt?!«

»*Ah bon?*«

»Doch, doch, er hat die kleinste Tour Frankreichs, es gab mal einen Artikel in der Zeitung darüber. Aber das nur am Rande. Die Angestellten der Werft gibt es auch noch.«

Duval nickte. »Ah, ja, die Werft, arbeitet die noch? Ich dachte, die sei stillgelegt?! Ich erinnere mich, da neulich so etwas in der Zeitung gelesen zu haben. Es gab da einen großen Prozess, oder? Die Insel ist doch so etwas wie ein Naturschutzgebiet?«

»Jaja, Prozesse gibt es ständig, denn die Insel *ist* ein Naturschutzgebiet. Es ist ein bisschen schwierig mit Naturschützern UND einer Werft auf nur drei Quadratkilometern Inselfläche. Es gibt ganz im Westen der Insel ja auch ein ausgeschriebenes Vogelschutzgebiet. Und die Naturschützer hätten natürlich gern die ganze Insel für sich. Die finden immer wieder ein Vögelchen, das durch die Werft traumatisiert ist und sich auf dem Weg in den Süden verflogen hat.« Villiers verdrehte theatralisch die Augen. »Aber die Werft gibt es dennoch, denn Naturschutz ist ja noch relativ neu in der Geschichte der Insel. Es gibt sie hier quasi schon immer, die berufen sich sogar auf die römische Zeit, das heißt, die Werft ist so alt wie die Insel und war also schon da, bevor sie den Naturschutz erfunden haben.«

»Ah Villiers, Ihre Ansichten in Ehren, aber grundsätzlich verkehrt ist der Naturschutz ja nicht. Nur das *Business,* das damit betrieben wird, nimmt manchmal zweifelhafte Züge an.«

»Seit ich über *Nature & Life* recherchiert habe, ist bei mir der Ofen aus. Ich glaube denen kein Wort mehr. Da geht es doch auch immer nur um Geld.«

»Ja«, sagte Duval, »an die dachte ich auch gerade.« Vor ein paar Monaten hatten sie im Zusammenhang mit dem Mord an dem berühmten Regisseur Thibaut mit der großen Umweltschutzorganisation *Nature & Life* zu tun gehabt, die oft mit fragwürdigen Mitteln für den Umweltschutz arbeitete, vor allem aber viel Geld erwirtschaftete.

»Gut, also wir haben eine Insel unter Naturschutz und eine Werft, die sich behauptet, richtig?«, fragte Duval.

»Ja, und das passt den *Écolos* natürlich nicht und sie prozessieren seit einigen Jahren dagegen an, aber bislang arbeitet die Werft noch immer. Da sie die einzige zwischen Toulon und Italien ist, die Jachten bis zu 50 Meter Länge aufnehmen kann, und davon bis zu fünf immerhin, hat sie eine gewisse Position in der Region. Außerdem beschäftigt sie 'ne Menge Personal im Laufe des Jahres und arbeitet mit Handwerksbetrieben aus der Region, was ja nicht zu verachten ist. Bislang hat die Werft also noch alle Prozesse gegen die *Écolos* gewonnen, sie musste allerdings die Arbeitsweise modernisieren und hat jede Menge Auflagen für den Umweltschutz bekommen. Zurzeit liegen drei Jachten dort, an denen eigentlich gearbeitet wird, aber heute war dort niemand anzutreffen und das Tor war geschlossen. Ist ja aber kein Wunder bei dem Wetter. Die Arbeiter kommen morgens mit einem kleinen Boot vom Port Canto in Cannes und fahren abends wieder rüber. Wie viele da zurzeit arbeiten, ist nicht klar, drei oder fünf oder acht, kommt darauf an, was zu tun ist, aber klar ist, die leben nicht auf der Insel und übernachten auch nicht hier. Aber, und deswegen ist es interessant, es gibt auf dem Gelände sicherlich das eine oder andere kleine Boot, mit dem man von der Insel wegkommen kann. Und deshalb glaubt Philippe, der *Garde Forestier*, dass Lanvalle sich eine Jolle besorgt und damit davongemacht hat.«

»Gibt es Einbruchsspuren?«

»Nicht auf den ersten Blick, aber man könnte mit ein bisschen Geschick auch von der Seeseite kommen – ob da was verschwunden ist, das müsste jemand von der Werft überprüfen. Ich habe eine Nachricht auf dem Anrufbeantworter des Besitzers hinterlassen, bislang hat er nicht zurückgerufen. Das Gleiche gilt übrigens für die Segelschule. Auch da gibt es kleine Jollen oder Kajaks, mit denen man verschwinden könnte. Das könnte vielleicht die junge Dame hier überprüfen«, Villiers machte eine Kopfbewegung Richtung Küche, in die Alice verschwunden war, »die übrigens ursprünglich mal für einen Sommerjob hier auf die Insel gekommen ist, und zwar nicht als Küchenhilfe im Bistro, sondern als Segellehrerin im *Centre Nautique*. Sie wohnt jetzt übrigens im Forsthaus.«

»Sieh an, dann ist der *Garde Forestier* doch nicht so menschenscheu, wie Sie vielleicht meinen, was, Villiers? Er hat vielleicht nur Interesse an ausgewählten Personen.«

Villiers grinste. »Schon möglich.«

»Der *Garde Forestier* wird seine Runde drehen und ein bisschen schauen, ob ihm was auffällt, bei diesem Sauwetter wird ja niemand freiwillig lange draußen herumlaufen und so viele Orte, um sich zu verstecken, gibt es nicht. Wir sind heute Vormittag nur über die Ostseite der Insel gegangen, das heißt, wir waren vor allem im Fort. Wissen Sie, wie es dort funktioniert?« Villiers sah Duval an.

»Vage. Ist nur für Schulklassen zugänglich und die machen dort, was man andernorts Landschulaufenthalte nennt?«

»Ja, so in etwa. Die *classes vertes*. Die Kids aus der Region lernen hier segeln und übernachten in den ehemaligen Kasernen im Fort, die zu Schlafsälen umfunktioniert worden sind, das hat alles so ein bisschen Jugendherbergsniveau. Bis Mitte Oktober wird das Fort vom Verein *Cannes-Jeunesse* bewirtschaftet. Jetzt ist aber alles geschlossen, da oben ist kein Mensch, es ist wie ausgestorben, und wenn sich da jemand unrechtmäßig bewegte, würde es dem Aufseher auffallen. Das Fort wird außerdem nachts zugesperrt und es gibt tagsüber nur einen Zugang. Es scheint also unwahrscheinlich, dass er sich dort versteckt haben könnte. Wir haben dennoch alles überprüft. Aber bis auf das Museum ist alles geschlossen. Im Museum habe ich die beiden Leutchen, die an der Kasse sitzen und Aufsicht machen, befragt, die hatten von dem Mord noch gar nichts mitbekommen. Aber denen ist heute Morgen nichts oder niemand aufgefallen. Wundert mich auch nicht, die sind so lethargisch.« Villiers rollte die Augen. »So ein Job würde mich fertigmachen, die ganze Zeit an diesem abgeschiedenen Ort rumzusitzen und nichts zu tun, und bei diesem Wetter kommt ja kein einziger Tourist auf die Insel. Mein Besuch hat sie immerhin etwas aufgescheucht.« Villiers grinste.

Duval sah Villiers streng an. »Villiers, Sie sollten ihnen keine Angst machen!«

»Habe ich nicht«, beteuerte Villiers, »und wenn schon, keine Sorge, bisschen Spannung kann denen nur guttun. Aber die haben vor lauter Schreck quasi sofort das Museum geschlossen.«

Duval setzte zu einer Bemerkung an, aber Villiers unterbrach ihn: »Ich habe versprochen, sie nachher abzuholen und zum Fährableger zu begleiten: Sie nehmen immer die letzte Fähre. Bis dahin bleiben sie im Museum und rühren sich nicht vom Fleck.«

Duval schluckte herunter, was er sagen wollte, denn Alice brachte eine riesige Auflaufform mit dampfender Lasagne, die sie energisch auf den Tisch stellte. »Achtung, es ist heiß! Kommt gerade aus dem Ofen!«, sagte sie.

»Hmm, das sieht aber gut aus!« Villiers rieb sich komödiantisch seinen Bauch. »Haben Sie das gekocht?«

»Und es riecht auch gut! *Merci*, Mademoiselle!« Fabien Belleudy, der jüngere der Polizeitechniker, sah Alice verschmitzt an.

Sie beachtete keinen von ihnen, sondern schnitt ungerührt große Portionen heraus. Die Männer reichten ihr nach und nach die Teller an und versuchten mit lockeren Sprüchen, Alice ein Lächeln zu entlocken. Aber sie lächelte nicht. Zügig bediente sie die Männer mit dem Blick einer strengen Herbergsmutter und wachte darüber, dass alle ein gleich großes Stück Lasagne auf dem Teller hatten. »Es ist heiß!«, wiederholte sie. Zu Duval gewandt sagte sie jedoch: »Und ihre *Daube* bringe ich gleich, ich serviere erst mal den anderen Gästen die Lasagne, ja?«

»Kein Problem.« Duval nickte.

Aber es war der Wirt, der einen kleinen irdenen Topf vor ihn stellte und daneben eine Schüssel mit breiten Nudeln. *»Bon appétit!«*, wünschte er allgemein und sah prüfend über den Tisch. »Alles in Ordnung? Fehlt etwas? Noch eine Flasche Wein vielleicht?«

Duval sah fragend in die Runde; man antwortete ihm mit Nicken und zustimmendem Gemurmel. Duval leerte den letzten Rest der Flasche in das Glas seines Nachbarn, nickte dem Wirt zu und reichte ihm die leere Flasche. »Also, das Gleiche noch mal, bitte.«

»Geht in Ordnung.« Der Wirt verschwand hinter der Theke und kam mit einer weiteren Flasche zurück an den Tisch. Er öffnete sie professionell, roch am Korken und goss dann jedem der Männer noch einen Schluck Wein

ein. Dann stellte er die Flasche auf den Tisch. »Wohl bekomm's!«

Für einen Moment waren alle Männer mit dem Essen beschäftigt und keiner von ihnen sprach. Duval hatte sich eine Portion Nudeln aufgetan und nahm mit einem breiten Löffel die Fleischstücke aus dem Topf und goss dann großzügig die Soße darüber. Es dampfte auf seinem Teller und er atmete den würzigen Geruch des Fleischragouts ein. Ihm lief das Wasser im Mund zusammen. Es war lange her, dass er eine *Daube* gegessen hatte. An irgendeinem Familienfest hatte Hélène eine *Daube* gekocht, weil sie sich auch in großer Menge gut vorbereiten ließ, ansonsten mochte sie diese altmodische gutbürgerliche Küche nicht besonders. Sie versuchte immer leicht zu kochen und bevorzugte Kurzgebratenes, Salate, Gemüse und Vollkornreis anstelle der schweren Soßengerichte, nach deren Genuss man beinahe von selbst in einen komatösen Mittagsschlaf fiel. Duval dachte an ihren strengen Blick, wenn er genießerisch die Soße mit viel Brot auftunkte und alles mit viel Rotwein hinunterspülte. Ach, Hélène. Kurz erschienen auch seine Kinder vor seinem geistigen Auge. Es war ausgemacht, dass sie in den Herbstferien Anfang November für ein paar Tage nach Cannes kommen würden. In dem Zimmer, in dem sie schlafen sollten, standen immerhin schon zwei Betten, ansonsten war es noch etwas kahl, aber das Einrichten und Dekorieren konnte er ja auch mit den Kindern zusammen noch machen. Hélène rief ihn nun täglich an und erinnerte ihn daran. Sie misstraute ihm, zu oft hatte er sie enttäuscht. Ihrer Ansicht nach würde er bereits am Ankunftstag der Kinder vergessen, sie rechtzeitig am Flughafen abzuholen. Duval seufzte, ja, es war schon vorgekommen, dass er vergessen hatte, die Kinder von der Schule abzuholen. Wobei seiner Ansicht nach »vergessen« nicht das richtige Wort war – es war ihm Arbeit dazwischengekommen und ja, im Eifer des Gefechts war er hundertprozentig darauf konzentriert und alles andere kam danach. »Alles andere!«, hatte Hélène wütend gezischt. »Als ginge es um ein Hemd, das du nicht von der Reinigung abgeholt hast, es sind DEINE KINDER, die auf dich warten!« Aber für November hatte er eine Woche Urlaub eingetragen und wollte in dieser Zeit wirklich nur für sie da sein. Sie sahen sich nur noch über Skype und Duval schmerzte es zu sehen, wie schnell seine Kinder sich veränderten. Matteo war gerade zehn geworden, er trug seit Kurzem eine Brille und sah nun aus wie eine Kleinausgabe seines Idols Cyprien, ein junger Comédien, dessen YouTube-Videos er heimlich im Internet ansah. Er sah aber nicht nur verändert aus, sondern hatte auch das Auftreten von Cyprien kopiert und bewegte sich fast schon wie ein Teenager. Um mit der Veränderung ihres Bruders mithalten zu können, hatte Lilly nun ebenfalls eine Brille haben wollen. Steif und fest hatte sie behauptet Kopfweh zu haben, wenn sie ihre Bilderbücher mit drei Zeilen Text las, ein Symptom, das sie natürlich von ihrem Bruder übernommen hatte. Der Augenarzt hatte aber nur eine minimale Sehschwäche bei ihr feststellen können, eine Brille wäre eigentlich nicht nötig gewesen, aber sie bestand darauf. Duval war erschrocken, als er sein kleines Mädchen zum ersten Mal mit dieser große, eckigen violetten Brille sah. Zusammen mit dem strengen Pferdeschwanz, den Hélène ihr für die Schule machte, wirkte sie wie eine ältliche Sekretärin auf ihn, aber sie gefiel sich offenbar so gut, dass er vorgab, sie sähe großartig damit aus.

»Und? Schmeckt die *Daube?*«, fragte Villiers interessiert und unterbrach seine Gedanken.

Duval hatte bereits die Hälfte der Portion vertilgt, ohne sie wirklich zur Kenntnis genommen zu haben. Er schämte sich ein bisschen. »Doch, ja«, beteuerte er. Und es schmeckte ihm wirklich. Das geschmorte Rindfleisch fiel fast von selbst auseinander, so zart war es. Die Soße mit Oliven und Orangenschalen war unglaublich aromatisch und er tunkte mit Genuss das Brot hinein.

»Schmeckt es Ihnen?«, fragte nun auch Alice. Die Frage war allgemein gehalten, aber ihr Blick war an Duval hängen geblieben.

»Exzellent!«, antwortete Duval. »Ich bräuchte vielleicht noch ein bisschen Brot für diese Soße, die ist ganz ausgezeichnet. Mit Oliven, sehr gelungen!«

Alice nickte und in ihren Augen war ein kleines Lächeln wahrnehmbar. »Ja, ist ein provençalisches Rezept und ich habe sie auch in einer echten *Daubière* gemacht ...«, sie hielt inne. »Ich bringe Ihnen erst mal das Brot«, sagte sie und eilte davon.

»Eine *Daubière*?!« Duval sah fragend die Polizeibeamten an seinem Tisch an.

»Ein bauchiger Tontopf«, erläuterte Yves Dermez. »Meine Frau benutzt auch eine *Daubière*. Das ist ein typisch provençalisches Kochgeschirr und hat eine sehr ausgeklügelte Form und Technik, damit das Ragout stundenlang darin köcheln kann, ohne trocken zu werden.«

»Ach naja, man kann die *Daube* aber auch in jedem anderen schweren Topf machen«, ließ sich der kleine Martin vernehmen, dessen Blässe sich nach dem zweiten Gläschen Rotwein zugunsten einer leichten Röte verflüchtigt hatte. »Ich mag ja besonders die *Daube niçoise*, mit Steinpilzen!«, fügte er hinzu.

Die Tür des Bistros öffnete sich und die ältere Dame, die Duval morgens auf der Fähre gesehen hatte, kam hereingeweht. Sie zog ihren Trolley über die Schwelle und stellte ihn neben die Tür. Mühsam wühlte sie sich unter ihrem blauen Plastikregencape hervor und wischte sich Regentropfen von ihrer Brille. Dann sah sie sich im Saal um, während sie gleichzeitig mit der Hand ordnend durch die weißen Haare fuhr. Sie hatte sie zu einem Knoten am Hinterkopf frisiert und legte ein paar Strähnen, die Wind und Kapuze in Unordnung gebracht hatten, wieder zurecht.

»*Bonjour,* Françoise!«, grüßte der Wirt. »*Ça va?*«

»*Bonjour,* Pascal!« Sie nickte in seine Richtung, stapfte aber zielstrebig und leicht nach vorne gebeugt zum Tisch, an dem Duval saß.

»Sie sind die Herren von der Polizei?«, fragte sie und blickte prüfend in die Gesichter, um zu sehen, wer wohl der zuständige Chef war.

»Jawohl, Madame«, antwortete Villiers freundlich, »was können wir für Sie tun?«

Sie musterte ihn streng und entschied dann: »Sie sind ja wohl nicht der leitende Commissaire, oder?«

»Sie meinen, mit meiner Hautfarbe könne ich kein leitender Commissaire sein?«, gab Villiers zurück und lächelte nicht mehr. Meistens steckte er Diskriminierungen dieser Art locker weg. Viel zu oft kam das vor. Jeden verdammten Tag gab es mindestens einen, der eine abfällige Bemerkung machte. »Man kann nicht alle Idioten belehren«, sagte er meist und ging zu etwas anderem über. Aber Ton und Blick dieser Dame schienen ihm nicht zu gefallen.

Duval warf Villiers einen Blick zu, sagte aber nichts.

»Nein, also, ich meine …«, die Dame schien nun doch etwas verlegen und suchte eine Ausflucht. »Sie sind ja auch noch sehr jung!«, sagte sie dann und schien erleichtert, dass ihr diese Antwort eingefallen war.

»Ah so, es ist mein Alter, nicht meine Hautfarbe, die sie stört?!«

»Herrgott«, die Dame war nun vollends verwirrt, »darf man denn gar nichts mehr sagen heutzutage?«

Duval entschied sich dafür, einzugreifen. »Madame, wenn Sie gestatten ... das ist Commandant Villiers, ein fähiger und trotz seines jugendlichen Alters sehr erfolgreicher Polizist und im Übrigen mein Assistent. Mein Name ist Duval, ich bin der leitende Beamte und mein Dienstgrad ist Commissaire. Was können wir für Sie tun?«

»Ah, gut!« Sie schien erleichtert und wandte sich nun voll und ganz Duval zu.

»Ich habe gehört, was passiert ist, und ich weiß, dass Sie einen entflohenen Mörder suchen. Ich will Ihnen nur sagen, falls er sich im Hotel versteckt hat, was mich gar nicht wundern würde, da haben sich schon so viele undurchsichtige Gestalten versteckt, dann werde ich die Stadt verklagen, die es seit Jahren nicht für nötig hält, wenigstens die Fenster und Türen zuzumauern. Und ich erwarte, dass die Polizei mich dabei unterstützt. Ich alleine kann ja nichts ausrichten ...«

»Stopp!«, sagte Duval und versuchte den Redefluss der alten Dame zu unterbrechen, aber sie sprach unverdrossen weiter. »STOPP!« Duvals Stimme nahm einen autoritären Ton an, der dazu führte, dass die Dame mit offenem Mund innehielt. »Fangen wir von vorne an, Madame, wer sind Sie?«

»Françoise Aubert. Ich bin die Witwe von Jean-Louis Aubert, dem letzten Besitzer des Hotels *Le Masque du fer.*«

»Es gibt ein Hotel auf der Insel?«, fragte Duval.

»Ja!«, sagte sie.

»Nein«, antwortete Villiers gleichzeitig.

»Was jetzt?« Duval sah Villiers an.

Madame Aubert setzte erneut an, aber Duval legte ihr seine Hand auf den Arm und brachte sie mit dieser Geste zum Schweigen. »Einen Augenblick, Madame.« Er sah Villiers an.

»Es gab auf der Insel ein Hotel, der letzte Besitzer wurde vor ein paar Jahren enteignet, weil er das Hotel in einen unbewohnbaren Zustand gewirtschaftet hat und seither streiten sich Staat und Stadt darum, was daraus werden soll. Das Haus liegt neben der Werft, von der ich vorhin sprach und verkommt nun endgültig zu einer Ruine«, berichtete Villiers kurz und knapp.

»Aber so kann man das doch nicht sagen!«, empörte sich augenblicklich Françoise Aubert. »Jean-Louis hat getan, was er konnte, schuld ist der Staat mit diesem unglückseligen Gesetz!«

»Welches Gesetz?«, fragte Duval und wandte sich wieder an Villiers.

»Ich vermute, Madame spricht von der *loi littoral.* Das Hotel steht direkt an der Küste und das Grundstück des Hotels fiel mit der Durchsetzung des Gesetzes an den Staat.«

»Genau! Das war der Anfang vom Ende! Damit war unser Schicksal besiegelt. Das Hotel war nichts mehr wert, wir hätten es nie mehr verkaufen können. Und wir waren fortan gezwungen, Hunderten von Auflagen Folge zu leisten, ein Unding, finanziell ein Desaster! Jean-Louis hat sich gewehrt und prozessiert und wollte, dass der Staat diese Arbeiten finanzierte, wenn ihm schon Grund und Boden weggenommen worden sind, aber es hat nichts genützt. Wir haben nur noch mehr Geld dadurch verloren. Er ist vor Gram gestorben, sage ich Ihnen.« Sie sah Duval eindringlich an. »Leberkrebs!«, fügte sie noch dramatisch hinzu.

»Françoise, lassen Sie die Herren doch in Ruhe essen«, mischte sich nun Alice ein, die noch eine Karaffe Wasser auf den Tisch stellte. »Das können Sie doch alles auch später noch erzählen, wenn es wichtig ist. Möchten Sie vielleicht in der Zwischenzeit einen Tee oder einen Kaffee?«

»*Wenn* es wichtig ist? Na also, das hat noch gefehlt, wie kommen Sie mir denn, Sie Person?!« Madame Aubert sah Alice empört von oben bis unten an. »Natürlich ist es wichtig! Und bedecken Sie doch bitte Ihre Oberweite, man sieht Ihre Brustwarzen hervorstechen, tragen Sie etwa keinen BH?«

Die Männer feixten. Alice war perplex und sah kurz schuldbewusst an sich herunter. Sie zog ihr T-Shirt glatt und schüttelte den Kopf. »Es reicht, Madame Aubert«, sagte sie. Aber Françoise Aubert ließ nicht von Duval ab. Alice verdrehte die Augen und zog sich resigniert zurück.

»Madame Aubert, wenn ich Sie recht verstehe, vermuten Sie, dass sich in diesem Hotel, das jetzt leer steht, korrigieren Sie mich, wenn ich etwas falsch verstanden habe, der vermisste junge Mann versteckt halten könnte?«

»Jawohl!« Sie nickte eifrig mit dem Kopf, während Villiers seinerseits den Kopf schüttelte. »Nein«, sagte er. »Haben wir überprüft. Scheint nicht wahrscheinlich. Der Zugang zum Hotel ist erschwert und es sieht wirklich nicht einladend aus. Viel wahrscheinlicher ist, dass er sich auf dem Gelände der Werft nebenan ein Boot organisiert hat und damit bereits verschwunden ist. Der Zugang zur Werft ist insgesamt viel leichter möglich und es ist auch logischer.«

»Gut, Madame«, sagte Duval und nahm sein Besteck wieder auf, »dann danke ich Ihnen für Ihre Informationen, aber wie Sie sehen, wurde das Hotel schon überprüft und ich würde tatsächlich gerne weiteressen, wenn Sie erlauben.«

Françoise Aubert aber blieb unbeeindruckt neben dem Tisch stehen und sah den Commissaire an. Ihre weitsichtigen Augen hinter den Brillengläsern waren groß und gaben ihr einen vorwurfsvoll-forschenden Blick. Duval aß ungerührt weiter und auch die anderen Polizisten begannen wieder zu essen und zu reden.

»Françoise!«, rief der Wirt nun. »Komm und trink etwas.«

»Nein, danke«, antwortete Madame Aubert, aber sie ließ dann doch von den Polizisten ab und setzte sich an einen freien Tisch in der Nähe des Tresens. Dann stand sie auf und zog ihren Trolley zu sich. Sie wühlte darin herum und förderte eine Plastiktüte zutage, aus der sie eine kleine Thermoskanne zog und auf den Tisch stellte. Sie löste den Becher, drehte den Deckel der Thermoskanne ab und goss sich dampfenden Tee ein. Dann griff sie erneut nach der Plastiktüte und holte umständlich ein paar Scheiben Toastbrot heraus und ein kleines Dreieck Schmelzkäse, den sie zerteilte und mit einem kleinen Taschenmesser auf das weiche Brot drückte. Dann aß sie vornübergebeugt und es schien, als rede sie dabei mit sich selbst.

»Was möchten Sie zum Dessert?«, fragte Alice, als sie die Teller abräumte. »Ich habe eine Apfeltarte, schlicht, aber frisch und hausgemacht«, fügte sie hinzu, »ansonsten gäbe es noch Eis. Wir haben aber nur noch Vanille, Schokolade und Pistazie. Es ist das Ende der Saison«, sagte sie entschuldigend.

»Apfeltarte MIT einer Kugel Vanilleeis, ginge das?« Duval sah Alice fragend an.

Sie lachte kurz auf, es schien, als wolle sie etwas sagen,

was sie sich dann verkniff. »Natürlich geht das«, sagte sie stattdessen, »ich habe auch noch Schlagsahne, wenn Sie wollen«, schlug sie vor.

»Nein, Apfeltarte mit Vanilleeis reicht völlig, und danach hätte ich gern einen Kaffee.«

»Apfeltarte«, »Eis«, oder auch nur »Kaffee« lauteten die Bestellungen am Tisch und Alice eilte in die Küche.

Duval blickte aus dem Fenster, während er den Zucker in seinen Kaffee rührte. Man sah nicht viel, die Scheiben des Bistros waren regennass und von der Welt draußen sah man nur ein großes Graublau – Meer und Himmel schienen ineinander überzugehen. Die weißen Schaumkronen auf den Wellen zeigten, dass das Meer weiterhin recht bewegt war. Und der Wind rüttelte immer wieder an den Fensterläden.

»So, machen wir weiter!«, entschied Duval energisch, als er die Kaffeetasse absetzte. »Haben Sie noch etwas gefunden?«, wandte er sich an die Kollegen der PTS.

Dermez schüttelte den Kopf. »Nicht mehr, als ich vorhin schon sagte. Zumindest nichts, was ich jetzt schon benennen könnte. Wir haben vor allem Blut und das Messer, den DNA-Abgleich lasse ich machen, sobald wir wieder drüben sind. Den Toten schicken wir gleich an Charpentier, der wird sich nicht mit Ihnen in Verbindung setzen, bevor er nicht alles hundertprozentig ausgewertet hat, denke ich. Aber Sie wissen ja, wie der tickt.«

Duval nickte.

Villiers sah auf die Uhr. »Ich werde mich noch einmal mit dem *Garde Forestier* ins Wetter werfen und schauen, ob uns irgendwo was auffällt. Welche Fähre nehmen Sie?«

»Vermutlich die letzte.« Duval war ausweichend. »Die

letzte geht um 17 Uhr …« Er sah auf die Uhr und blickte aus dem Fenster auf das bewegte Meer. »Wie sind denn die Wetteraussichten für morgen?« Duval stellte die Frage halblaut in den Raum.

»Nicht besser!« Der Wirt zuckte die Achseln.

»Wir können den Wetterbericht bei *méteo-marine* im Internet ansehen, wenn Sie es genauer wissen wollen.«

»Ich würde *Windguru* anschauen, da kriegen Sie wirklich alle Details«, ließ sich einer der Brüder Michelet vernehmen und suchte bereits auf seinem Smartphone nach der entsprechenden Seite.

»Danke, danke, aber ich will ja nicht segeln«, wehrte Duval ab, »ich wüsste nur gern, ob Wind und Wetter so bleiben oder ob es besser wird.«

»Eher schlechter.« Einer der Brüder Michelet verzog das Gesicht.

»Aha.«

»Wissen Sie, die beiden Inseln hier sind zumindest geografisch gesehen ein strategischer Ort. Hier treffen Ost- und Westwinde aufeinander. Für die Segler bedeutete das schon zu jeder Zeit, dass sie hier haltmachen mussten.«

Duval hörte nur halb zu. »Die Fähren fahren immer?«, fragte er.

»Nein.« Der Wirt schüttelte den Kopf. »Nicht immer. Wenn das Wetter zu schlecht ist, wird die Fährverbindung vorübergehend eingestellt. Das kommt immer mal wieder vor. Dauert aber nie sehr lange. Ein oder zwei Tage, selten länger.«

»Kann man denn hier irgendwo übernachten, wenn man festsitzt?«

»Zumindest nicht offiziell«, antwortete ihm der Wirt. »Bis Mitte Oktober kann man im Fort übernachten, das ist zwar in erster Linie für Schulklassen gedacht, aber im Notfall ließe sich da sicher was finden. Aber jetzt ist es geschlossen.«

Villiers fragte leise: »Denken Sie darüber nach hierzubleiben?«

Duval machte eine vage Kopfbewegung. Er war selbst nicht sicher und dachte vor allem darüber nach, wie er der bewegten Überfahrt entgehen könnte. »Warum nicht«, murmelte er.

»Das Forsthaus ist groß. Da gibt's bestimmt noch ein Zimmer. Die junge Dame logiert ja auch dort. Versuchen Sie es dort. Ich kann mal nachfragen, ich sehe den *Garde Forestier* ja gleich wieder«, schlug Villiers vor.

Duval nickte. »Gut. Tun Sie das. Ich nehme mich derweil mal der jungen Dame, wie Sie sie nennen, an. Bis später.«

»Dann wollen wir mal.« Die Kollegen von der PTS erhoben sich und auch Villiers zog sich die Kapuze seines Sweatshirts über den Kopf und schlug den Jackenkragen hoch. »Bis später, Commissaire.«

Duval saß nun alleine am Tisch und beobachtete in aller Ruhe das Treiben im Bistro. Eric Michelet hatte Spielkarten herausgenommen und sie vor sich auf den Tisch gelegt. Mit zwei Händen ließ er nun schnell und professionell die Karten zwischen seinen Händen ineinandergleiten. »Wer spielt?«, fragte er. Der alte Damien, der sich leise mit Françoise Aubert unterhalten hatte, nickte und wechselte den Tisch.

»Wir brauchen noch einen Mann!« Eric Michelet sah Dan auffordernd an. Er nickte wortlos, verließ den Tisch der Schnyders und setzte sich ebenfalls dazu. Eric warf jedem abwechselnd mal zwei, mal drei Karten zu. »*Oh putain!*«, rief der alte Damien, als er seine Karten aufnahm und ansah.

Alice räumte Gläser in das verspiegelte Regal hinter der Theke und Duval sah, dass sie ihn auf diese Weise heimlich betrachtete. Er lächelte. Sie bemerkte es, drehte hastig den Kopf zur Seite, schob ein paar Flaschen hin und her und richtete sie mit dem Etikett nach vorne aus. Der Wirt nahm zwei kleine Gläser und eine der Flaschen, die Alice eben eingeräumt hatte, bewegte sich auf Duval zu und begann ein höfliches Gespräch. »Hat es Ihnen geschmeckt, Commissaire?«

»Ganz ausgezeichnet, danke.«

»Darf ich Ihnen vielleicht ein Gläschen Thymianlikör anbieten?« Er zeigte auf die Flasche, die er in der Hand hielt. »Hausgemacht!«

Duval schüttelte den Kopf. »Danke, sehr liebenswürdig.«

»Oder vielleicht einen Limoncello?«

»Nein, nein, wirklich nicht noch mehr Alkohol. Einen Kaffee würde ich allerdings gerne noch nehmen. Das Essen war vorzüglich, aber man kommt danach nur schwer wieder in die Gänge.«

»Noch einen Kaffee für den Commissaire, Alice!« Der Wirt rief es laut durch den Saal, blieb aber neben dem Commissaire stehen. Er sah aus dem Fenster und begann angelegentlich über das Wetter zu reden. »Sieht nicht gut aus.«

»Das Wetter?«

»Ja.« Der Wirt nickte sorgenvoll. »Es beendet die Saison. Nach solchen Stürmen, selbst wenn es wieder milder wird, kommt hier alles nur noch schwer wieder in Gang.« Er überlegte. »Na, vielleicht mache ich ein paar Tage zu und setze nach Korsika über.«

Alice machte sich an der Kaffeemaschine zu schaffen. Von dort sah sie erneut verstohlen zu Duval hinüber. Herrgott, Alice, dachte sie, sei vernünftig, ein *Flic*! Der fehlte ihr gerade noch in der Sammlung. Er war eigentlich nicht ihr Typ, aber irgendetwas gefiel ihr trotzdem an ihm. Vielleicht waren es diese niedlichen rötlichen Locken, die so gar nicht zu seinem ernsten Blick passen wollten. Ihre Blicke trafen sich und sie senkte die Augen. Dann nahm sie den Kaffee und brachte ihn an seinen Tisch.

Die Tasse klirrte ein wenig, als sie sie abstellte. Ihre Hände zitterten leicht. »Bitte schön.« Die Stimme vibrierte ein wenig.

»Danke sehr.« Er lächelte ihr zu, während der Wirt noch immer neben ihm stand. Jetzt wedelte er abschließend mit einem Tuch über den Tisch, räumte Salz und Pfeffer in ihre Halterung und schob sie ans Tischende. Dann verschwand er in der Küche, wo man ihn räumen und pfeifen hörte.

Duval trank seinen Kaffee und sah hin und wieder zu Alice. Er wartete. Sie sah appetitlich aus in ihrer Jeans und einem eng anliegenden Pullover, den sie über das T-Shirt gezogen hatte. Duval dachte amüsiert an die Bemerkung von Françoise Aubert, die vermutlich vom Sex-Appeal Alices irritiert war. Denn den hatte sie. Sie war schlank, hatte einen kleinen Hintern und eine große Oberweite. Trotz des kurzen Haarschnitts wirkte sie sehr weiblich. Ihre raue Stimme gab ihr etwas leicht Anrüchiges, und wenn sie sprach, sah man eine kleine Lücke zwischen den Vorderzähnen. Seitdem die blutjunge Vanessa Paradis mit einer ebensolchen Lücke zwischen den Zähnen *»Joe le taxi«* ins Mikro gehaucht hatte, war dieser Schönheitsfehler zu einem sinnlichen Attribut geworden.

»Pik ist Trumpf«, »ich passe«, »Karo drei«, hörte er die Kartenspieler halblaut ausrufen.

»Mademoiselle!«, rief er und Alice sah auf. Sie kam eilig an seinen Tisch. »Ja? Noch einen Kaffee?«

»Nein, ich würde Sie gern zu gestern Abend befragen. Können wir uns vielleicht in den angrenzenden Raum zurückziehen?«

»Sicher. Ich sage nur schnell Bescheid, ja?«

Duval nickte. Sehr sexy, dachte er. Sehr, sehr sexy.

»Nun, Mademoiselle Beradier, erzählen Sie mir mal vom gestrigen Abend.«

»Was soll ich Ihnen erzählen? War ein Abend wie immer. Es wurde viel geredet, getrunken, Karten gespielt. Nichts Besonderes.« Natürlich stimmte es nicht. Sie dachte an die Küsse von Sébastien.

»Nicht sehr lustig, also? ... Für Sie meine ich«, fügte er dann hinzu. »Verzeihen Sie, wenn ich so direkt frage, aber was macht eine hübsche junge Frau wie Sie auf dieser Insel zwischen all diesen ...« Er brach ab.

»Zwischen all den alten Säcken?« Sie lachte kurz auf und sah ihn spöttisch unter halb gesenkten Augenlidern an.

»So hätte ich es vielleicht nicht ausgedrückt, aber es trifft den Kern. Ich meine, haben Sie keine Lust auszugehen, zu tanzen und sich zu amüsieren? Das Ambiente ist doch etwas trist hier, oder?«

Sie nickte und sah ihn offen an. »Im Sommer war es auch anders. Ich habe mich gut amüsiert mit den anderen Segellehrern, wir hatten eine tolle Zeit, es war cool. Ich bin geblieben, weil ... ich weiß auch nicht, ich mag die Insel, aber ich dachte nicht, dass es sich hier so verändern würde nach der Saison und dass es so unwitzig würde ... Und bei dem Wetter ist es gleich noch mal trostloser. Nein, es ist nicht mehr so lustig. Ich werde auch nicht bleiben.«

Es klang so, als hätte sie die Entscheidung gerade eben gefällt.

»Das wollten Sie? Auf der Insel bleiben?«

»Ursprünglich, ja.«

»Und Kaffee kochen, Gläser spülen und Tische abwischen?«

Sie zuckte mit den Schultern. »Warum nicht.«

Duval schwieg einen Moment. »Kommen wir zurück zu gestern Abend. Es gab keinen Streit?«

Sie schüttelte den Kopf.

»Auch nicht Ihretwegen? Sie sind die einzige Frau hier, Sie sind jung und attraktiv, Sie wollen mir nicht erzählen, dass keiner versucht hat, Sie anzumachen?«

Sie zögerte unmerklich. »Anmache gab es schon«, sagte sie, »aber Streit gab es keinen.«

»Anmache schon?!«

»Muss ich Ihnen erklären, wie Männer eine Frau anmachen?« Sie klang spöttisch.

Duval schüttelte leicht den Kopf. »Natürlich nicht. Aber erzählen sollten Sie mir, wie es abgelaufen ist. Haben Sie vielleicht mit Théolien getanzt?«

»Getanzt? Mit dem alten Affen? Natürlich nicht. Der bildete sich sonst was ein, nur weil er Skipper eines großen Schiffes ist, und glaubte, er könne mich mit seinem sexistischen Messer und seinen gelehrten Sprüchen über Meeresgöttinnen beeindrucken, aber den habe ich abblitzen lassen!«

»Und das hat er Ihnen nicht übel genommen?«

»Und wenn schon. Besoffen hat er sich.« Sie sah verächtlich aus.

»Und Lanvalle?«

»Wie, Lanvalle?«

»Haben Sie mit Lanvalle getanzt?«

»Ich habe mit gar niemandem getanzt, Commissaire. Auch nicht mit Sébastien Frénet, wenn Sie das jetzt fragen wollen.«

»Sébastien Frénet kam Ihnen aber näher?«

»Ich mochte ihn.« Sie sagte es schnell und ihre Stimme sackte kurz weg. Aber irgendwann musste sie es ja sagen. Warum auch nicht. Sie wollte, dass man den Mörder von Sébastien fand. Und falls es Lanvalle gewesen ist ... oder Théolien ... Sie würde alles sagen, auch wenn es Sébastien nicht mehr lebendig machte. Sie holte tief Luft und sah Duval an. Vielleicht würde er sie verstehen, er schien ja kein Idiot zu sein. »Ja, ich mochte ihn«, sagte sie daher noch einmal. »Er gefiel mir auf Anhieb. Ich weiß nicht, ob Sie so etwas kennen?« Sie sah Duval kurz an und redete schnell weiter. »Irgendetwas war da. Vielleicht ist es das, was man Liebe auf den ersten Blick nennt?« Sie gab sich spöttisch, aber Duval spürte, dass es ihr ernst war. Sie hatte sich auf Anhieb verliebt in diesen Sébastien. Er kannte das. Er dachte daran, wie seine Hormone verrückt gespielt hatten, als er Annie das erste Mal gesehen hatte und verzog keine Miene, aber Alice schien zu spüren, dass er sie verstand. »Ich hatte ...«, sie stockte. Musste sie wirklich alles sagen? »Naja«, fügte sie jetzt betont ruppig hinzu, »ich hatte augenblicklich weiche Knie, als er mich ansah.«

»Sie haben ihn an dem Abend zum ersten Mal gesehen?«

»Ja, das heißt, wir haben uns nachmittags schon einmal gesehen, und als es angefangen hat zu regnen, sind alle ins Bistro gekommen.«

»Und dann?«

»Und dann, und dann ...« Es war ihr peinlich. »Muss ich Ihnen das alles haarklein erzählen?«

»Bitte!« Duval sah sie ernst an.

»Später hat er mich geküsst.« Die Erinnerung daran löste eine Welle der Sehnsucht in ihr aus, die sie selbst erschreckte.

»Im Bistro? Vor allen anderen?«

»Nein, natürlich nicht. Wir sind rausgegangen zum Rauchen. Und da hat er mich geküsst.« Ihr Gesichtsausdruck wurde weich.

Duval spürte ihre Sehnsucht und war seltsam davon berührt.

»Wir hatten uns für die Nacht verabredet, er wollte später, wenn ich das Bistro zugemacht hätte, heimlich zurückkommen ... wenn Sie verstehen ... ich habe die ganze Nacht auf ihn gewartet, aber er ist nicht gekommen.«

»Heimlich?« Duval sah sie fragend an. »Sie sind doch beide erwachsen, wenn Sie eine Nacht miteinander verbringen wollen, müssen Sie sich doch nicht heimlich treffen wie fünfzehnjährige Teenager, oder?«

Sie druckste etwas herum. »Sie haben noch nie an so einem Ort gelebt, oder? Die Insel funktioniert wie ein Dorf. Hier wissen alle alles, alles wird herumgetratscht und hochgekocht und durch den Kakao gezogen. Wenn Sie etwas Privatleben haben wollen, müssen Sie diskret sein. Ich wollte nicht, dass die Männer hier es mitkriegen. Das ging niemanden etwas an. Ich hatte mich verliebt, verstehen Sie das? Und Sébastien wollte keinen Ärger mit Théolien bekommen. Als Théolien weg war, hofften wir, dass Lanvalle sich auch irgendwann absetzen würde, aber der blieb kleben und trank einen und noch einen. Irgendwann hat Sébastien ihn geschnappt und untergehakt und sie sind zusammen gegangen. Sébastien machte mir ein Zeichen, dass er ihn in die Koje bringen würde und ... und ich blieb bis zum Schluss, machte ganz normal das Bistro zu und räumte noch ein bisschen auf und wartete. Aber er kam nicht.« Sie atmete tief durch, als sie daran dachte. »Und dann ging ich endlich ins Forsthaus und dachte, er würde mir wenigstens eine SMS schicken oder anrufen. Ich habe fast die ganze Nacht wach gelegen und gelauscht, aber es kam keine Nachricht und er ist auch nicht gekommen ...« Das Letzte sagte sie mit leiser Stimme. Plötzlich brach ein Schluchzen aus ihr heraus und Tränen schossen ihr in die Augen. Mühsam sprach sie weiter: »Ich finde es so furchtbar, dass ich nicht gespürt habe, dass er in Gefahr war, irgendjemand hat ihn umgebracht, während ich auf ihn wartete. Ich war doch wach! Ich ... ich hätte etwas mitkriegen können, stattdessen habe ich Idiotin nur angefangen zu zweifeln, ob ich mir das alles nur eingebildet hatte, ob er mich nicht einfach versetzt hatte, trotz dieser Küsse ... wäre ich vom Bistro aus nur zum Boot gegangen anstatt ins Forsthaus ... ich kann nicht aufhören zu denken, dass ich ihn vielleicht hätte retten können.« Sie weinte leise.

Duval suchte in seinen Taschen nach einem Taschentuch, aber er fand nichts. »Ich glaube nicht, dass Sie ihn hätten retten können, Alice.« Duval sprach freundlich und hatte sie mit dem Vornamen angesprochen, was sie beide überraschte. Sie sah ihn mit rot geweinten Augen an und zog leicht die Nase hoch. »Wissen Sie, wenn Sie zum Boot gegangen wären, wären Sie jetzt vielleicht ebenso tot; der Mörder von Sébastien hätte Sie vermutlich ebenso wütend erstochen.«

»Und wenn schon!« Sie schluchzte es halb wütend, halb verzweifelt.

»Alice, beruhigen Sie sich. Sie wollen doch nicht wirklich tot sein, oder?« Wie selbstverständlich war Duval bei ihrem Vornamen geblieben.

Sie schniefte und schluchzte: »Doch!«

»Nein, Alice, das glaube ich nicht. Sie wollen leben und verliebt sein, und das werden Sie auch wieder, glauben Sie mir!« Was rede ich da?, dachte Duval und auch Alice sah ihn unter Tränen überrascht an.

»Wie sind Sie denn eigentlich Pat Michelet losgeworden an diesem Abend?«, fragte er nun und versuchte eilig zur neutralen Befragung zurückzurudern.

»Ah, das wissen Sie auch?!«

Duval bejahte mit einer Grimasse.

»Ich sagte ihm, ich sei müde und hätte Kopfschmerzen und er müsse gehen.«

»So einfach ließ er sich abspeisen?«

»Ach, naja – ich weiß nicht mehr, es hat schon einen Moment gedauert, aber ich war genervt von ihm, ich wartete nervös auf Sébastien, ich wollte, dass Patou ging, bevor Sébastien käme und ich war vielleicht nicht sehr taktvoll mit Patou. Er ist kein schlechter Kerl, aber nicht sehr interessant und ich will nichts von ihm. Irgendwann hatte er kapiert, dass nichts zu machen war.«

»War er wütend?«

»Wütend?« Alice schien erst jetzt zu verstehen. Erschrocken fragte sie: »Sie meinen, Pat Michelet könnte ...?«

»Nein, Alice, ich meine gar nichts. Ich stelle nur Fragen und versuche herauszufinden, was an diesem Abend geschehen ist.«

Sie nickte und dachte nach. »Vielleicht war er wütend. Sicher sogar. Er hat mich *allumeuse* genannt. Ich habe bis eben nicht mehr daran gedacht.«

»Und er ist als Letzter gegangen?«

»Ja.« Sie nickte nachdenklich. »Aber Patou ist eher ein stets gut gelaunter Typ, manchmal ein bisschen plump vielleicht, aber kein Schlägertyp. Und Sébastien machte auf mich auch nicht den Eindruck, als ob ... ich meine, selbst wenn Patou eifersüchtig gewesen wäre, ich glaube nicht ...« Sie sprach nicht weiter und verlor sich in ihren Gedanken.

»Und Lanvalle?«

Alice verzog das Gesicht. »Komischer Typ, ziemlich verklemmt, ich mochte ihn nicht, aber ... ich will jetzt nichts Negatives über ihn sagen, ich mochte ihn einfach nicht.«

»Hat er sie auch angemacht?«

»Nein.« Sie überlegte. »Vielleicht hätte er das gewollt, aber er hat sich nicht mal getraut, mich anzusehen. Er war da und lachte wie die anderen über blöde Witze und tatschte dieses Messer an, aber mehr nicht.«

»Dieses Messer von Théolien. Das haben Sie gefunden?«

»Ja.«

»Wie hat Théolien reagiert, als Sie das Messer entdeckt hatten?«

»Naja, er war sauer, dass ich es angefasst habe.«

»Hat er etwas gesagt?«

»Nein.«

»Nein? Gar nichts? Keine Erklärung und er ist nicht nervös geworden?«

Alice überlegte einen Moment. »Nein. Er sagte, ›das ist mein Messer‹, und hat es mir aus der Hand genommen. Ich hatte nicht den Eindruck, dass er nervös war. Es war ihm unangenehm, aber nervös ...« Sie zögerte. »Vielleicht ein bisschen. Ich weiß nicht ...« Sie erinnerte sich wirklich nicht. Als sie versuchte, sich die Szene ins Gedächtnis zu rufen, sah sie nur Sébastien, wie er so bleich dalag und all das Blut um ihn herum. Und wie sie Théolien zitternd das Messer hingehalten hatte, und dann war sie davongerannt.

»Alice, wo könnte man sich auf der Insel verstecken, was meinen Sie?!«

»Lanvalle meinen Sie?«

»Zum Beispiel. Fest steht, Lanvalle ist verschwunden. Er könnte sich entweder noch auf der Insel aufhalten, dann ist die Frage, wo? Oder er hat sich irgendwie davongemacht, mit einer Jolle vielleicht, die er möglicherweise in der Werft oder im *Club Nautique* entwendet hat. Könnte das sein? Oder gibt es dort eine Möglichkeit, sich zu verstecken? Einen Bootsschuppen? Ein Hüttchen?«

Sie verzog verneinend das Gesicht. »Sicher, das gibt es alles, aber all die Hallen und Schuppen sind winterfest zugesperrt. Ich glaube kaum, dass man das dort einfach aufbrechen kann.«

»Glauben Sie mir, mit dem richtigen Werkzeug kriegt man alle Türen auf.«

»Ja, kann sein, das wissen Sie sicher besser. Ich bin da nicht so bewandert«, grinste sie leicht. »Auf dem Gelände des Segelclubs liegen kleine Jollen an Land. Wenn Sie wollen, kann ich nachschauen, ob mir was auffällt.«

Duval nickte. »Das machen wir gleich. Möchten Sie mir noch irgendetwas erzählen, Alice? Auch wenn es Ihnen abwegig vorkommt? Oder gibt es etwas, was Ihnen eben gerade wieder eingefallen ist, vielleicht?«

Sie sah ihn mit gerunzelter Stirn an und schüttelte den Kopf. »Nein. Ich habe Ihnen alles gesagt, was ich weiß.«

»Gut, Mademoiselle Beradier, vielleicht könnten Sie mich jetzt zum *Club Nautique* begleiten und wir schauen dort nach? Sie haben die Schlüssel von dort?«

»Ich weiß, wo die Schlüssel sind, sagen wir so.« Sie grinste leicht und nickte. »Ich sage Bescheid und dann können wir gehen.«

Mit Alice war er zum *Club Nautique* gelaufen, der nur wenige Minuten vom Bistro entfernt auf der nordwestlichen Inselhälfte lag. Der Wind hatte noch zugenommen. Beim Gehen mussten sie sich heftig dagegenstemmen und die Baumkronen der Pinien ächzten und bewegten sich, als seien sie betrunken. Kleine abgebrochene Äste flogen durch die Luft und hin und wieder knallten Pinienzapfen auf den Weg. Der *Club Nautique* lag in einem großen, baumbestandenen Gelände und hatte einen direkten Strandzugang. Der Strand war hier nur schmal und zog sich an der Nordseite der Insel entlang. Er war fast vollständig von Anhäufungen der langen trockenen Blätter eines Seegrases bedeckt, das hier im Mittelmeer wuchs und als dessen grüne Lunge galt: das Neptungras. Die großen Haufen davon am Strand schützten diesen davor, von den Wellen vollständig weggespült zu werden. Auf der Cannoiser Seite ließ man die trockenen Grashaufen allerdings nur im Winter liegen, im Sommer musste der Strand für die Touristen sauber sein und unter diese Prämisse fiel auch das eigentlich so hilfreiche Neptungras. Sand wehte ihnen entgegen und graue Blätter des trockenen Seegrases wirbelten raschelnd mit dem böigen Wind herum. *»Ah, merde!«,* schimpfte Alice. Sie hielt sich die Hand vor die Augen, drehte sich mit dem Rücken zum Wind und blinzelte angestrengt mit den Augen. »Was ist passiert?«, fragte Duval, bückte sich und hob einen kleinen, haarig-verfilzten Ball auf, der ein bisschen wie eine Kiwi aussah, und betrachtete ihn.

»Ich habe Sand in die Augen bekommen«, klagte Alice.

»Ach«, machte Duval halb abwesend. *Posidonia oceanica.* Jetzt war ihm auch der lateinische Name des Seegrases wieder eingefallen. Die faserig-filzigen Bällchen bestanden aus abgestorbenen Teilen des Neptungrases, die auf dem Meeresgrund zusammengewirbelt worden waren. Als Junge hatte er jedes Jahr aufs Neue eine Sammlung davon auf dem Rand der Badewanne im Badezimmer seiner Großmutter deponiert, bei der er die Sommerferien verbracht hatte. Da lagen Bällchen in allen Formen und Größen neben Muscheln und Steinen, aber immer nur so lange, bis seine Großmutter genug vom Sand und den sich lösenden Härchen hatte und eines Tages alles im großen Schwung entsorgte.

»Wollten Sie nicht den Club überprüfen?« Alice klang leicht ungeduldig.

»Ja«, nickte Duval, »ich komme«, und er steckte einem Impuls folgend die leichte, haarige Kugel in die Tasche. Er warf einen letzten Blick auf den kleinen Strand und näherte sich dem Gelände des *Club Nautique.*

Er betrachtete prüfend den weitläufigen verwilderten Garten, die Bootsschuppen und das Haus. Das hölzerne halbhohe Gartentor war verschlossen, aber es war ein Leichtes, es zu entriegeln. Doch auch die Hütten und das Haus schienen fest verschlossen zu sein. Zwei kleine alte Jollen lagen kieloben auf der Wiese und es sah nicht so aus, als habe man eine davon in letzter Zeit bewegt. Dennoch fragte er: »Fehlt da eine?« Alice schüttelte den Kopf.

Die Wiese war übersät mit abgebrochenen Ästen und Pinienzapfen. Eine graue Plastikgießkanne lag verloren dazwischen und machte beim nächsten Windstoß einen Satz und kugelte hin und her. Der Wind hatte wirklich stark zugenommen. Aber vielleicht spürte man ihn hier nahe dem Strand nur stärker als im Inneren der Insel. Alice schnappte sich die Gießkanne und trug sie zu einem der zwei kleinen fensterlosen Hüttchen im hinteren Teil des Gartens. Es war mit einem Riegel und dieser mit einem großen Vorhängeschloss versperrt.

»Sie verraten es nicht, oder?« Sie machte ein gespielt strenges Gesicht, während sie ein kleines Plastiktütchen aus dem Astloch eines knorrigen Baumes herausfischte. »Ist ein Geheimversteck!« Aus dem Tütchen nestelte sie jetzt einen Schlüssel, den sie nun wie eine Trophäe hochhielt. »Tadaaa!«, machte sie dramatisch, öffnete das Vorhängeschloss und schob den rostigen Riegel auf. Sie öffnete die Tür und Duval warf einen flüchtigen Blick hinein. Ein altmodischer Benzinrasenmäher stand mitten im Räumchen, man müsste ihn erst hinausfahren, um an die Gartengeräte zu gelangen, die hier aufbewahrt wurden. An der Wand lehnten Besen und Rechen, eine Schaufel, eine Hacke und anderes Gartengerät. Gegenüber standen Leitern und Tritte in verschiedenen Größen, eine Schubkarre und an der Wand hingen Metall- und Holzsägen. Auf groben Holzregalen lag jede Menge Werkzeug. Auf einem Tisch stapelten sich Blumentöpfe, daneben standen Lackdosen, Farbeimer und in einem alten Einmachglas steckten eine Handvoll Pinsel. Rechts in der Ecke standen mehrere große blaugraue Gasflaschen. Alice blickte sich im Hüttchen um. »Hier ist alles wie immer, würde ich sagen.« Sie verstaute die Gießkanne unter dem Tisch, hob dann eine der Gasflaschen an, holte einen Schlüssel hervor und hielt ihn hoch. »Und der Schlüssel fürs Haus ist auch noch da.«

Das Clubgebäude war ein einfaches zweistöckiges Haus, das mitten im Gelände stand. Die halbrunden großen Türen und die Fenster im ersten Stock waren mit Fensterläden verschlossen, die Fenster im Erdgeschoss jedoch nur vergittert. Alles schien unberührt und nichts auf einen Einbruch hinzuweisen. »Warten Sie noch«, sagte er. Er machte eine Runde. Ein Fensterladen auf der Rückseite im ersten Stock bewegte sich im Wind quietschend hin und her und knallte bei jeder Windböe immer wieder laut gegen die Wand. Er betrachtete Fensterladen und Fenster aufmerksam, aber das Fenster dahinter sah geschlossen aus. Auf der nassen Wiese waren nur seine eigenen Spuren sichtbar.

Alice schloss das Haus auf. Im Inneren war es kühl, es roch feucht und etwas schimmlig. Duval tastete nach einem Lichtschalter. »Moment«, sagte Alice und ging im Halbdunkel in das Haus hinein. Mit einem *klack* schaltete sie an der gegenüberliegenden Wand die Sicherung ein. »Jetzt können Sie Licht anmachen.«

Eine einsame Glühbirne in einem nüchternen, grün gestrichenen gusseisernen Kronleuchter begann schwach gelbes Licht abzustrahlen und warf den Eingangsbereich in ein fahles Licht.

»Licht ist vielleicht etwas übertrieben«, sagte Duval.

»Das ist eine Energiesparlampe, das wird noch heller in ein paar Minuten.«

»Ein Fensterladen im ersten Stock ist nicht richtig geschlossen«, sagte er. Sie nickte und ging die Treppe hoch, während Duval ein paar Schritte in den nächsten Raum machte und dort ebenfalls ein schwaches gelbliches Licht anknipste. Er fand sich in einer Küche wieder. Die Küchenschränke waren aus billigem hellgrünem Resopal. Ein Aufenthaltsraum schloss sich daran an. In der Mitte des Raums stand ein großer Tisch, um den viele uneinheitliche Stühle gruppiert waren. Von einem Flur ging es in zwei große nüchterne Umkleideräume ab: Duval sah Bänke, Haken und mehrere Generationen grausilberner und grünlicher Blechspinde. Auch hier roch es modrig und ungelüftet. Er hörte, wie Alice im Stockwerk über ihm das Fenster öffnete. Sie zog den quietschenden Fensterladen heran und verriegelte ihn. Dann schloss sie das Fenster mit einem Rums, dass die

Fensterscheiben klirrten und das Haus vibrierte. »Hier ist nichts!«, rief sie laut nach unten.

»Wollen Sie noch in die Bootshallen schauen?«, fragte sie, als sie wieder neben ihm stand.

»Wenn wir schon mal da sind, warum nicht.«

Alice zog eine der Küchenschubladen auf und suchte nach weiteren Schlüsseln. »Alles schön versteckt!«

Sie öffnete die Tore zum rötlich gestrichenen Bootsschuppen weit, damit ausreichend Licht hineinfiel. Hier lagerten die bunten Surfbretter und Kajaks auf Metallgestellen und in der Mitte der Halle standen mehrere Sportkatamarane. Sie ging zwei Schritte hinein und sah sich um. »Das sieht alles aus wie immer«, befand sie. »Hier war bestimmt niemand und es war ja auch alles zugeschlossen.«

»Nein. Hier war niemand.« Duval war sich sicher.

# 4

»Na, endlich erreiche ich Sie! Ich habe schon dreimal angerufen, Commissaire, immer springt Ihr Anrufbeantworter an!« Autoritär und ohne die üblichen Höflichkeitsfloskeln auszutauschen drang die Stimme von Madame Marnier, der zuständigen Ermittlungsrichterin, verzerrt und abgehackt durch das Telefon.

Duval drehte sich mit dem Rücken zum Wind, drückte sich das Telefon ans linke Ohr und hielt sich das rechte Ohr zu. »*Bonjour*, Madame la Juge, das tut mir leid, ich vermute ich habe hier auf der Insel kein Netz, oder nur an ausgewählten Stellen, und der Wind ...«

»Hallo? Ich verstehe Sie nicht! Es rauscht so!«, rief die Richterin ungehalten durch das Telefon. »Können Sie nicht lauter sprechen?«

»Das ist der Wind! Die Verbindung ist schlecht!«, brüllte Duval nun.

»Das merke ich!«, rief Madame Marnier zurück. »Können Sie nicht auf ein Festnetztelefon zugreifen?« Ohne eine Antwort abzuwarten, rief sie: »Wie weit sind Sie denn? Ich schaffe es heute Nachmittag nicht mehr, aber ich werde morgen früh gleich mit der ersten Fähre zur Insel fahren, Commissaire! Kommen Sie heute Abend bitte noch nach Grasse und berichten Sie mir! Wann sind Sie denn zurück?«

»Ich weiß es noch nicht.«

»Hallo? Duval? Sind Sie noch da? Hallo? Ich verstehe Sie nicht, Duval! Was machen Sie denn? Sprechen Sie doch lauter!«

»Ich weiß es noch nicht.« Duval brüllte nun.

»Ich bitte Sie Duval, so brüllen müssen Sie nun auch wieder nicht! Was wissen Sie noch nicht?«

»Wann ich zurück bin. Ich weiß nicht, wann ich zurück bin.« Duval betonte jedes Wort, aber die Verbindung war immer wieder kurz unterbrochen. »Vielleicht bleibe ich heute Nacht hier.« Fügte er noch hinzu.

»Wie ...? Ha ...? Ich ... nicht ...« Nur vereinzelt kamen Madame Marniers Worte an.

»Ich höre Sie ganz schlecht, Madame Marnier!« Duval lauschte in das Telefon.

»... Sie doch ... die Verbindung ... schlecht ist!«

Duval schüttelte den Kopf. »Das hat keinen Sinn, Madame Marnier«, rief er in das Telefon. »Ich höre Sie nur abgehackt. Ich weiß nicht, ob Sie mich hören?!« Duval lauschte wieder in das Telefon. Er spürte, dass Madame Marnier wütend und laut in das Telefon rief, aber es kamen weiterhin nur Wortfetzen an.

»Madame Marnier, ich verstehe Sie wirklich nicht!«

»Machen Sie das extra, Duval?« Plötzlich war ihre Stimme klar und deutlich zu vernehmen.

»Natürlich nicht, Madame Marnier. Ich bin unterwegs, es stürmt ... ich werde irgendwohin gehen, wo die Verbindung besser ist und rufe Sie von dort noch einmal an.«

»Ah, jetzt geht es doch!« Sie klang verärgert.

Ja, aber diese Rumbrüllerei hier draußen ist mühselig, dachte Duval. Laut sagte er: »Lassen Sie mich in ein paar Minuten zurückrufen! Ich gehe irgendwohin, wo es ruhiger ist.«

»Was sind denn das wieder für Ausflüchte, Duval?«

Duval verdrehte die Augen. Madame Marnier war liebenswürdig wie immer. Er hielt das Telefon nun bewusst in den heulenden Wind. Laut rief er: »Hallo? Madame Marnier? Hallo? Madame Marnier, ich höre Sie nicht mehr! Es stürmt hier! Die Verbindung ist wirklich schlecht! Hallo? Hallo?!« Er ignorierte die sich überschlagende Stimme der Richterin, die von Weitem aus dem Telefon gegen den Wind anschrie und rief: »Ich höre Sie nicht mehr, Madame Marnier ... Ich melde mich später noch einmal!« Er beendete abrupt das Gespräch und steckte das Telefon ein.

»Commissaire!« Villiers brüllte von Weitem, um den Wind zu übertönen. »Commissaire!« Er machte wilde Gesten mit den Armen und eilte auf Duval zu. »Wir haben ihn!« Er war außer Atem.

»Na, bravo! Wo ist er?«

»Im Bistro. Der Gärtner von der *Großen Villa* hat ihn entdeckt. Der Kerl hat sich in der Nähe der Villa herumgetrieben und versuchte über die Mauer des Grundstücks zu kommen. Da hat der Gärtner ihn kurzerhand geschnappt und zum *Garde Forestier* geschleppt. Und beide haben ihn zum Bistro gebracht, weil sie dachten, Sie seien noch dort.«

»Hat er was gesagt?«

»Nein. Das heißt, ich weiß nicht, ich habe nur einen Blick auf ihn geworfen und bin sofort losgelaufen, weil ich Sie nicht auf dem Mobiltelefon erreichen konnte.«

»Ist er bewaffnet? Verletzt?«

»Er hat ein Messer bei sich. Das hat der Gärtner sichergestellt.«

»Der Gärtner der *Großen Villa*? Bravo! Sie haben mir gar nicht gesagt, dass da jemand ist?!«

»Ja, das heißt, nein, ich habe auch nicht gedacht, dass zu

dieser Zeit dort jemand ist. Der *Garde Forestier* hat es nicht erwähnt und …«

»Schon gut«, Duval winkte ab, »das sehen wir später. Lassen Sie uns zum Bistro gehen. Ist ja mutig, dieser Gärtner!«

»Naja«, sagte Villiers. »Der Knabe ist eher schmächtig und der Gärtner ist vielleicht nicht *nur* Gärtner.«

»Ach so?« Duval sah Villiers fragend an.

»Auf jeden Fall hat er den Körperbau eines Rugbyspielers.«

Duval zog die Augenbrauen hoch. Die *Große Villa* war ein Mysterium auf der Insel. Man wusste, dass sie seit einigen Jahren einem ultrareichen indischen Geschäftsmann gehörte, aber das war auch schon alles. Niemand kam dort je hinein, niemand wusste, was sich hinter den Mauern abspielte. Manchmal wurden mit Hubschraubern Persönlichkeiten eingeflogen, obwohl diese Art von Transport auf einer Insel, die unter Naturschutz stand, nicht erlaubt war. Empörte Naturschützer waren von der Mairie von Cannes mit der fadenscheinigen Erklärung abgespeist worden, es habe sich bei den Hubschrauberanflügen um reine Kontrollflüge zur Bekämpfung der Brandgefahr gehandelt. Natürlich stimmte es nicht, aber es war, als ob die Villa und das weitläufige Grundstück mit dem Verkauf an einen Ausländer zu einer Enklave geworden seien. Hier waren die Gesetze Frankreichs außer Kraft gesetzt.

Aber natürlich floss mit der Anwesenheit dieser ultrareichen Großfamilie Geld in die Stadt. Vor nicht allzu langer Zeit hatte die Familie ihren Sohn verheiratet und dafür in Cannes mehrere Tage das gesamte Hotel Carlton angemietet. Die 700 Hochzeitsgäste feierten abends ausgelassen an ausgewählten Orten an der Côte d'Azur, sie tanzten auf der eigens dafür abgesperrten Croisette und sie strömten tagsüber zum Shopping in die umliegenden Luxusboutiquen. Mehrere Millionen Euro wurden binnen dreier Tage in Cannes und Umgebung ausgegeben. Niemand mochte solchen Gästen etwas abschlagen.

Duval atmete durch und öffnete die Tür zum Bistro. Schon von draußen hatte man aufgeregte Stimmen gehört. Einen Moment verschlug es ihm den Atem. Es roch nach muffiger Feuchtigkeit, nassen Kleidern, säuerlichem Schweiß und einem rauchenden Holzfeuer. Die Fenster in der Nähe des Tresens waren beschlagen von den Ausdünstungen. Alle Anwesenden sprachen laut durcheinander. Mittendrin saß ein schmächtiger Jugendlicher auf einem Stuhl und sah trotzig vor sich hin. Er trug Handschellen. Seine tief hängende Jeans hatte sich mit Wasser vollgesogen und war nass bis zu den Knien. Er trug einen abgeschabten Lederblouson und eine Wollmütze, unter der dunkle Haarsträhnen hervorschauten. Ein Tagesrucksack stand neben ihm.

»Ah, Commissaire! Gut, dass Sie kommen!« Der Wirt wirkte erleichtert. »RUHE!«, rief er in den Saal. »Lasst den Commissaire durch!« Aber er hatte Mühe, sich Gehör zu verschaffen.

»Und wenn ich's dir sage ...« – »Ach was ... so einen Unsinn habe ich noch nie gehört ...« Immer noch sprachen die Männer durcheinander.

»RUHE, verdammt noch mal!«

Endlich verstummten die Männer. Es wurde gehustet und mit den Stühlen gescharrt. Man starrte Duval an. Ein großer bulliger Mann in schwarzer Joggingkleidung baute sich mit grimmigem Blick vor Duval auf. Duval war nicht gerade klein, aber der bärtige Mann überragte ihn um Haupteslänge. »Ich habe ihn geschnappt, als er versuchte die Eingangstür aufzubrechen!«

»*Tsss*«, machte der Junge verächtlich und verdrehte die Augen.

»Willst du noch eins aufs Maul haben? Dann sag's nur!«, raunzte ihn der bullige Jogginganzugträger an.

»Sachte, sachte«, beschwichtigte ihn Duval. »Sie sind der Gärtner der *Großen Villa*, Monsieur ...?!«

»Meursault, Eric Meursault. Und *Gärtner*«, er betonte das Wort und lachte rau, »nein, nicht wirklich, kommt aber vor, dass ich Rosen schneide, ich mag das sogar«, der Mann fixierte Duval, während er sprach, »und ich wohne im Gärtnerhäuschen der *Großen Villa*, aber der eigentliche Gärtner kommt einmal die Woche. Ich bin im Objektschutz. Ich überwache die *Große Villa*.«

»Ah so«, nickte Duval verstehend.

»Und heute habe ich dort diesen Youngster hier entdeckt. Über die Kameras«, fügte er erklärend hinzu. »Immer wieder schlich er rund um die Mauer und dann machte er sich an der Eingangstür zu schaffen.« Er hielt dem Commissaire ein Taschenmesser entgegen. »Damit.«

Duval nahm es mit spitzen Fingern entgegen und betrachtete es. Ein offensichtlich viel benutztes Opinel Nr. 8. Es war nicht unbedingt das, was er erwartet hatte. »Das ist Ihr Messer?«, fragte er den Jungen.

Der nickte.

Vorsichtig klappte Duval es auf und stutzte. Die Klinge aus rostfreiem Stahl war abgenutzt und schmutzig. Klebrige braune Schlieren waren darauf zu sehen. Duval roch daran und gab das Messer an Villiers weiter.

»Ist ja nicht das ideale Werkzeug, um eine Tür aufzubrechen«, meinte Duval und sah vom Wachmann zu dem Jungen.

Der Wachmann zuckte mit den Schultern.

»Ich hab' nix gemacht!«, rief der Junge gleichzeitig. »Ich hab' einen Ort gesucht, um mich unterzustellen bei dem Regen, das ist alles! Kein Grund, mich zu schlagen, mir den Arm umzudrehen und mich wie einen Verbrecher herzuschleppen!« Er klang trotzig.

Das Geraune der Männer begann wieder.

»Gut. Lassen Sie uns mit dem jungen Mann mal nach nebenan gehen …« Er sah den Wirt fragend an, der zustimmend nickte. »Vielleicht nehmen Sie ihm die Handschellen wieder ab?!«, wandte Duval sich an den Wachmann.

»Nur auf Ihre Verantwortung!«

»Natürlich. Und Sie halten sich bitte zu unserer Verfügung.« Er sah den Wachmann an.

»Sicher.«

»Villiers.« Villiers nickte, führte den Jungen in den angrenzenden Raum, drückte ihn dort auf einen Stuhl und blieb hinter ihm stehen. Duval schloss die Tür und setzte sich dem Jungen gegenüber.

»Also«, begann er und klappte sein Notebook auf, »erzählen Sie mir mal Ihre Version, Monsieur …?«

»Chamissi, Daryl.«

Duval sah erstaunt auf und Villiers pfiff leise durch die Zähne. Wen hatten sie da aufgegabelt? Nicht den gesuchten Pierre Lanvalle, so viel war sicher.

Der Junge sah empört von Duval zu Villiers. »Was gibt's denn da zu pfeifen? Ich bin Franzose, ich bin hier geboren!«, schimpfte er.

»Hallo!«, rief Duval dazwischen. »Ganz ruhig, junger Mann. Haben Sie vielleicht einen Ausweis für mich?«

»Nicht bei mir.«

»Eine Kopie? Einen Führerschein? Irgendwas?«

Der Junge schüttelte den Kopf.

»C H E M I S Y?«, buchstabierte Duval fragend.

»Chamissi mit a, zwei s und i, Daryl mit einem r und y«, antwortete der Junge.

»Wann geboren?«

»28.03.1997. In Cannes«, fügte er explizit hinzu.

»Ein Cannois und gerade volljährig, herzlichen Glückwunsch. Haben Sie einen festen Wohnsitz?«

»Natürlich!« Der Junge war empört. »Boulevard de la République 76.«

»In Cannes?«

»Jou.«

»Wohnen Sie allein?«

»Jou.«

»Von was leben Sie?«

»Ich krieg' Wohngeld.«

»Wohngeld ist für die Miete. Von was leben Sie? Haben Sie eine feste Arbeit?«

»Ich bin Skater.«

»Skater? Aha. Kann man davon leben?«

Der Junge zuckte mit den Schultern. »Meine Mutter gibt mir ein bisschen Geld«, nuschelte er leise.

Duval nickte. »Monsieur Chamissi Daryl, was also machen Sie hier auf der Insel?«, fragte er dann.

»Chamissi ist mein Nachname.«

»Sie können trotzdem auf meine Frage antworten, Monsieur Chamissi. Weshalb sind Sie auf der Insel?«

»Ist das neuerdings verboten?« Der Kerl war frech.

»Antworten Sie auf meine Frage!«

»Ich mache einen Ausflug.« Der Junge blieb unbeeindruckt.

»Bei dem Wetter? Wollen Sie mich verarschen?«

Erneutes Schulterzucken.

»Wie sind Sie hierhergekommen?«

»Na, mit der Fähre.« Sein Ton war immer noch der eines genervten Teenagers.

»Wann? Haben Sie noch Ihr Ticket?«

Gelangweilt griff der Junge nach seinem Rucksack.

»Stopp!« Duval unterbrach ihn. »Villiers!«

Villiers nahm den Rucksack, zog einen weiteren Plastiktisch heran und leerte den Inhalt des Rucksacks dort aus. Eine halb volle Plastikwasserflasche rollte über den Tisch. Villiers zog Einmalhandschuhe aus seiner Jackentasche, öffnete die Wasserflasche und roch daran. Dann besah er sich die Dinge, die auf dem Tisch lagen. Ein Päckchen Tabak, ein Smartphone mit Headphones, eine angebrochene Packung Butterkekse, ein kleines Lederbeutelchen, darin ein paar zusammengeknüllte Geldscheine, ein paar Münzen und eine aufgeweichte Fahrkarte der Trans Côte d'Azur. Er reichte sie Duval.

»Heute Morgen sind Sie gekommen?« Damit schied er zumindest als Verdächtiger für den Mordfall aus. »Was wollten Sie denn bei diesem Wetter hier draußen machen?« Duval sah den jungen Mann mit zusammengekniffenen Augen an.

»Einen Ausflug«, beharrte der Junge.

»Sicher doch.« Duval seufzte. Was für ein kleines renitentes Bürschchen.

Es klopfte energisch an der Tür und ohne zu warten wurde sie von dem Wachmann geöffnet. Er streckte ein Skateboard hinein. »Das gehört dem Freak da.«

Duval sah Daryl Chamissi an, der erleichtert nickte. »Ja, ist meins, ich bin Skater.«

»Ja, das sagten Sie schon. Die Wege auf der Insel sind dazu aber eher ungeeignet, oder?«

»Ich gehe nie weg ohne mein Board, das ist so.«

Villiers hatte in der Zwischenzeit das Päckchen Tabak geöffnet und zog ein Feuerzeug, Blättchen und ein Tütchen mit braunen Klumpen heraus. Er pfiff erneut durch die Zähne und warf es Duval zu.

Duval schnupperte an den Klumpen und sah den Jungen streng an. »Und was kannst du mir dazu sagen?«

»Das ist für meinen persönlichen Bedarf!«

»Persönlicher Bedarf? Dass ich nicht lache. Für wie lange? Für ein Jahr? Pass auf, Daryl, reden wir mal Klartext. Es geht mir im Moment nicht um diese Klümpchen Haschisch, auch wenn die Menge weit über deinen persönlichen Bedarf hinausgeht. Ich denke, du bist ein kleiner Dealer, Daryl, täusche ich mich?« Duval fixierte den Jungen, der seinem Blick auswich und nicht antwortete.

»Keine Antwort ist auch eine Antwort, Daryl. Ich nehme das als Eingeständnis.« Duval machte eine kurze Pause. Der Junge reagierte nicht. Duval sprach weiter: »Aber weißt du was, Daryl, wir ermitteln hier in einem Mordfall und der Mörder befindet sich noch auf der Insel.« Duval machte erneut eine Pause. Der Junge wirkte angespannt. Duval bluffte ein bisschen. »Ich suche einen Mörder, Daryl. Ein Mann wurde getötet, erstochen, um genau zu sein, verstehst du? Und du tauchst auf der Insel auf, einfach so, und du hast ein Messer, das eigenartige Spuren aufweist. Verstehst du den Zusammenhang, Daryl?«

»Was?«, rief Daryl nun aufgeregt. Seine Augen hatten sich vor Schreck geweitet. »Was wollen Sie mir denn da anhängen? Ich bin doch kein Mörder! Ich habe damit nichts zu tun!«

»Aha, immerhin mal eine Antwort. Ja, Daryl, ich denke auch, dass du es nicht bist, du hast ehrlich gesagt nicht das Profil eines Mörders, du bist ein bisschen zu schwach auf der Brust für so eine Tat.« Duval sah Daryl Chamissi abschätzig an. »Ein kleiner Dealer, ein Einbrecher vielleicht, aber kein Mörder. Aber ich kann mich auch täuschen, selbst gewiefte Polizeibeamte täuschen sich manchmal. Also, vielleicht täusche ich mich und du hast viel mehr Kraft und Mumm, als es scheint, vielleicht hast du dich auch nur verteidigt mit diesem Messer hier«, Duval zeigte darauf, wohl wissend, dass die braunen Schlieren auf der Klinge nicht von angetrocknetem Blut stammten, »und dabei ist es passiert ...«

»NEIN!«, schrie Daryl nun. »Was für eine Scheiße reden Sie denn da? Nie im Leben! Ich bin kein Mörder! Ich habe ein Messer, Mann, jeder hat ein Messer und ich, ich ...«, er hielt inne, »ich habe niemanden damit erstochen!«

»Na, na, na!« Duval sah Daryl grimmig an. »Immer schön höflich bleiben, Daryl! So redet man nicht mit Polizeibeamten, der Sicherheitsbeamte hätte dich dafür schon geohrfeigt. Und ich kann ihn verstehen. Manchmal rutscht einem die Hand aus bei so viel Frechheit.« Daryl sah Duval misstrauisch an. Er wusste nicht, was er davon halten sollte und schien verunsichert, als der Commissaire sich erhob und ein paar Schritte auf und ab ging.

»Mit dem Messer hast du eine Cannabisplatte geschnitten.«

Daryl schwieg.

»Keine Antwort ist auch eine Antwort.« Duval blieb schräg hinter Daryl stehen. »So, Daryl, und jetzt erklärst du mir bitte, was du hier auf der Insel machst an so einem beschissen verregneten und stürmischen Tag, an dem man besser zu Hause bleibt.«

»Ich kann doch auch bei Regen einen Ausflug machen, oder?«

»Also, du machst bei Regen und Wind einen Ausflug, aber dann stellst du zu deiner Überraschung fest, dass der Regen nass ist und du suchst einen Ort, um dich unterzustellen, ja?«

»Genau.«

»Warum bist du nicht ins Bistro gekommen, um dich unterzustellen, wie es jeder vernünftige Mensch gemacht hätte?« Duval hatte sich dem Jungen noch weiter genähert und beugte sich nun zu ihm hinunter.

»Weil, weil ... ich wusste nicht, dass das Bistro offen ist«, stammelte der Junge.

»Nein, natürlich nicht. Aber eine private Villa, die hätte vielleicht offen sein können. Logisch, dass man es dort zuerst versucht.« Duval war ironisch. »Ich vermute, du kennst den Besitzer der Villa? Ein Cousin vielleicht?«

Der Blick des Jungen wurde dunkel, aber er schwieg.

»Rede, Herrgott noch mal, ich habe gute Lust, dich wieder in die Obhut des Sicherheitsbeamten zu geben, der scheint ja besser mit dir klarzukommen.« Duval war nun wirklich wütend. Warum musste ihm dieser kleine Gauner in die Quere kommen? »Ich will dir sagen, warum du nicht ins Bistro gekommen bist, weil du nicht gesehen werden wolltest. Du wolltest in die Villa einbrechen.«

»Nein, nein, ich wollte nicht einbrechen!«

»Dann wolltest du sie ausspionieren. Erst mal antesten. Warum sonst schleichst du dich an der Grundstücksmauer herum?«

»Ich suchte nur einen Ort, um mich unterzustellen.«

»Ich glaube dir kein Wort, Daryl.« Duval schüttelte unwillig den Kopf. »Hör mal zu, vielleicht *bist* du der Mörder, den wir suchen, vielleicht bist du es nicht, aber wenn du es nicht bist, Daryl, dann rennt der Mörder da draußen noch frei herum, während du mit deinem Kinderkram meine Zeit verplemperst!« Duval hatte sich in Rage geredet. »Was wolltest du also auf der Insel? In die Villa einbrechen?«

»Nein, nein, gar nichts davon. Ich bin kein Mörder und in die Villa wollte ich auch nicht einbrechen, ich schwöre! Ich dachte nur, ich dachte, vielleicht ist die Tür offen und ich kann mich da drinnen irgendwo unterstellen.«

Duval wandte sich an Villiers. »Schauen Sie mal sein Mobiltelefon durch, vielleicht findet sich da eine Erklärung.«

»Ich will einen Anwalt!« Daryl hatte es trotzig und ein bisschen ängstlich gerufen.

»Ha!« Duval lachte kurz auf. » Mach dich nicht lächerlich. Einen Anwalt kannst du bekommen, wenn du in Polizeigewahrsam bist, bislang unterhalten wir uns nur.«

»Sieh an ...«, Villiers hatte eilig die Fotos auf dem Mobiltelefon angeklickt, »ein richtiger Skater!« Er blickte Daryl Chamissi an. Der nickte stolz. »Jawohl, Skater. Sage ich doch. Es gibt sogar Filme von mir auf YouTube, soll ich sie Ihnen zeigen?«, fragte er eifrig. Villiers schüttelte den Kopf. »Nicht jetzt.« Er scrollte durch den Messenger und war an einer der Nachrichten hängen geblieben. »Und ein Dealer«, sagte er trocken, »ich vermute, Mamas Geld allein reicht nicht zum Leben.« Er reichte das Telefon an Duval weiter.

Dieser warf einen Blick darauf. »Aha. Na, da wird ja einiges klarer. Du hattest Probleme? Irgendwelche Revierstreitigkeiten? Du hast den Kaïd verärgert?« Duval sah an Daryls Blick, dass er ins Schwarze getroffen hatte. »Du wolltest kurz von der Bildfläche verschwinden und du bist auf die erste Fähre gesprungen, die abfuhr? Bisschen blöd, dass sie nur auf die Insel gefahren ist, oder vielleicht auch nicht. Hier vermutet dich wirklich keiner. Hab' ich recht?«

Daryl nickte leicht.

»Und die Villa?«, fragte Duval noch einmal. »Du hast gedacht, super, da ist bei dem Wetter bestimmt keiner mehr, du versuchst es mal?«

»Ja«, Daryl nickte, »aber ich wollte nichts klauen, echt jetzt, ich wollte nur ein paar Tage verschwinden.«

»Sicher doch.«

»Sie glauben mir nicht?«

»Doch, ich glaube dir, dass du ein paar Tage verschwinden wolltest. Versuchter Einbruch ist es dennoch.«

»Commissaire?!« Der Wirt klopfte an die Tür.

»Nicht jetzt!« Duval klang unfreundlich.

Der Wirt öffnete die Tür einen Spalt. »Verzeihen Sie, ich denke, es ist wichtig!«

Duval seufzte. »Was gibt's?«

»Ich bekam gerade einen Anruf von der Trans Côte d'Azur ...«, begann der Wirt und stockte.

»Ja, nun reden Sie doch!« Duval war ungeduldig.

»Ich wollte Sie informieren, dass der Fährverkehr bis auf Weiteres eingestellt wird. Der Wind hat gleich Sturmstärke erreicht ... sie schicken noch eine Fähre los, die alle Pendler von der Insel zurückholt und dann ist Schluss für heute. Ich dachte, Sie sollten das wissen.«

Das auch noch. »Danke«, sagte Duval knapp. Er fuhr sich mit der Hand durch die Haare und rieb sich übers Gesicht. Dann massierte er sich die Stirn und überlegte.

»Gut.« Duval sah auf. »Villiers, Sie nehmen die Fähre. Und nehmen Sie den jungen Mann mit, übergeben Sie ihn der Drogenfahndung und sagen Sie dem ›großen Martin‹ einen Gruß von mir.« Duval musterte den Jungen, der erleichtert aussah. »Ich würde ihm die Handschellen allerdings wieder anlegen und das Skateboard vorsichtshalber außer Reichweite halten«, fügte er hinzu. »So wie ich den Knaben hier einschätze, ist der sonst davongeflitzt, kaum dass er wieder festen Boden unter den Füßen hat, nicht wahr, Daryl?« Daryls Blick wurde dunkel, aber er schwieg.

»Und Sie, Commissaire?«, fragte Villiers.

»Ich bleibe hier.«

»Das dachte ich mir schon.« Villiers grinste. »Sie können im Forsthaus übernachten. Ich hatte Philippe Gantois schon darauf angesprochen.«

»Warum nicht in der Villa? Ich würde zu gern mal einen Blick hinter die Mauer werfen.«

»Oh, also das steht nicht in meiner Macht«, Villiers schüttelte den Kopf, »aber vielleicht können Sie ja den Wachmann überreden?!« Er sah den Commissaire zweifelnd an.

»War ein Scherz, Villiers!«

»Ah!«

Duval lief auf und ab und schnaufte laut. »Wir sind kein Stück weiter«, knurrte er unzufrieden, »der zweite Matrose ist immer noch verschwunden. Es gab keinerlei Einbruchsspuren im *Club Nautique* und es sieht auch nicht so aus, als fehlte ein Boot.« Er sah Villiers an. »Hatten Sie noch etwas entdeckt?« »Nein. Nichts. Ich glaube jetzt wirklich, der hat sich schon abgesetzt. Der Besitzer der Werft hat mich übrigens zurückgerufen. Er kann frühestens morgen da sein und das Werftgelände überprüfen.«

»Morgen, morgen ...«, brummelte Duval.

»Haben Sie schon was von Leroc gehört?«, fragte Villiers dazwischen.

»Nein.« Duval schüttelte den Kopf.

Villiers schaute aus dem regennassen Fenster und dann auf die Uhr. »Gut, ich eile wohl jetzt zum Fort und geleite wie versprochen die Museums-Damen ritterlich zum Boot. Die Polizei, dein Freund und Helfer!« Er grinste.

»Tun Sie das, ich versuche in der Zwischenzeit Leroc zu erreichen.«

Duval hatte den Eindruck, bei der Abfahrt der Arche Noah zuzusehen. Alle, die nicht auf der Insel lebten, eilten zur Fähre. Die Sirene hatte bereits dreimal laut quäkend gehupt, um die bevorstehende Abfahrt anzukündigen. Duval war erstaunt, dass trotz des widrigen Wetters mehrere Touristengruppen einen Ausflug auf die Insel unternommen hatten. Ein Wandergrüppchen von fünf Personen in bunten flatternden Regencapes hatte sich eingefunden. Eine bedeutend größere Gruppe asiatisch aussehender Menschen, alle in den gleichen pinkfarbenen Regenjacken und mit weißen Hütchen bekleidet, scharte sich aufgeregt um ihre Reiseleiterin, die einen Schirm nach oben hielt und die Gruppe durchzählte. Ein junges Paar mit geländegängigem Kinderwagen und einem nervösen Cockerspaniel stand ebenfalls auf dem Steg und ein älteres Paar in Wanderschuhen und praktischer Outdoorbekleidung machte von Ferne aufgeregte Zeichen, man möge auf sie warten und stiefelte eilig heran.

Zusammen mit dem Wachmann der *Großen Villa* hatten sie Daryl Chamissi zur Fähre gebracht. Der Junge stand mager und blass neben ihnen und schien zu frieren. Sein Blick war unruhig.

Der Wind blies stark und böig und die Gischt spritzte wild über den Anlegesteg. Duval sah Villiers mit den beiden Museumsdamen herankommen. Die Damen hatten Tücher um den Kopf gewickelt und ihre Handtaschen unter die Schulter geklemmt und beugten sich beim Laufen tapfer gegen den Wind. Plötzlich lachten sie unbändig, Villiers hatte wohl in jeder Lebenslage einen Scherz parat. Die Ankunft der Kollegen von der *Police scientifique*, die den Leichnam in einem weißen Sack sorgsam verhüllt auf einer Bahre an Bord trugen, sorgte allerdings bei allen Reisenden sofort für eine gedämpfte Stimmung. Und selbst die beiden Damen der Museumsaufsicht, eben noch so heiter, sahen betroffen aus und schwiegen nun erschrocken.

»Kommen Sie gut rüber.« Duval drückte Villiers die Hand und sah die schaukelnde Fähre mit gemischten Gefühlen an.

»Ja, es wird jetzt bestimmt eine lustige Schaukelpartie, aber dauert ja nicht lang.«

Lang genug, dachte Duval und war erleichtert, dieser Überfahrt entkommen zu sein.

»Und passen Sie mir auf den Knaben hier auf.« Er legte seine Hand schwer auf die Schulter von Daryl.

»Keine Sorge, ich lasse uns an der Fähre von der Drogenfahndung abholen.«

»Die werden mich schlagen, oder?« Daryl war plötzlich unruhig. »Können die mich festhalten? Nur wegen dem bisschen Haschisch?«

Nur wegen des bisschen Haschischs. Manchmal hatte Duval all diese verantwortungslosen Jungen satt. »Das weiß ich nicht, Daryl, aber welche Konsequenzen das Dealen hat, hättest du dir schon etwas früher überlegen können. Das ist kein Spiel, verstehst du?« Mit den Kollegen der Drogenfahndung war allerdings nicht gut Kirschen essen, das war allgemein bekannt. Aber vielleicht wäre es dem Jungen eine Lehre? Möglich war alles. »Man wird dir Fragen stellen und du tust gut daran, kooperativ zu sein und zu antworten. Du kannst schon froh sein, dass Monsieur Meursault von einer Anzeige wegen versuchten Einbruchs absieht.«

Ein Mann von der Besatzung der Fähre löste bereits die Leinen und von der Brücke machte der Kapitän ungeduldige Zeichen.

»Also los!«, sagte Duval und Villiers schubste den Jungen vor sich her. »*Au revoir*, Commissaire, wir sehen uns dann morgen wieder!«, rief er.

Duval blieb alleine auf dem Steg zurück und sah auf die Jachten, die am anderen Steg schaukelten. Eric Meursault war bereits auf dem Weg zur *Großen Villa*, die er keine weitere Minute ohne Überwachung lassen wollte. Nein, hatte er Duval noch wissen lassen, er sei nicht befugt, wem auch immer Zutritt auf das Gelände der Villa zu gestatten. Auch nicht der Polizei, solange keine gerichtliche Anordnung vorliege.

Dann eben nicht, dachte Duval. Pierre Lanvalle würde sich dort wohl nicht aufhalten, dafür hätte der aufmerksame Wachmann schon gesorgt. Er zog sein Mobiltelefon aus der Tasche. Leroc hatte er nicht erreicht und er müsste Madame Marnier zurückrufen. Dazu sollte er vielleicht ins Bistro gehen. Einen Kaffee könnte er jetzt auch vertragen.

Doch dann beschloss er, zunächst der *King II* einen Besuch abzustatten. Noch lag die weiße Motorjacht am Steg, aber der Mann, der sich Santo nannte, hatte sich nicht zum Essen im Bistro eingefunden und Duval wurde den Gedanken nicht los, dass er sich vielleicht ebenso wie Lanvalle aus dem Staub gemacht haben könnte.

»Heeho!«, rief er laut gegen das Rauschen des Meeres und den Wind an. »HEEHO! Jemand an Bord?«

Nichts rührte sich, das große Schiff schaukelte und die runden Fender rieben sich quietschend am Steg. Die Takelage machte ihr übliches metallisches Konzert. *Kling, plöng, kling. Pling, pling, klöng.* Die Brücke war hochgezogen. Endlich sah er im Innern des Schiffes eine Bewegung.

»HEEHO!« Er winkte mit dem Arm und zu seiner Überraschung erschien der bullige Mann hinter der Fensterfront. Er nickte, verschwand wieder und zwei Minuten später stand er an Deck. »Verzeihen Sie, ich habe geschlafen«, rief er Duval zu, »es hat einen Moment gedauert, bis ich begriffen habe, dass das Rufen nicht in meinen Träumen stattfand.«

»Ich würde Ihnen gern ein paar Fragen stellen, Monsieur ...«

»Sicher. Fragen Sie.« Der Mann war nicht sehr höflich.

»Kann ich an Bord kommen, bitte?«

Nur unwillig ließ der bullige Mann die kleine Brücke herunter und Duval balancierte darüber an Bord.

»Commissaire Duval, *Police Nationale* in Cannes«, stellte er sich vor und zeigte seine Karte.

Der Mann nickte. »Orsini«, stellte er sich vor und zog seine Brieftasche aus der Gesäßtasche. »Toussaint Orsini, das möchten Sie ja sicher überprüfen.« Er lächelte spöttisch.

Ah! Endlich! Beinahe hätte sich Duval an die Stirn geschlagen. Toussaint Orsini. *Santo.* Natürlich. Duval warf einen Blick auf den Pass. Toussaint Orsini war 1970 in Ajaccio geboren. Er stammte aus einer angesehenen korsischen Familie, die zumindest nicht offiziell mit dem Milieu zu tun hatte, aber dennoch hatte man ihn immer wieder im weiteren Umkreis der organisierten Kriminalität Korsikas gesehen. Wegen Drogenhandels hatte er eine Haftstrafe abgebüßt, und dann war er aus der Gegend verschwunden.

»Was machen Sie hier?«, fragte Duval ohne Umschweife.

»Oh, Commissaire«, sagte Orsini in typisch korsischer Manier, »ich entspanne mich ein bisschen in der schönen Bucht von Cannes, wenn Sie erlauben. Leider hat das Schiff eine Panne, ich warte auf ein Ersatzteil für den Motor, so bin ich hier gestrandet.«

»Und Sie sind dabei ganz allein? Das ist ja nicht sehr lustig, oder?«

»Manchmal muss man auch allein sein, Commissaire. Ich arbeite viel, viel zu viel, aber was wollen Sie machen ... die Geschäfte gehen gut, aber man muss doch ständig hinterher sein.«

Duvals Mobiltelefon klingelte. »Verzeihen Sie«, sagte er und wandte sich halb um. »Ja?«

»Ich habe hier mehrere Santos, Commissaire. Aber keinem gehört die *King II*«, es war Léa Leroc.

Duval entfernte sich zwei Schritte, hielt sich erneut ein Ohr zu und drückte das Mobiltelefon an das andere Ohr. »Also?« Duval war kurz angebunden.

»Sie können nicht sprechen?«

»Na ja«, antwortete Duval ausweichend, »aber Sie müssen vor allem lauter sprechen, Léa, der Wind ...«

»Verstehe. Also ...«, rief sie nun in den Hörer, »verstehen Sie mich so?«

»Ja.«

»Wir hätten da einen Roberto Santo di Legno ...«

»Nein, nein«, unterbrach Duval.

»Ah, Nummer zwei, Toussaint Orsini ...«

»Richtig, machen Sie weiter ...«

»Sie stehen ihm gerade gegenüber, was?« Léa gluckste.

»Exakt.«

»Gut, ich mach's kurz. Hören Sie mich noch, Commissaire?«, rief sie. »Es rauscht so!«

»Ja, ich höre Sie«, rief Duval seinerseits laut in das Telefon und sah sich nach Orsini um, der im Inneren des Schiffes verschwunden war. Orsini würde ihn vermutlich auch hören, wenn er weiter so brüllte, dachte er.

»Orsini stammt aus einer angesehenen korsischen Familie, die zumindest nicht offiziell mit dem Milieu zu tun hat. Santo ist Papas Sohn, aber er hat einen Hang zum Jetset und brauchte mehr Geld, als Papa ihm geben konnte oder wollte, so ist er dann ein bisschen ins Milieu gerutscht. In der Nachtklubszene von Cannes und St. Tropez ist er dafür bekannt, dass er Tausende von Euros pro Nacht verschleudert hat für Champagner, Mädchen und Drogen. Drogen hat er auch eifrig unters Volk gebracht ...«

»Das weiß ich alles, Léa, was ist heute los?« Duval unterbrach sie ungeduldig.

Léa kürzte ihren Diskurs etwas ab und sprach jetzt noch schneller: »2003 vor dem Landgericht Grasse, Haftstrafe wegen Drogenhandel, bekam fünf Jahre, saß die auch ab, danach ...« Ihre Stimme verschwand.

»Danach WAS?«, brüllte Duval.

»Wie, was?«, rief Léa irritiert zurück.

»Was war danach ...?«

»Danach? Wonach?« Sie verstand nicht gleich.

Duval stöhnte. Diese schlechte Telefonverbindung bei dem Wind machte ihn wahnsinnig.

»USA!« Sie brüllte. »Hören Sie mich? NACH DER HAFTSTRAFE GING ER IN DIE USA!«

»JA!«, brüllte er zurück. »Und JETZT?«

»MODEBRANCHE! Heute ist er in der Modebranche.«

»Ach was?«

»Ja«, Léa sprach laut, »offiziell ist er in die USA gegangen, um die Brücken mit der hiesigen kriminellen Szene abzubrechen und sich einen Namen in einem seriöseren Business zu machen. Aber er blieb natürlich in der glitzernden Glamourwelt: Los Angeles, Hollywood. Dort machte er zunächst Fitnessstudios auf und hat sich dann in der Modebranche etabliert. Er ist sogar richtig erfolgreich damit und hat einen seriösen Partner. Christian Augier, sagt Ihnen das was?«

»Nein.«

»Ein französischer Modemacher, der entwirft für ihn Shirts und Hemden, die in den Jetsetkreisen Hollywoods tatsächlich angesagt sind. Paris Hilton trug einmal eines seiner T-Shirts, als sie in Las Vegas als DJ auflegte, seitdem boomt es für ihn. Sein Ding sind Totenköpfe und goldene Nieten und dazwischen glitzert immer noch etwas Strass. Hat auf jeden Fall ein Faible für die Farbe Gold.« Léa Leroc holte Luft. »Haben Sie das alles?«

»Ja, kommt noch was Entscheidendes, Léa?«

»Ja, ich denke schon«, sie redete schnell weiter, »also Orsini lebt den amerikanischen Traum, eröffnet noch 2010 in Hollywood mit großem Pomp eine Boutique und lässt sich dort zwischen Basketballstars und Models ablichten. Er war und ist in allen Promiblättchen vertreten und auf YouTube kursieren Filme, die ihn am Steuer von gold lackierten Ferraris oder mit freiem massigem Oberkörper inmitten jeder Menge halb nackter Mädchen bei Poolpartys zeigen. Aber, und jetzt kommt's ... sind Sie noch da? Hören Sie mich?«, rief sie vorsichtshalber in den Hörer.

»JA! Ja, ich höre Sie gerade ganz gut, weiter!«

»Die USA haben ihn vor zwei Jahren ausgewiesen, AUS-

GE-WIESEN«, wiederholte sie vorsichtshalber laut und deutlich, »geplatzt, der amerikanische Traum, er ist dort jetzt *Persona non grata*, und zwar, wenn ich meinem Informanten glauben darf, nicht nur wegen Drogenhandel, sondern auch wegen Zuhälterei. Die Poolpartys mit all den Freundinnen organisierte er auch für andere Herren, Sie verstehen? Und bei einer dieser Partys gab es irgendeinen unschönen Vorfall. Nun ... und, ich komme zum Ende, seit seiner Ausweisung vor zwei Jahren gondelt er nun wieder zwischen der Côte d'Azur und Korsika und macht offiziell natürlich nur in Mode.«

»O. k., das reicht mir erst mal.« Duval wollte das Gespräch schon unterbrechen.

»Warten Sie! Eins noch ...«, rief Léa. »Wissen Sie, wem die *King II* gehört?« Sie machte eine kurze theatralische Pause.

»Léa!« Duval war ungeduldig.

»Hehe«, machte sie und schien sich zu amüsieren, »natürlich Ihrem besten Freund Louis Cosenza!«

»Ach, sieh an!«, konnte Duval sich nicht verkneifen. Louis Consenza, der Besitzer des Palm Beach Casinos, der seine Finger in allerhand zwielichtigen Geschäften hatte und dem nie irgendetwas nachgewiesen werden konnte.

»Das war's?«

»Reicht das nicht für den Anfang?«

»Doch. Danke, Léa!«

Duval wandte sich wieder Orsini zu, der sich in der Zwischenzeit im Inneren des Bootes breitbeinig auf seiner weißen fest installierten Sitzlandschaft fläzte. Er hatte die massigen Arme auf der Rückenlehne ausgestreckt, sodass unter den gespannten Ärmeln des weißen Poloshirts eine große Tätowierung an seinem linken Oberarm sichtbar wurde. Dunkle Brustbehaarung ringelte sich aus dem Hemdausschnitt. Orsini trug gut sichtbar eine schwere Goldkette. »Setzen Sie sich doch«, er zeigte auf das weiße Sofa gegenüber. »Kann ich Ihnen etwas zu trinken anbieten? Whisky vielleicht?«

Duval schüttelte ablehnend den Kopf. Weder wollte er gemütlich mit Orsini am Couchtisch sitzen noch dessen Whisky trinken. Er blieb stehen und sah durch die Fensterfront hinter Orsini in die graugrünen Wellenberge mit den langen schaumigen Kämmen.

»Sie machen also Ferien«, nahm er den Faden wieder auf. »Bisschen Pech mit dem Wetter haben Sie.«

»Ja, allerdings, und Pech mit dem Motor.«

»Stimmt, das ist ja der Grund, warum Sie hier gelandet sind, wenn ich es richtig verstanden habe?!«

»Richtig. Ich warte auf ein Ersatzteil.«

»Ihr Boot?«

»Nein, ein Freund hat es mir geliehen, ich lebe wieder auf Korsika, aber ich bin viel unterwegs, *Business*, Sie verstehen?! Und gelegentlich komme ich auch nach Cannes. Ich mag Cannes.«

»Und was für Geschäfte macht man denn so auf einem Schiff in der Bucht vor Cannes?«

»Oh, Commissaire, Sie täuschen sich komplett. Wirklich, ich mache ein paar Tage Ferien, Ruhe, runterkommen, das brauche ich mal. Ich bin so viel unterwegs. Ich promote mein Modelabel entlang der Küste und das ist harte Arbeit.«

»Sicher.«

»Sie glauben mir nicht, Commissaire«, er schüttelte wie bedauernd den Kopf. Dann lächelte er Duval plötzlich an: »Und wissen Sie was, Sie haben recht! Das ist nicht der einzige Grund, warum ich in Cannes bin.« Sein Lächeln wurde maliziös. »Ich verrate Ihnen ein Geheimnis, Commissaire …« Orsini beugte sich nun vor und blickte Duval mit ernstem Gesichtsausdruck an. Tatsächlich wandte er kurz den Kopf nach rechts und links, als könne es heimliche Mithörer auf dem Schiff geben.

Was für ein schmieriger Schauspieler. Duval betrachtete ihn ausdruckslos. Was würde Orsini ihm erzählen?

»Es stimmt, Commissaire, ich bin jetzt in der Modebranche, *Santo* heißt mein Label und wissen Sie was …«, er machte eine kurze Kunstpause, »ich vertraue Ihnen, Sie sagen es nicht weiter, nicht wahr? Ich bin dabei, ein Label für Kindermode zu schaffen, *Santino* wird es heißen! Was sagen Sie dazu?« Er grinste breit und sah Duval provokativ an. »Und noch ein Geheimnis«, fuhr er fort, »ich plane, in Cannes eine Boutique zu eröffnen. Ich suche nur noch eine passende Immobilie. Nächstes Frühjahr will ich durchstarten.« Orsini lehnte sich im Sofa wieder breitbeinig zurück und grinste frech.

Duval spürte, wie er wütend wurde. Dass Orsini sich so offen über ihn lustig machte, zeigte, dass er sich seiner sehr sicher war. Vielleicht hatte er wirklich nichts mit dem Tod von Sébastien Frénet zu tun. Er war hier für ein wie auch immer geartetes *Business* und dieses *Business* würde Duval sich gerne mal näher ansehen.

»Bravo, dann sind Sie ja richtig seriös geworden«, sagte er ironisch.

»Aber sicher, Commissaire.« Seine Stimme war ölig.

»Und dass Sie hier gelandet sind, ist reiner Zufall, wenn ich es richtig verstehe.«

»Absolut, Commissaire, ich habe mit dem Mord an dem Jungen nichts zu tun. War ein netter Junge, wir haben abends Karten gespielt. Das war alles.«

»Hat er gewonnen oder verloren?«

»Was? Nein, nein, hören Sie, wir haben nicht um Geld gespielt. Der Verlierer gab eine Runde aus, das war alles.«

»Hören Sie auf, sich über mich lustig zu machen, Orsini, ich weiß, dass Sie um Geld gespielt haben.«

Der Mann zuckte nur mit den Schultern. »Oh, Commissaire, ein Freundschaftsspiel, ich werde doch nicht einem jungen Kerl sein mühsam erarbeitetes Salär aus der Tasche ziehen.«

Irgendetwas sagte Duval, dass Orsini genau das getan hatte. »Er hat Schulden gemacht?«

»Sagen wir, ich habe ihm eine kleine Pokerlektion gegeben. Er war ein bisschen gierig. Aber ich kann ihn verstehen. Ich war auch mal jünger und wollte etwas vom großen Kuchen abhaben. Ich habe versucht, ihn zu bremsen, aber er war unersättlich. Aber dass er jetzt tot ist, ist nicht meine Schuld. Für die paar Kröten bringt man doch niemanden um. Und ich habe noch nie irgendjemanden getötet, Commissaire, das können Sie recherchieren. Friede seiner Seele, würde mein Großvater sagen.«

Der Wirt war alleine in seinem Bistro. Er saß mit verschränkten Armen auf einem Hocker hinter der Theke und sah Nachrichten im Fernseher, der in einer Ecke schräg unter der Decke hing. Überrascht sah er auf, als Duval hereinkam, griff zur Fernbedienung und wollte das Gerät ausschalten. »Lassen Sie nur«, beschwichtigte Duval, aber der Wirt stellte dennoch den Ton ab. »Nein, so etwas!« Der Wirt schien erschrocken und perplex. »Sie haben die Fähre verpasst?!«

»Nein, nein.« Duval schüttelte den Kopf.

»Aber was …«, begann der Wirt und schwieg dann.

»Alles in Ordnung«, sagte Duval, ohne eine weitere Erklärung zu liefern.

»Aha«, machte der Wirt, als verstehe er, aber er verstand nichts. Durfte man einen Kommissar nach seinen Gründen fragen? Pascal Moriani beschloss so zu tun, als sei alles in bester Ordnung, stellte keine Fragen und besann sich auf seine Aufgabe als Wirt. »Möchten Sie vielleicht etwas trinken?«, fragte er höflich.

»Gute Idee«, stimmte Duval zu, »aber zunächst würde ich gerne in Ruhe telefonieren. Darf ich mich dazu noch einmal in Ihrem Nebenzimmer einrichten?«

»Sicher, Commissaire, alles, was Sie wollen. Brauchen Sie ein Telefon?«

Duval sah auf das Display seines Smartphones. Das Netz schien ausreichend.

»Nein, oder doch«, korrigierte er sich, »so kann ich den Akku etwas schonen.«

»Madame Marnier? Duval hier.«

»Ah, endlich. Was war das denn vorhin für ein Affentheater? Ich hatte erwartet, dass Sie unverzüglich zurückrufen und sich im Übrigen hier persönlich melden!«

Affentheater. Das war es. Duval hatte keine Lust auf diesen immer gleichen banalen Machtkampf, den sich Madame Marnier mit ihm zu liefern schien und zog es vor, nicht darauf zu antworten. »Mir kam hier ein kleiner Dealer dazwischen, den ich mit der letzten Fähre an die Drogenfahndung weitergereicht habe«, erklärte er, »und ich wollte noch einen der Bootsbesitzer befragt haben, bevor ich mich bei Ihnen melde«, fügte er hinzu, »interessanterweise liegt nämlich Toussaint Orsini hier vor Anker.«

»...«

Für einen Moment war Madame Marnier sprachlos. Es dauerte nicht lang. »Orsini? Was Sie nicht sagen! Ist der wieder hier?! Gibt es einen Zusammenhang mit dem Mord?«

»Ich bin nicht sicher. Er sagt, er promote sein Modelabel entlang der Küste, aber ich würde ihm gern mal auf den Zahn fühlen und einen tiefen Blick in sein Boot werfen, so für alle Fälle. *À propos*, Eigner des Bootes ist Louis Cosenza.«

»Aha. Neue Freunde.« Die Richterin schien nachzudenken. »Mit welcher Begründung wollen Sie das tun, Duval?«

»Illegaler Waffenbesitz vielleicht? Rauschgiftschmuggel?« Lassen Sie sich was einfallen, dachte er unwillig, es gibt doch genug.

»Aber dafür liegen doch gar keine Anzeichen vor«, widersprach sie streng. »Wie heißt das Boot, sagten Sie?«

»*King II.*«

»Andere Gäste dieses Schlags sind nicht auf der Insel?«

»Nein.«

»Wo sind Sie jetzt? Immer noch dort?«, fragte sie abschließend.

»Ja, ich werde zwar nicht die ganze Nacht auf dem Steg ausharren, um zu sehen, ob sich etwas tut, aber es erschien mir sinnvoller, eine gewisse Präsenz zu zeigen.« Dass er die Fähre vor allem aus Furcht vor Seekrankheit vermieden hatte, musste er ja niemandem erzählen.

»Gut, dann berichten Sie mir mal ...«

Duval gab Madame Marnier die Namen der anderen drei Schiffe sowie ihrer Eigner durch und lieferte ihr den Stand der Dinge. Daryl Chamissi erwähnte er nicht, aber die Richterin hatte es nicht vergessen.

»Und was war das für eine Geschichte mit dem Dealer?«

Duval berichtete von Chamissi. Die Richterin hörte schweigend zu.

»In Ordnung, Duval. Ich melde mich bei Ihnen. Wo werden Sie übernachten? Haben Sie vielleicht eine Festnetznummer für mich, dann können wir uns dieses ›Ich-kann-Sie-nicht-Verstehen‹-Spielchen vielleicht zukünftig sparen? Was ist das für eine Nummer, die ich auf dem Display sehe?«

Duval überging ihre Bemerkung und antwortete nur auf die letzte Frage: »Das Bistro. Ich melde mich später noch einmal und gebe Ihnen noch eine andere Nummer, die vom Forsthaus. Ich werde im Forsthaus übernachten«, ergänzte er. »Dort können Sie mich später am Abend sicher erreichen oder Sie hinterlassen eine Nachricht.«

»Trinken Sie doch ein Glas mit mir«, schlug Duval dem Wirt vor, »geht auf meine Rechnung.«

Der Wirt winkte ab. »Ich bitte Sie, das ist nicht nötig, telefonieren dürfen Sie hier jederzeit umsonst, Commissaire, das versteht sich doch von selbst! Und selbst wenn Sie ins Ausland telefonieren müssen, jederzeit, keine Sorge! Das ist doch meine Pflicht, die Polizei zu unterstützen!«

Duval nickte dankend. »Ich würde trotzdem gern ein Glas trinken und mein Angebot steht.«

»Na dann, gern!« Der Wirt stellte zwei Gläser auf den Tisch. »Ich habe ein gutes Tröpfchen hier, den müssen Sie mal probieren. Den serviere ich nicht jedem«, sagte er verschwörerisch und holte eine bereits geöffnete Flasche aus der Küche. »Ein Rotwein aus der Bourgogne! Wissen Sie, ich stamme ursprünglich aus der Bourgogne, wenn ich auch schon viele Jahre an der Côte lebe, und ich habe schon viele Weine probiert, aber die Weine der Bourgogne sind für mich immer noch die besten. Und jetzt ist der Moment! Denn wissen Sie«, er sah den Kommissar bedeutsam an, »im Sommer kann man hier keinen Bourgogne-Wein trinken. Passt einfach nicht. Schmeckt nicht mal. Es ist verrückt. Mein Lieblingswein schmeckte mir hier nicht. Ich habe eine Weile gebraucht, um das zu verstehen. Aber es ist wie mit Lebensmitteln, die man aus dem Urlaub mit nach Hause nimmt. Zu Hause schmecken sie nicht mehr wie im Urlaub, sie schmecken einem manches Mal auch überhaupt nicht mehr und man fragt sich, ob man im Urlaub eigentlich an Geschmacksverirrung gelitten hat. Und Bourgogne-Wein gehört eben in die Bourgogne: Um ihn zu schätzen, braucht es das Klima, das entsprechende Essen, die Aromen von dort. Hier im Süden ist es monatelang so heiß, die Sonne ist so stark, die Luft so flirrend und die mediterrane Küche ist so leicht und verspielt, da passt kein schwerer Wein. Passt einfach nicht«, wiederholte er und schüttelte bekräftigend den Kopf. »Hier braucht man etwas Leichtes zum Essen, vor allem im Sommer. Nicht umsonst gibt es im Süden so viele leichte Rotweine oder eben Rosé. Das ist schon alles richtig so. Aber jetzt ...«, er hob die Flasche Wein an und blickte Richtung Fenster, »mit den ersten Herbststürmen, dem Wind, den kühleren Temperaturen und dem Regen, *jetzt* ist es auch hier der richtige Moment für einen Bourgogne-Wein! Und dieser hier ...«, er schenkte dem Kommissar und sich etwas Wein ein, »Sie werden sehen ...« Er nahm das Glas, hob es gegen das Licht und betrachtete die granatrote Farbe. »Und nun ...«, begann er, stellte das Glas ab, hielt zwei Finger auf den Fuß des bauchigen Glases und gab ihm mehrere Drehimpulse; der Wein kreiste gleichmäßig im

Glas und Moriani betrachtete aufmerksam die Schlieren, die sich am Glas bildeten, dann steckte er seine Nase ins Glas: »*aaah!*«, machte er. Sein Gesicht drückte tiefste Zufriedenheit aus: »*Das*, das ist wirklich noch Wein!« Er erhob sein Glas und sah Duval auffordernd an. »Probieren Sie!« Duval hatte keine Lust, das Prozedere des Wirts zu wiederholen. Er war Weintrinker, kein Weinkenner, sagte er immer. Natürlich schätzte er guten Wein, und wenn man ihm einen *St. Émilion Grand Cru* kredenzte oder wie hier einen *Grand Vin de Bourgogne*, wusste er das durchaus zu würdigen. Und er gab dem Wirt recht: In Paris hatte er bevorzugt *Brouilly* getrunken, einen Côtes du Rhône, in Cannes aber hatte er instinktiv den Weinen der Region den Vorzug gegeben und gönnte sich gern hin und wieder eine Flasche *Château Ste. Roseline*. Aber in seinem Kühlschrank fand sich meist nur ein einfacher Rosé aus dem Luberon und der stellte ihn im Alltag durchaus zufrieden. Jetzt prostete er dem Wirt freundlich zu: »*Santé!*«

»*À la votre*«, entgegnete der Wirt. Pascal Moriani stellte ein Schälchen mit Oliven auf den Tresen und öffnete eine kleine Tüte Chips, die er ebenfalls in ein Schüsselchen leerte. Beide tranken sie schweigend und sahen die stumm geschalteten Nachrichten im Fernsehen an. »Ha!« Der Wirt stellte den Ton wieder an. »Was für ein Tag!« Die Regionalnachrichten berichteten von den Schäden, die Regen und Sturm an der Küste angerichtet hatten. Man sah dahinschaukelnde Autos auf überschwemmten Parkplätzen am Hafen, überflutete Straßen und Unterführungen und Menschen, die mit verzweifelter Miene Keller und Läden von Wasser- und Schlammmassen befreiten. Und man sah durch Wellen unterspülte und eingebrochene Gehwege. Viele Brücken und Küstenstraßen waren wegen des durch den Sturm entfesselten Meeres gesperrt. Die Kamera hatte beeindruckende Bilder von meterhohen Wellen eingefangen, die über eine Kaimauer brachen. Weiter im Landesinneren waren entwurzelte Bäume auf parkende Autos gekippt und von Häusern waren Dachziegel gefallen. In den Alpen hatte sich der Regen in Schnee verwandelt und man sah Autos, die ineinandergerutscht waren und Autofahrer, die frierend in kilometerlangen Staus ausharrten. Die Nachrichten endeten mit einem Schwenk auf lachende Kinder, die jubelnd und kreischend inmitten der dicken Schneeflocken auf ihren Schlitten einen Abhang hinunterrutschten. Wenigstens die Kinder hatten Spaß.

»Bei diesem Wetter jagt man keinen Hund vor die Tür«, meinte der Wirt und schaltete den Fernseher wieder leiser. »Und Sie? Sie wollten nicht nach Hause?«, fragte er dann doch nach.

Duval verzog unbestimmt das Gesicht. Wenn der Wirt erwartet hatte, dass Duval sich bei einem Glas Wein in Vertraulichkeiten verlor, so hatte er sich getäuscht. Duval war ein großer Schweiger. Wenn er nichts zu sagen hatte, dann blieb er stumm. Selbst bei gesellschaftlichen Anlässen schwieg er und begnügte sich damit, die Anwesenden zu betrachten und zuzuhören. Keineswegs langweilte er sich, wie man ihm oft unterstellte. Er hatte nur kein Geschick für Small Talk, dieses leichte südfranzösische Geplauder, wie es die Brüder Michelet so gut beherrschten, gelang ihm nicht. Jedes Mal, wenn er einen Gesprächsbeitrag leisten wollte, wurde es kurzzeitig stumm und die Anwesenden sahen sich verlegen an. Oft führte es dazu, dass ein gerade noch geselliges Grüppchen sich zerstreute. Immer wählte Duval zu schwergewichtige Themen, die eine ernsthafte Auseinandersetzung erfordert hätten und nur selten fand sich dafür ein Gesprächspartner. Daher schwieg er meist. Ihn störte eine lang anhaltende Stille auch nicht. Den Wirt aber machte diese Stille sichtbar unruhig. Erleichtert nahm er daher das Geräusch vor der Tür wahr. »Sieh an, die Alice!« Der Wirt sah Alice entgegen, die mit einem Schwung kalter Luft hineingeweht kam und ihre nassen Locken schüttelte. »Brrrr, was für ein Scheißwetter!«, sagte sie, zog die Schultern hoch und rieb sich die Hände. Sie sah sich im Saal um. »Warum hast du das Feuer ausgehen lassen?«, fragte sie vorwurfsvoll. »Es ist wirklich nicht warm hier drinnen.«

Sie blickte den Commissaire an und stutzte: »Haben Sie die Fähre verpasst?«

»Ja, das habe ich ihn auch schon gefragt«, beeilte sich der Wirt zu versichern, »aber der Commissaire schweigt ... äh, wie ein Grab, hätte ich beinahe gesagt.« Er lachte kurz auf.

Wie passend, dachte Duval amüsiert. »Trinken Sie ein Glas mit uns, Alice«, schlug er vor. »Es geht auf mich.« Er sah den Wirt an, der ohne zu zögern ein weiteres Glas auf die Theke stellte und den Rotwein einschenkte. Dann drehte er den Gasofen in ihre Richtung und schaltete ein weiteres Heizfeld ein.

Alice zögerte kurz und blieb vor der Theke stehen. Endlich zog sie einen Barhocker heran und setzte sich. Sie atmete tief durch.

»Harter Tag, was, Mädchen?« Der Wirt sah Alice aufmerksam an.

Sie schnaufte nur.

»Immerhin bist du nicht mehr ganz so blass.« Und an den Kommissar gewandt fügte er hinzu: »Heute früh sah sie aus wie das Leiden Christi«, fuhr der Wirt fort, an den Kommissar gewandt. »Ist ja auch kein Wunder bei all der Aufregung und dem Anblick ...«

Alice senkte die Augen und nahm das Glas Rotwein in die

Hand und roch kurz daran. Sie sah den Wirt überrascht an: »Oh, du hast einen Guten geöffnet.«

Der Wirt nickte. »Manchmal muss es sein. Nach so einem Tag.«

»Also dann, *Santé!*«, sagte Alice und prostete dem Wirt sowie Duval zu.

Noch war es nicht wirklich dunkel, aber das Licht im Bistro wurde von Minute zu Minute schummriger. Von Weitem sah man an der gegenüberliegenden Küste vereinzelte Lichter aufblitzen, andere begannen konstant zu leuchten, alles wurde von den Regentropfen an den Fenstern des Bistros verzerrt.

Der Kommissar, der Wirt und Alice saßen noch immer an der Theke und man hatte ein weiteres Glas des vorzüglichen Bourgogne-Weins aus dem Vorrat des Wirts getrunken, aber die Stimmung war ebenso gedämpft wie das Licht. Sie waren wieder auf die Ereignisse des Tages zu sprechen gekommen: zunächst Chamissi, dann die *Große Villa* und ihre illustren Besitzer und Gäste, die niemals jemand zu Gesicht bekam. Schließlich waren sie wieder bei dem Mord gelandet.

»Wenn ich es recht verstehe, ist Ihrer Ansicht nach ...«, begann Duval.

»Es war Lanvalle.« Der Wirt unterbrach ihn entschieden. »Warum sollte er sonst verschwinden? Das ist doch offensichtlich! Oder?« Bei der Frage sah er Alice an, als erwarte er eine Bestätigung.

Und Alice stimmte ihm zu. »Ja, ich denke auch mehr und mehr, dass es Lanvalle war. Aus welchem Grund, ist mir zwar nicht klar, aber irgendeinen Grund wird er schon gehabt haben.«

Duval sah Alice nachdenklich an. »Weil er ein komischer Typ war?«

»Ja!« Sie sagte es nachdrücklich und schien die leichte Ironie in der Stimme des Kommissars nicht zu bemerken.

»Sie mochten ihn nicht.«

»Nein.« Sie klang hart. Als es ihr bewusst wurde, versuchte sie ihren entschiedenen Ton zu relativieren. »Ich weiß nicht, warum, es war so ein Gefühl. Ich traute ihm nicht, würde ich rückblickend sagen.«

»Sébastien Frénet aber konnten Sie trauen?«

»Ja.« Sie sagte es leise und ihre Stimme klang weich.

»Intuition!« Der Wirt pflichtete Alice bei. »Bei Frauen ist das stark ausgeprägt. Sie erfassen instinktiv den Kern der Sache. Rein gefühlsmäßig. Man unterschätzt das oft, aber Intuition ist eine von vier psychologischen Grundfunktionen, sagt C. G. Jung. Mit der Intuition wird eine Wahrnehmung zukünftiger Entwicklungen mit all ihren Optionen und Potenzialen ermöglicht«, dozierte er und sah mit nur verhaltener Selbstgefälligkeit von Alice zu Duval. »Alice ist sehr intuitiv«, fügte er hinzu.

Alice sah den Wirt leicht spöttisch an, aber sie lächelte dennoch.

»Ich lese C. G. Jung, wissen Sie?« Er sprach nun direkt zu Duval, aber es war klar, dass er sich auch an Alice richtete. »Sie kennen das sicher? Intuition ist ja auch in Ihrem Beruf von großer Wichtigkeit, nicht wahr?«

Duval verzog unbestimmt das Gesicht. Der Wirt aber hatte schon weitergesprochen. »C. G. Jung ist wirklich ausgesprochen interessant. Wenn man sich eingelesen hat, geradezu fesselnd. Was er zu den psychologischen Typen sagt, ist absolut faszinierend. Und Alice«, nun sah er die junge Frau direkt an, »Alice entspricht meines Erachtens dem Typus des introvertierten Fühlens. Intensive Gefühle, die wenig gezeigt werden. Und eine große Intuition.« Er griff hinter sich und zog ein stark zerlesenes Exemplar eines Bandes der Werkausgabe von C. G. Jung aus dem Regal, das mit kleinen Post-its und vielen Unterstreichungen versehen war, und blätterte darin herum.

»Ich wusste gar nicht, dass du so etwas liest?« Alice sah ihn erstaunt an.

»Du weißt vieles nicht, mein Mädchen, ich lese noch viel mehr ... aber ich bin eben auch ein eher introvertierter Typ, ich sage und zeige nicht allen alles.« Moriani gab sich kokett.

»Aha.« Alice nickte und blätterte wahllos in dem Buch herum.

»Ich leihe es dir, wenn du magst, es ist wirklich interessant ... warte ...« Er nahm das Buch und suchte darin. »Hier«, er zeigte auf eine Seite und schob es ihr hin.

Sie las hier und da eine der unterstrichenen Stellen. »Ich weiß nicht, klingt interessant, aber vielleicht muss ich erst mit einer Einführung anfangen«, sagte sie zögerlich, »ich verstehe das gar nicht.«

»Das ist nur eine Frage der Gewohnheit. Wenn du erst einmal verstanden hast, was Jung über die Persönlichkeitsstruktur sagt ...«, er überlegte, »oder du hast recht, vielleicht ist das für den Anfang zu harte Kost und du liest erst etwas über die Traumanalyse. Achtest du auf deine Träume?«, fragte er Alice.

»Hmja, manchmal.«

»Das solltest du. Träume können dir in schwierigen Situationen Antworten geben ...«

Duval sah leicht amüsiert zu, wie der Wirt begonnen hatte,

sich, alles andere als introvertiert, in den Mittelpunkt zu spielen. Mit C. G. Jung konnte man natürlich punkten. Dieses Psychogequatsche schien wirklich alle Frauen zu beeindrucken.

»Du bist Skorpion, oder?«, fragte der Wirt jetzt und sah Alice an. Duval verdrehte innerlich die Augen, nicht auch noch das.

Sie nickte.

»Ich wusste es ...«

Die Tür des Bistros öffnete sich mit einem Schlag und die vertraute Stimmung wurde abrupt unterbrochen. Eine Welle von Kälte und Wind ergoss sich in den Raum. Es waren Xavier Schnyder und sein Skipper Dan. Xavier Schnyder hatte einen Ausdruck von Entsetzen und Angst im Gesicht, der sich aber in unendliche Erleichterung verwandelte, als er den Kommissar entdeckte. Perplex blieb er am Eingang stehen, während Tropfen von seiner Regenkleidung abperlten und auf dem Fußboden kleine Pfützen bildeten.

»Sie sind da, Commissaire!«, rief Xavier Schnyder erleichtert. »Gott sei Dank!«

»Die Tür!«, rief der Wirt ungehalten. »Könnt ihr nicht wenigstens die Tür zumachen?«

Xavier Schnyder nickte schuldbewusst, machte einen Schritt nach innen, sodass auch Dan eintreten konnte, der sogleich die Tür schloss.

»Gott sei Dank, dass Sie da sind, Commissaire!« Der sonst so ruhige Schweizer war völlig außer sich.

»Was ist los?« Duval war angespannt.

»Na, nun rede schon!«, herrschte ihn der Wirt an.

Wie ein Schlag durchfuhr es Alice und sie begann zu zittern. Sébastien! Sie dachte augenblicklich an Sébastien. Sie hatte die idiotische Hoffnung, er könne wieder lebendig geworden sein und Xavier Schnyder würde gleich von seiner Wiederauferstehung sprechen. Nein, anders noch, das alles war gar nicht wahr, nichts davon war geschehen, kein Mord, kein Blut, das alles nur ein böser Albtraum. Sie öffnete den Mund. »Ist etwas mit Sébastien«, wollte sie fragen, aber etwas hielt sie davon ab, in einem Anflug von Vernunft klappte sie den Mund wieder zu, als sie den Namen »Théolien« hörte. Théolien?

Jawohl, Xavier Schnyder wiederholte es gerade: Théolien war auf der *Zephyr* auf Lanvalle gestoßen, aber ...

»WAS? Lanvalle?« Alice hatte einen Schrei ausgestoßen. Auch der Wirt hatte wie dumm den Namen wiederholt: »Lanvalle? Sie haben ihn?«

Xavier Schnyder nickte. »Ja, Lanvalle!«

»Ja, aber wie? Wo denn? Na, nun rede doch ...« Der Wirt war ungehalten, konnte dieser Schweizer nicht einmal schnell sprechen?

Nur Duval sah automatisch Richtung Tür und fragte kurz und sachlich: »Wo ist Lanvalle jetzt?«

»Immer noch auf der *Zephyr* natürlich.«

Duval war aufgesprungen, riss die Jacke von der Stuhllehne und war schon an der Tür.

»Er ist tot!« Es war Dan, der es sagte.

»Ja, tot, natürlich, habe ich das nicht gesagt? Ich war so durcheinander, verzeihen Sie!« Xavier Schnyder sackte etwas zusammen.

»Tot?« – »Wer jetzt?« – »Lanvalle oder Théolien?« Der Wirt und Alice fragten durcheinander.

Dan sprach nun, er wirkte weit weniger angegriffen von der Botschaft, die sie zu überbringen hatten: »Théolien hat auf der *Zephyr* Lanvalle gefunden. Und er ist tot.«

Alice begann hysterisch zu schluchzen. Das war alles zu

viel. Der Wirt legte ihr die Hand auf die Schulter und redete auf sie ein: »*Schhhh, schhhh*«, machte er, »beruhige dich, Alice, alles gut, es wird schon gehen.« Aber Alice zitterte und schluchzte weiter. Pascal Moriani schüttelte mit schwerer Miene den Kopf. Dann nahm er drei kleine Gläser aus dem Regal, griff nach der Flasche Rum und goss mit leicht zitternder Hand die Gläser voll, die er Alice, Dan und Xavier Schnyder zuschob. »Trinkt einen Schluck auf den Schrecken!« Er blickte zu Duval: »Sie auch einen?«

Aber Duval hörte ihn nicht mehr. Er hatte sich schon in den Regen und Sturm geworfen und eilte durch das dunkle graugrüne Wetter zum Steg. Es gab noch einen letzten Rest Tageslicht, aber die dunklen Wolken verhießen eine Nacht ohne Sterne.

Der Tag endete, wie er begonnen hatte, mit einer Leiche. »Leiche am Morgen bringt Kummer und Sorgen«, hatte Villiers heute Morgen noch gewitzelt. »Leiche am Abend ...«

# 5

Am Steg brauste der Wind und die Boote bewegten sich ächzend im Wasser. Die *Zephyr* ankerte mit dem Heck zum Steg, aber dazwischen klaffte eine beachtliche Lücke. Es gab keine Brücke. Duval zögerte. Er würde nicht springen können. Vor allem nicht in diesem diffusen Licht. Die Wellen klatschten laut an den Rumpf des Schiffes und die Gischt spritzte hoch. Er wich etwas zurück.

»Heeho!«, rief er laut. Nichts tat sich. Er rief noch einmal mit Nachdruck Richtung Luke: »HEEHO! Capitaine Théolien!« Dann brüllte er: »HEEHOO!«

Endlich sah er eine Gestalt den Kopf aus der Luke stecken.

»Théolien? Jean-Louis Théolien, sind Sie das?«

»Und Sie? Sie sind der *Flic*?«, knurrte Théolien halblaut zurück, ohne sich zu rühren. Der hat mir gerade noch gefehlt, dachte er, obwohl ...

»Helfen Sie mir an Bord, Théolien!« Duvals Ton war autoritär.

Théolien stieg trotz seines massigen Körpers behände aus der Luke und näherte sich dem Heck des Schiffes. »Warten Sie!«, auch sein Ton war autoritär. Vorsichtig, aber kräftig zog er an der Achterleine, mit der die *Zephyr* an Land festgemacht war und das Boot bewegte sich langsam schaukelnd auf den Steg zu. »Näher kann ich nicht ran, Sie müssen schon einen Schritt machen«, befahl Théolien. Duval zögerte.

»Halten Sie sich da fest.« Théolien zeigte mit dem Kopf auf die Talje, während er die Leine festhielt. »Jetzt stellen Sie den linken Fuß hierhin«, er zeigte auf die Außenkante des Schiffes, »und dann übersteigen Sie mit dem rechten Fuß die Reling ... und dann geht es mit dem linken Fuß fast von alleine.«

Duval tat wie ihm geheißen und stand noch etwas unsicher auf dem schwankenden Schiff. »*Voilà*, sehen Sie ... geht doch. Willkommen an Bord.« Es klang dennoch nicht gerade einladend.

»Was ist passiert?«, fragte Duval.

Théolien antwortete nicht, sondern ging stattdessen leichtfüßig über das schwankende Schiff Richtung Luke. Duval folgte ihm und versuchte die Füße an die gleichen Stellen wie Théolien zu setzen.

»Also ...«, sagte Duval auffordernd, aber Théolien stieg schweigend vor ihm den Niedergang hinab. »Was ist passiert?«, fragte Duval noch einmal, als auch er unter Deck angekommen war. Kurz hielt er die Luft an. Düster war es und stickig warm. Und es roch eigenartig. »Noch ein Mord auf Ihrem Schiff? Lanvalle diesmal?«

»Sieht so aus.«

»Wie, sieht so aus? Sind Sie nicht sicher?«

Théolien lachte rau. »Was weiß ich. Sieht aus wie ein Mord, würde ich sagen. Und ja, es ist Lanvalle.«

»Wo ist er?« Duval hatte erwartet, über den leblosen Körper des vermissten Pierre Lanvalle zu fallen, kaum dass er hinabgestiegen wäre. Aber alles sah vollkommen unberührt aus. Erstaunt schaute er sich um. Die *Zephyr* war länger und breiter als das Schiff der Schnyders und die Anordnung der

Einrichtung im *Salon* ähnelte sich, aber der Innenausbau in dunkel poliertem Mahagoniholz ließen das Innere des Schiffes dennoch eng und gedrückt wirken. Beinahe zog man den Kopf ein. Es gab aber spürbar ein paar mehr Schritte Platz im kleinen *Salon*, der aussah wie ein alter englischer Salon. Zumindest stellte Duval sich einen alten englischen Salon so vor. Die Teakplanken waren aufs Höchste poliert und funkelten. Nur vorsichtig setzte er einen Fuß darauf. Es knarzte wie erwartet. Dunkles poliertes Mahagoni überall: die Türen ebenso wie die Einbauschränke und der Essplatz. Grazile, elegante und weiß gepolsterte Stühle standen um den fest eingebauten Massivholztisch. Die Einbauschränke mit ihrem ungewöhnlichen Vitrinenaufsatz gaben dem Raum ein schiffsuntypisches Aussehen. Aber was wusste Duval schon von typischen Schiffseinrichtungen, korrigierte er sich sofort selbst. Gegenüber dem Essplatz stand ein fest eingebautes, in geschwungenes poliertes Holz gefasstes, ebenso weiß gepolstertes Sofa. Alles blitzte und funkelte.

»Haben Sie sauber gemacht?«, fragte er irritiert.

»Klar. Nachdem Ihre Kollegen fertig waren. War ja überall Blut. Riesensauerei.«

»Darf ich?« Duval zeigte Richtung Kabinentür.

»Nur zu.« Der Skipper nickte erneut.

»Sehr schön!« Duval war beeindruckt. Der obere Teil der kleinen Kabine sowie das breite eingebaute Bett waren in Weiß gehalten. Die Tür, Parkett, Unterschränke und eine kleine Kommode wiederum in poliertem Mahagoni. »Wirklich, sehr schön!«

»Hm.« Wenn der Skipper erfreut war, so ließ er es sich nicht anmerken. »Das ist die Eignerkabine«, erklärte er. »Die Gästekabinen sind hier.« Er zeigte auf zwei weitere Türen hinter dem Salon. »Die der Mannschaft sind ganz vorne im Bug. Nicht mehr ganz so charmant, die Jungs schlafen in einer winzigen Kabine und haben ihre Kojen übereinander.« Er räusperte sich. »Schliefen, meine ich.«

»Nun ...« Duval blickte sich suchend um. »Erzählen Sie mal ... Wo ist der Tote? Und wie ist es passiert?«, fragte Duval.

»Was weiß denn ich, wie es passiert ist. Ich war's nicht und ich war nicht dabei!«, blaffte Théolien ihn an.

»Sachte, sachte, Käpt'n, wann und wie haben Sie den Toten also entdeckt?«, korrigierte Duval seine Frage. »Und was ...«

»Und wie und wann und was ...« Théolien unterbrach den Kommissar unfreundlich. »Kommen Sie, ich zeig's Ihnen ... na los, kommen Sie schon.« Er ging drei Schritte vor, überstieg zwei riesige Säcke, die im Weg lagen, drückte sich an die Wand und zeigte auf eine offene Tür zwischen den Mannschaftskabinen. Duval sah zunächst nur riesige helle zusammengerollte Stoffballen herausquellen, darunter und darüber stapelten sich graue und beige Säcke. Einer der Säcke war der Länge nach geöffnet. Darin entdeckte er im Halbdunkel zunächst nur einen schlaffen Arm und dann den eigenartig zusammengekrümmten Körper eines Mannes. Der Kopf mit dunklem wirren Haar lag abgeknickt auf seiner Brust.

»Was ist das hier? Das ist keine Kabine, oder? Das ist eine Abstellkammer, oder wie immer man das auf einem Schiff nennt? Ein Verschlag?« Duval sah Théolien fragend an.

»Das ist die Segellast.« Es fehlte nicht viel und Théolien hätte ausgespuckt vor so viel Schiffsunverstand.

»Die Segellast?!«

»*Bon.*« Théolien schickte sich zu einer Erklärung an: »In früheren Zeiten war die Segellast der Werkstattraum für den Segelmacher und Aufbewahrungsort für die Segel. Heute ist es nur noch Letzteres. Wir haben für alle Fälle immer zwei Satz Segel an Bord, obwohl wir weiß Gott noch nie zu einer Regatta aufgebrochen sind, wo wir sie hätten brauchen können«, Skipper Théolien machte ein bedauerndes Gesicht, »zusätzlich lagern hier die Fender, Leinen, Rettungswesten, das Dinghi, Persenning und die Sonnensegel, alles, was man so braucht eben. Das alles wird hier aufbewahrt.« Beinahe hätte er ein »Kapiert?« hinzugefügt, aber er beherrschte sich.

Aber Duval hatte es dennoch gespürt und nickte. Natürlich hatte er es kapiert, auch wenn ihm diese seemännischen Begriffe nicht geläufig waren. Segel, viele Meter Stoff im weitesten Sinne, das hatte er verstanden. So ganz sicher fühlte er sich auf dem Schiffsterrain nicht. Und es lag nicht nur am leichten Schaukeln. Vielleicht waren seine Fragen deshalb etwas ungeschickt. »Haben Sie den Jungen hierhin transportiert?«

»Ich?« Théolien polterte los. »Sie glauben, dass ich den Jungen hierhergeschleppt habe? Bei allem Respekt, Commissaire, jetzt gehen Sie zu weit. Warum hätte ich das tun sollen?«

»Gut. Entschuldigen Sie. Ich verstehe ...«

»Na, hoffentlich! Ich habe ihn hier gefunden.«

»Gut. Sie haben ihn hier gefunden«, wiederholte Duval langsam.

Der Skipper nickte.

»In diesem Sack?«

»Jawohl.«

»Wann war das?«

Théolien sah auf die Uhr. »Vor einer knappen Stunde, würde ich sagen. Bis ich den Schweizer überzeugt hatte, dass er im Bistro die Polizei rufen sollte und bis Sie kamen und bis Sie an Bord waren – Dreiviertelstunde vielleicht.«

»Sie sind an Bord gegangen und ... warum eigentlich?«, fragte Duval.

»Weil es mein Schiff ist, wenn Sie so wollen. Ich habe zumindest die Verantwortung. Ich habe sauber gemacht, nachdem Ihre Kollegen hier fertig waren und die Fähre genommen haben. So wollte ich es nicht lassen, mit dem Blut überall. Es begann zu stinken, es riecht immer noch komisch. Aber bei dem Wetter kann man ja nichts aufmachen. Und beim Putzen habe ich plötzlich auch hier Blut unter der Tür durchsickern sehen. Nicht viel, aber es kam doch eindeutig von innen.« Er zeigte auf ein kleines dunkles Rinnsal am Boden und dann auf die blutgetränkten Segelballen. »Wie Sie sehen, hat er ordentlich geblutet, der Arme.«

Duval nickte. Er sah es und er roch es. Ein warmer säuerlicher Geruch schlug ihm aus dem Räumchen entgegen. Er besah sich im Halbdunkel den Körper des jungen Mannes, ohne ihn zu berühren: das wächserne Gesicht mit den leicht eingefallenen Wangen. Die nur halb geschlossenen Augen. Das hellblaue Poloshirt war von Blut getränkt. Der Segelsack, in dem der Mann lag, war voller Blut und von dort war es allmählich bis auf den Boden gesickert. Duval betrachtete das Shirt und den Oberkörper genauer.

»Vermutlich erstochen, genau wie der andere«, mutmaßte er dann.

»Sehe ich auch so.«

»Gut, Monsieur Théolien, erzählen Sie mir doch einmal so präzise, wie Sie können und mit allen noch so unwichtig scheinenden Details, wie Sie diesen Toten auf ihrem Schiff gefunden haben.«

»Da gibt's überhaupt nicht viel zu erzählen. Ich ging an Bord und begann sauber zu machen. Und wie ich so auf den Knien liege und wische, sehe ich plötzlich auf dem Boden unter der Tür hier noch etwas Dunkles. Ich habe sofort gewusst, dass es Blut ist. Davon habe ich heute schon genug gesehen.« Er schwieg einen Moment. »Und dann habe ich die Tür aufgemacht.«

»Lag der Junge genau so da oder haben Sie den Körper bewegt?«, fragte Duval dazwischen.

Der Skipper sah den Commissaire kritisch an. Verstand er gar nichts? »Ich hab' ihn nicht direkt angefasst, wenn Sie das meinen. Aber den Jungen sah ich gar nicht, also ich meine, er war zunächst gar nicht zu sehen. Der Raum ist bis oben hin mit Segeln voll, das sehen Sie ja selbst. Ich sah nur das Blut auf dem Boden und die zusammengerollten Segel und die Säcke. Ich habe versucht der Blutspur zu folgen und gesehen, dass das Blut zwischen den Segeln und den Säcken herauskam, also habe ich zuerst den großen Sack hier weggehievt«, er zeigte auf den grauen Sack von der Größe eines Mannes, der im Weg lag, »und dann begriff ich, dass das Blut aus einem der Säcke kam. Um den zu öffnen, musste ich aber erst noch einen weiteren Sack wegziehen.« Er zeigte auf den zweiten Sack, der auf dem Boden lag. »Und dann habe ich den Reißverschluss aufgezogen und sah den Arm und ...« Er schnaufte. »Also, ich habe ihn nicht angefasst, aber ich habe ihn vielleicht unfreiwillig bewegt, als ich die Säcke rauszog – das ist schwer, das Zeug, wissen Sie?!«

»Hmm«, machte Duval und starrte auf das mit Segelsäcken vollgestopfte Räumchen. Er spürte den Ärger in sich hochsteigen. Er fühlte sich wie ein Idiot. So etwas passierte, wenn er *einmal* den Tatort nicht rechtzeitig selbst ansah, natürlich! Es war zum Kotzen. Probehalber versuchte er einen der Säcke, die im Gang lagen, mit einer Hand anzuheben, es gelang ihm nur bedingt. Diesen körperlichen Einsatz hatten die Kollegen heute Morgen wohl gescheut, dachte er missmutig, diese faulen Säcke. Nur nicht zu viel arbeiten und immer schön den bequemsten Weg gehen. Und vor allem Punkt zwölf zum Mittagessen. Den Toten hätte man schon viel früher finden können, wenn die Herren Kollegen den Tatort nur korrekt durchsucht hätten. Denn Lanvalle lag seines Erachtens schon seit heute Nacht hier. Genau wie der andere, den er nicht mal gesehen hatte. Er atmete tief durch. Warum war er verdammt noch mal nicht sofort selbst unter Deck gegangen? Den Tatort nicht ansehen! So etwas würde er auch keinem durchgehen lassen. *Merde, merde.* Die Wut auf Dermez und sein Team vermischte sich mit der Wut auf sich selbst. Er hasste schlampige Arbeit. Sie hatten einen ganzen Tag damit vergeudet, den verschwundenen Lanvalle als vermutlichen Täter auf der gesamten Insel zu suchen, dabei lag er mausetot quasi direkt vor ihrer Nase. Wenn man sich anstelle dessen nur gleich um den richtigen Täter gekümmert hätte ... Es war auch seine Schuld, aber Dermez und den anderen würde er dennoch was erzählen! Er schüttelte verärgert den Kopf.

Théolien sah ihn fragend an.

»Nun«, begann Duval, »ich glaube, man hat beide Jungs gleichzeitig umgebracht und dann hat man diesen hier in einem der Säcke versteckt. Und heute Morgen, als die Kollegen da waren, war das Blut noch nicht sichtbar, es ist erst im Laufe des Tages bis hierhin gesickert. Vielleicht, weil das Schiff sich so stark bewegt, könnte das sein?« Er sah den Skipper an. Der nickte leicht und machte einen zustimmenden Gesichtsausdruck. »Das würde zumindest erklären, warum die Kollegen es nicht gesehen haben. Die haben nur die Tür zu diesem Räumchen aufgemacht und standen vor einer Wand aus riesigen Säcken und zusammengerollten

Segeln, hatten keine Lust die rauszuhieven und haben die Tür ganz schnell wieder zugemacht.«

Théolien zuckte mit den Schultern. »Möglich.«

»Aber warum hat man diesen hier so mühsam versteckt?« Er zog noch einmal probehalber am anderen Sack und sah sich um. »Eng ist es hier auch. Man musste ihn erst mal in einen leeren Sack stecken und hier hineinwuchten. Oder gibt es noch eine andere Möglichkeit, hier hinzukommen? Was ist das zum Beispiel?« Er zeigte auf das Oberlicht im kleinen Raum, durch das nur noch wenig Tageslicht fiel. »Eine Luke«, nickte der Skipper. »Und in der Regel räumen wir die Segel direkt von Deck durch diese Luke. Sonst müsste man ja immer alles durch den Salon und den Niedergang hinauftragen.«

»Das wäre also auch möglich«, überlegte Duval. »Aber das erklärt nicht, warum man Frénet einfach so in der Kabine hat liegen lassen und den hier hat man versteckt?« Duval sah Théolien an. Der zuckte schweigend mit den Schultern. »Und die Waffe?«

»Ich habe nichts gefunden.« Er lachte rau. »Ich muss aber auch sagen, dass ich nicht wirklich gesucht habe.«

»Können wir vielleicht etwas mehr Licht haben?«

Théolien nickte und kam nach kurzer Zeit mit einer großen Taschenlampe wieder. Er leuchtete in die Segellast hinein. Aber Duval gab die Suche bald auf. Ohne die Säcke sämtlich aus dem Räumchen zu ziehen und den Toten dabei zu bewegen, kamen sie hier nicht weiter. Dann leuchtete er dem Toten ins Gesicht. »Nur der Ordnung halber. Es ist doch Lanvalle?«

»Ja«, bestätigte Théolien und nickte. »Es ist Lanvalle. Pierre Lanvalle. Ich wusste sofort, dass er es ist, auch wenn ich eigentlich nur die Haare gesehen habe und den Arm.« Er schwieg kurz, dann sagte er rau: »Ich habe in einer Nacht meine gesamte Mannschaft verloren. Meine beiden Jungs.«

Halb ernst, halb lachend fügte er hinzu: »Wenn das so weitergeht, bin ich als Nächster dran.«

»Hören Sie auf, Théolien, das sind doch Kindereien!«

»Weiß man's?« Der Skipper sah nicht überzeugt aus.

»Wo werden Sie schlafen? Hier können Sie nicht bleiben.«

»Ich werde das Angebot des alten Damien annehmen, er hatte mir vorgeschlagen, bei ihm zu übernachten. Ich hatte es zunächst abgelehnt, dachte, ich würde auf dem Schiff bleiben, aber so wie es jetzt aussieht ...«

Duval nickte. »Lassen Sie uns zusammen gehen und dann verschließen Sie das Schiff so, dass niemand Unbefugtes hineinkann.«

Théolien nickte: »Ich hole nur meine Siebensachen.« Er warf etwas Wäsche und ein paar persönliche Dinge in eine Umhängetasche und schloss die Kabinentür.

»Achtung, der Kopf!«, rief er warnend, als er sah, dass Duval den Niedergang hinaufstieg, aber Duval hatte sich den Kopf bereits an der verschlossenen Luke gestoßen. »*Merde!*« Er rieb sich die Stirn.

»Sie müssen sie aufschieben! Warten Sie ...«

Théolien zog die Luke ein Stück auf und beide kletterten an Deck. Frische Luft. Duval atmete durch. Es war Nacht geworden und sofort prasselte der Regen auf ihre Köpfe, der Wind heulte und zerrte an ihnen. Duval zog die Schultern hoch und den Kopf ein. Er hatte weder Kapuze noch Schirm, aber ein Schirm würde jetzt auch nichts mehr nützen. Das Schiff ächzte und bewegte sich schaukelnd. Er sah Richtung Land. Nur zwei Häuser waren erleuchtet. Das Bistro und ein kleines Häuschen weiter links, vermutlich das des alten Damien. Duval fröstelte und zog den Jackenkragen hoch. Er würde noch einmal im Bistro telefonieren. Seinen Vorgesetzten sollte er anrufen, Villiers, Madame Marnier, den Gerichtsmediziner. Kommen würden natürlich erst alle morgen früh. Und die Herren von der PTS konnten sich auf was gefasst machen.

Théolien hatte sich eine Tasche umgehängt und verschloss die Luke mit dem Steckschott und zusätzlich mit einem Vorhängeschloss. Am Heck zog er erneut an der Achterleine, sodass das Schiff sich wieder langsam Richtung Kai bewegte. Duval überlegte, von wo er springen sollte, aber Théolien kam ihm schon zu Hilfe. »Zurück machen Sie es fast genauso«, sagte er. »Sie halten sich hier fest«, er zeigte auf den Besanbaum, »setzen beide Füße nach außen – langsam – einen nach dem anderen«, beruhigte er Duval, »und dann machen Sie einen großen Schritt auf den Steg.«

»Danke!«

»Keine Ursache. Sieht man ja, dass Sie etwas ungeübt sind.«

»Jetzt!«, gab Théolien das Signal. *»Allez!«*

Duval machte einen Satz und landete in einer Pfütze. *»Merde!«,* fluchte er.

»Passen Sie auf die Wellen auf! Der Steg wird bei dem Sturm immer wieder überspült!«

»Ja, ja«, knurrte er unwirsch. Das hatte er jetzt schon mehrfach gehört. Er hatte bereits nasse Füße. Nasser Kopf, nasse Füße, nasse Klamotten. Wenn er nicht aufpasste, hatte er morgen eine Erkältung. Er musste ins Warme. Er war froh, wieder festen Boden unter den Füßen zu haben. Beide Männer eilten den Steg entlang. »Gut«, sagte Duval abschließend, »ich vermute, hier trennen sich unsere Wege, Sie verbringen die Nacht also bei Damien?«

»Ja.«

»Sehe ich Sie später im Bistro?«

Théolien schüttelte den Kopf. »Denke nicht.«

»Na, dann ... bis morgen.«

»Bis morgen, Commissaire.«

Im Bistro herrschte eine Mischung aus schweigsamer Betroffenheit und Aufregung. Was für ein Tag. Ein zweiter Toter! Was für eine furchtbare Katastrophe! Das hatte es noch nie gegeben in der Geschichte der Insel. Man schämte sich ein bisschen, den armen Lanvalle verdächtigt zu haben. Alle versuchten, nun doch noch etwas Freundliches über ihn zu sagen. »Er war ein guter Kerl, na sicher, er war eben nur schüchterner als Frénet.« – »Sonst hätte Théolien ihn ja auch nicht drei Jahre lang angeheuert.« – »Würdet ihr das Schiff behalten?«, fragte nun einer der Brüder Michelet. »Nachdem zwei Morde darauf geschehen sind, das ist doch ein schlechtes Omen.« – »Was hatten die beiden Jungs getan, dass man sie ermordet hat?« – »Vielleicht haben die sich gegenseitig umgebracht?« – »Und Théolien will das alles nicht mitgekriegt haben? Das wird doch immer unglaubwürdiger. Der zeigt sich auch nicht, hat wohl allen Grund.« – »Aber warum? Warum nur?«

Als Duval eintrat, wurde es still. Alle sahen ihm erwartungsvoll entgegen. »Darf ich noch einmal telefonieren?«, fragte er den Wirt ohne Umschweife, der ihm augenblicklich den Apparat entgegenstreckte. »Selbstverständlich. Gehen Sie nach nebenan, ich mache die Tür zu, dann sind Sie ungestört.«

Während Duval erneut die Nummer von Madame Marnier wählte, hatte er das Gefühl, dass man im Gastraum mit angehaltenem Atem darauf wartete, ob man ein Wort oder eine Information erhaschen konnte. Der Wirt schaltete geistesgegenwärtig den Fernseher lauter.

Duval informierte in aller Kürze seinen Vorgesetzten und Madame Marnier. Dennoch musste er sich mehrfach fragen lassen, wie es passieren konnte, dass man den ganzen Tag einen Mann suchte, der bereits seit Stunden tot auf dem Schiff lag. Duval war wütend und zerknirscht.

Im Bistro war die Stimmung immer noch aufgewühlt, auch wenn die Brüder Michelet versuchten, die anderen zu einem Kartenspiel zu animieren. Aber weder Orsini noch der alte Damien ließen sich blicken. Auch Théolien blieb dem Bistro fern. Letztlich ließ sich Dan erweichen und Pascal Moriani kam hinter seinem Tresen hervor und wurde der vierte Mann. Duval zu fragen hatte keiner der Männer gewagt. Er hatte sich jetzt auch etwas abseits an den Tisch gesetzt, an dem er mittags schon gesessen hatte.

»Was darf ich Ihnen bringen?« Alice stand fast augenblicklich neben ihm.

»Ich würde gerne noch etwas essen, ist das möglich?«

»Ich bedaure, aber abends servieren wir kein Essen.« Sie schüttelte den Kopf. »Wissen Sie, das Bistro funktioniert hier zwischen der ersten und der letzten Fähre. Nach achtzehn Uhr sind wir nur noch unter uns, das lohnt sich erstens nicht und außerdem reicht es auch«, erklärte sie. »Ich meine, das Arbeitspensum während der Saison ist Wahnsinn. Wenn die Terrassen offen sind, arbeiten wir hier mit sechs bis acht Kellnern. Die nehmen die letzte Fähre und dann ist es hier ruhig. Ich kann Ihnen aber ein Sandwich machen«, schlug sie vor.

»Etwas Warmes wäre schön, eine Suppe haben Sie nicht? Oder Reste von heute Mittag?«

»Nein, alles weg, Sie waren heute mit Ihren Kollegen zusätzlich da«, erklärte sie entschuldigend. »Da blieben keine Reste.« Sie überlegte. »Ein *Croque Monsieur* vielleicht?«

»Ach.« Er verzog wenig begeistert das Gesicht. *Croque Monsieur* war das typische Bistroessen, ein Käse-Schinken-Toast, meistens war er trocken und verbrannt.

»Ich mache einen guten *Croque Monsieur*!«, beteuerte sie. »Nicht so einen Pappfraß.«

»Na dann.« Duval willigte ein.

»Was wollen Sie trinken?«

»Ein Glas Rotwein. Nicht so einen schweren, den von heute Mittag vielleicht, wenn es möglich ist.«

Sie nickte und verschwand in der Küche.

Duvals Mobiltelefon klingelte. Er erkannte Hélènes Nummer. Er seufzte.

»*Oui?*«

»Léon?«, fragte sie.

»Ja, wer sollte wohl sonst am Apparat sein?«, fragte er trocken.

»Was weiß ich.« Sie klang verärgert. »Oh, ich höre mich doppelt, was ist das denn für ein schlechter Empfang?«, fragte sie.

»Hier ist schlechtes Wetter«, erklärte Duval einsilbig, »was gibt's?« Der Wirt war aufgesprungen und hatte mit einer Fernbedienung den Fernseher leise gedreht, vermutlich wollte er ihm einen Gefallen tun, aber gleichzeitig hatten die Kartenspieler aufgehört zu spielen und sahen ihn an. Alle schienen ihm zuzuhören. Alice brachte ihm ein Glas Rotwein. Er lächelte ihr zu, während er das Telefon ans Ohr drückte.

»Warum bist du so unfreundlich?«

»Ich bin nicht unfreundlich, ich frage dich nur sachlich, was es gibt.«

»Die Verbindung ist wirklich schlecht, es rauscht und ich höre mich die ganze Zeit doppelt, ich werde noch einmal anrufen, vielleicht ist es dann besser«, schlug sie vor.

»Nein, Hélène, lass es bitte«, wehrte er mit Blick auf die Kartenspieler ab. Leise sagte er: »Ich kann hier schlecht sprechen, ich rufe dich später an, ja?«

»Wo bist du denn?«

»Hélène, ich rufe dich später an«, wiederholte er streng.

»Aber nicht zu spät.«

»Nein. Bis später.«

Er nickte dem Wirt dankend zu, der den Fernseher wieder lauter stellte und sich dann erneut dem Kartenspiel widmete. Noch einmal brachten die Nachrichten in aller Ausführlichkeit die Sturm- und Regenkatastrophen. Duval sah und hörte nur halb konzentriert zu und hing seinen Gedanken nach, bis Alice ihm schwungvoll einen Teller mit zwei appetitlich goldgelben butterglänzenden Toasts auf den Tisch stellte. *»Bon appétit!«*

»Oh, zwei?«

»Ja, ich habe vorsichtshalber mal zwei gemacht, Sie sahen so verzweifelt hungrig aus«, erklärte sie schelmisch. »Achtung, den Teller habe ich auch heiß gemacht, dann kühlt's nicht so schnell aus.«

»Danke, sieht auf jeden Fall schon mal gut aus«, musste er anerkennen. Ihm lief tatsächlich das Wasser im Mund zusammen.

»Ist auch mit viel Butter, viel Käse und viel Schinken gemacht. Essen Sie schnell, solange es heiß ist!«

Duval schnitt den ersten knusprigen Toast auf, aus dem der Käse üppig herausquoll und sich in langen Fäden zog, als er das Stück zum Mund führte. »Hmm«, machte er überrascht, als er die klebrig-saftige Mischung probiert hatte. Und so buttrig. Nicht gerade leichte Kost, er musste schon wieder an Hélène denken, die vermutlich streng die Mengen an Käse und geschmolzener Butter kritisiert hätte, aber es war ein wahrhaft tröstendes Essen nach diesem Scheißtag. Beinahe vergnügt aß er gierig beide Toasts und spülte mit einem großen Schluck Rotwein nach.

»Und? War es gut?«, fragte Alice, die prompt an seinem Tisch stand.

»Sehr gut sogar, Sie haben diesen sonst so pappkartontrockenen *Croque Monsieur* in den Adelsstand erhoben, bravo! Ich bin rundum begeistert und satt. Vielen Dank.«

Sie lächelte.

Duval irrte herum. Von wegen ein Stück links bis hinter das Fort, dann rechts und dann immer geradeaus. Er war irgendwo viel zu weit im Ostteil der Insel, der böige Wind ließ die Bäume ächzen und ihre Baumkronen schwangen laut rauschend hin und her. Es war stockfinster. Nicht mal eine Taschenlampe hatte er. Und nun stand er schon wieder an einer Wegkreuzung. Wohin, Herrgott noch mal?! Nach ein paar Schritten spürte er plötzlich die salzige Luft des Meeres, gleichzeitig wurde es kühler. Dann öffnete sich der Wald und von Weitem blinkten kleine Lichter von der gegenüberliegenden Nachbarinsel Saint-Honorat. Mehr als er sah, erahnte er dort die Silhouette des Klosters. Der Wind aber stürzte sich auf ihn, zerrte wild an seinen Kleidern und nahm ihm den Atem. Er musste sich mit aller Kraft dagegenstemmen, um nicht weggeweht zu werden. Aber er wusste nun, wo er war, er hatte die Südseite der Insel erreicht und das Gelände des Forsthauses lag vor ihm. Er folgte der hohen Mauer wieder landeinwärts und umrundete das Anwesen auf der Suche nach dem Eingang. Nirgendwo sah er einen Lichtschein. Nicht sehr einladend. Duval dachte daran, dass Villiers den *Garde Forestier* als kontaktscheu bezeichnet hatte. Wenn er sich seine Übernachtungsgäste so vom Hals schaffen wollte, war es ihm gelungen. Dann hatte er endlich das schlichte in die Mauer integrierte Eingangstor gefunden. Es war fest verschlossen. Nirgends ein Türcode, eine Klingel oder ein Türklopfer. Suchend sah er sich in der Dunkelheit um und blickte nun direkt in eine Überwachungskamera. Was für ein Idiot er war! Das hier war die mysteriöse *Große Villa*. Nicht das Forsthaus. Er machte eine freundlich grüßende Geste Richtung Kamera, für den Fall, dass der Wachmann ihn gerade auf den Bildschirmen des Sicherheitssystems beobachtete. Immerhin wusste er jetzt, wo er war. Er drehte sich nach rechts. Von Ferne sah er einen Lichtschein und ging durch den Wald darauf zu.

Philippe Gantois war noch immer in seiner grünen Arbeitskluft im Büro und schien ihn erwartet zu haben. »*Bonsoir*, Commissaire.« Philippe Gantois erhob sich und gab ihm die Hand. »Gut gefunden? Gibt's was Neues? Was ist aus dem Jungen geworden?«

»Gut gefunden, eher nein. Den Jungen habe ich an die STUP weitergereicht und ja, etwas Neues gibt es auch: Wir haben jetzt noch einen zweiten Toten. Lanvalle, den wir den ganzen Tag gesucht haben.«

»Ach was?!« Philippe Gantois war ehrlich erstaunt. »Ich hätte wirklich gewettet, dass er sich abgesetzt hat. Und jetzt ist er auch tot?« Er schüttelte den Kopf. »Unglaublich. Wo haben Sie ihn gefunden?«

»Auf dem Schiff.«

»Wie, auf dem Schiff? Auf welchem Schiff? Auf der *Zephyr?*« Philippe Gantois machte große Augen.

»Ja.« Duval blieb einsilbig. »In einem Verschlag in einem der Segelsäcke. Da hat man ihn heute Morgen nicht entdeckt. Aber heute Abend sickerte Blut unter der Tür durch.«

Philippe Gantois sah aus, als wolle er etwas Kritisches sagen, ließ es dann aber. »Na, so was aber auch«, wiederholte er nur. »Und den haben wir den ganzen Tag gesucht ...«

»Mhm«, machte Duval unbestimmt.

»Möchten Sie vielleicht telefonieren?«

»Ich konnte das Wichtigste schon eben im Bistro erledigen. Aber morgen früh gerne.«

»Gut, dann zeige ich Ihnen mal schnell alles, und dann lasse ich Sie in Ruhe, Sie sind sicher müde.« Er führte Duval durch das Erdgeschoss, zeigte ihm das Zimmer, Küche und Bad und wies dann Richtung Büro: »Wenn Sie telefonieren müssen, jederzeit, keine Hemmungen. Ich habe auch ein Faxgerät, nur für den Fall, und Internet gibt es auch, klar. Ich habe Ihnen das Passwort notiert.« Er reichte Duval einen Zettel.

»Danke.«

Philippe Gantois blickte auf die Uhr. »Ich gehe dann mal, Sie wollen bestimmt Ihre Ruhe haben und bald schlafen gehen«, sagte er.

»Ja, Sie vermutlich auch, verzeihen Sie, dass ich so spät gekommen bin, das hat alles länger gedauert«, entschuldigte sich Duval, »und ich bin dann noch ziemlich herumgeirrt, bis ich hierhergefunden habe, obwohl alles so klein und überschaubar wirkt. Ich habe auch zunächst wie ein Idiot vor dem Tor der *Großen Villa* gestanden, die ich versehentlich für das Forsthaus hielt.«

»Ah, ja, nachts kann das passieren. Wir sind ja quasi Nachbarn mit der Villa«, nickte Philippe Gantois.

»Schwierig, die Nachbarschaft?«, fragte Duval.

Philippe Gantois verzog das Gesicht. »Manchmal. Aber was wollen Sie machen? Die Villa war schon immer Privatbesitz. Das stammt noch aus der Zeit, als das Fort ein Gefängnis war. Der Gefängnisdirektor musste ja irgendwo standesgemäß leben. Insofern ist ihr Verkauf oder Erwerb seit jeher losgelöst vom geschützten Inselstatus. Ich versuche, mich damit zu arrangieren. Aber wenn hier illustre Gäste mit dem Hubschrauber eingeflogen werden, kriege ich schon einen dicken Hals.«

»Ja, ich habe davon gehört.«

»Der Besitzer sagt sich, ich habe 38 Millionen bezahlt, dafür mache ich jetzt, was ich will.«

»38 Millionen?«

»Ja, schick, was? Aber keine Sorge, dafür hat er nur die Villa und das Grundstück bekommen, nicht die ganze Insel.«

»Na, das beruhigt mich jetzt.« Duval war ironisch.

»Ganz ehrlich, das ist gar nichts. Neulich habe ich gelesen, dass dieses *Palais Bulles*, das Pierre Cardin gehört, für etwa 350 Millionen Euro verkauft werden soll. Und in Monaco wird das Penthouse auf dem neuen Odéon-Turm bislang für 300 Millionen gehandelt. Hübscher Quadratmeterpreis, wenn Sie mich fragen. Dagegen ist unsere Villa wirklich ein Schnäppchen. Der Hammer ist allerdings, dass der Vorbesitzer die Villa und das Grundstück für eine knappe Million erstanden hat und sie dann für 38 Millionen wieder losschlug. Das ist ja auch keine schlechte Rendite.«

Da hat jemand ein schönes Geschäft gemacht, dachte Duval, während er Philippe Gantois schweigend zuhörte.

»Wenn es einen Privathafen gegeben hätte, hätte man sie auch noch teurer verkaufen können. Der Zugang zur Villa quer über die Insel und sichtbar für alle Touristen ist ein bisschen zu vulgär für Menschen diesen Schlags.« Er grinste schräg. »Es heißt, für die Errichtung eines Hafens hat manch ein Interessent sonst was geboten, auch unter der Hand, aber da hatte glücklicherweise der Staat ein Wörtchen mitzureden, *la loi littoral* und so weiter, insofern sind wir verschont geblieben. Aber jetzt werden die Gäste eben mit dem Hubschrauber eingeflogen.«

»Gegen eine ordentliche finanzielle Entschädigung kann man *la loi littoral* sicher auch umgehen, oder?«

»Ah, nein.« Philippe Gantois schüttelte entschieden den Kopf.

»Na, wenn Sie sehen, wie es in Golfe Juan gelaufen ist ...«

»Stimmt.« Philippe Gantois blickte düster vor sich hin.

Beide Männer schwiegen einen Moment, als sie an den Sommerskandal dachten. Als im benachbarten Golfe Juan ein saudi-arabischer König kurzerhand den öffentlichen Strand um seine fast einen Kilometer lange Villenanlage hatte absperren lassen, weil er dort mit seinem Gefolge ungestört sein wollte, ließ man ihn trotz Anwohnerprotesten gewähren. Und selbst dass er ohne Baugenehmigung einen Aufzug von der Villa zum Strand hatte konstruieren und zusätzlich eine kleine Betonpromenade hatte gießen lassen, wurde von der zuständigen Mairie zähneknirschend hingenommen, immerhin schwemmte der Besuch des Königs mit seinen eintausend Gästen in kürzester Zeit Millionen in die Region. Man hatte die empörten Anwohner damit getröstet, dass sie ja nur vorübergehend auf ihren Strand verzichten müssten, solange eben die Ferien des Königs dauerten. Nachdem sich selbst der Außenminister eingemischt und darauf hingewiesen hatte, dass Frankreich und Saudi-Arabien kurz vor Abschluss bedeutender Wirtschaftsverträge stünden, wer wollte da in Golfe Juan einen saudi-arabischen König verärgern und ein kleines bisschen gesperrten Strand monieren?

»Ach, es ist zum Kotzen.« Philippe Gantois schüttelte mit finsterer Miene den Kopf. »Aber«, sagte er dann, »ich glaube dennoch, dass es hier nicht so weit kommen wird. Die Insel ist dem öffentlichen Blick doch mehr ausgesetzt als beispielsweise diese Villenanlage in Golfe Juan. Hier kann man uns nicht vor vollendete Tatsachen stellen. Außerdem wurde die Insel gerade für das Unesco Weltkulturerbe vorgeschlagen. Damit hätten wir die Weltöffentlichkeit auf unserer Seite, im Falle eines Falles meine ich.«

Duval zuckte mit den Schultern. Er sah nicht überzeugt aus.

Der *Garde Forestier* sprach weiter: »Naja, verglichen mit Golfe Juan haben wir es mit dem Inder noch ganz gut getroffen, würde ich sagen. Wenn man so sieht, wer die großen Villen an der Côte d'Azur kauft ...« Er verdrehte die Augen. »Und so oft sind sie ja auch nicht da. Die Villa ist nur ein Spielplatz von vielen, vermute ich. Wie gesagt, es hätte schlimmer kommen können, ich versuche, mich damit zu arrangieren.«

Er sah erneut auf die Uhr. »Brauchen Sie sonst noch etwas? Möchten Sie vielleicht noch etwas essen?«

»Nein danke, ich habe im Bistro gegessen. Eine heiße Dusche wäre vielleicht nicht schlecht.«

»Na, das machen Sie, wie Sie wollen. Handtücher finden Sie im Regal im Badezimmer und ich bin dann jetzt oben, falls Sie mich brauchen. Gute Nacht!« Er stieg bereits die Holztreppe hinauf.

»Gute Nacht, und danke, dass ich bei Ihnen übernachten darf«, rief Duval ihm noch hinterher.

»Keine Ursache.« Oben schloss sich eine Tür.

»Hélène? Ich bin's noch einmal.«

»Ah, *oui*, kannst du jetzt in Ruhe telefonieren?«

»Ja, du auch?«

»Ja, ja, natürlich. Die Kinder schlafen schon. Es ist spät. Wo warst du denn eben? In einer Kneipe?«

»Ja, ich bin auf Sainte-Marguerite, eine der kleinen Inseln vor Cannes, weißt du?«

»Hast du jetzt schon Urlaub? Die Kinder kommen doch erst nächste Woche.«

»Urlaub! Dass ich nicht lache. Natürlich bin ich dienstlich hier.«

»Och, dienstlich spätabends in der Kneipe auf einer Insel kann ja so schlimm nicht sein.« Hélène lachte ironisch.

»Du hast keine Ahnung. Es schüttet und stürmt hier, als wollte es die nächste Sintflut einläuten und ich sitze auf dieser Insel fest und habe zwei Morde aufzuklären.«

»Aha, und wo bist du jetzt?«

»Im Forsthaus. Da kann ich glücklicherweise übernachten. Ein Hotel gibt es nämlich auch nicht.« Duval warf sich auf die Matratze, die unter ihm nachgab und vor Schreck stieß er einen Schrei aus. Die Matratze hatte so stark nachgegeben, dass er dachte, den Boden berührt zu haben.

»Léon? Alles in Ordnung?«, rief Hélène beunruhigt durchs Telefon.

»Ja, ja, alles gut.« Duval bewegte sich leicht auf dem Bett. Der Rost quietschte. Er stöhnte.

»Was ist das?«, Hélène war immer noch alarmiert.

»Nichts, ich probiere nur das Bett aus.« Vorsichtig bewegte er sich auf die Seite: Das Bett schaukelte mit. Er wälzte sich von rechts nach links, es quietschte und wogte. »Hörst du das? Es ist eine Katastrophe!«

Hélène lachte. »Du hast eben keinen Urlaub.«

»Nein, sagte ich doch. Das Bett ist beschissen, es ist kalt, ich bin nass geregnet, und wenn ich Pech habe, kriege ich eine Erkältung.«

»Ach du Armer, Armer ...« Hélène war spöttisch.

»Mach dich nur über mich lustig. Ich habe keine Lust, krank zu sein, wenn ich einmal die Kinder habe.«

»Du hast sie also nicht vergessen!« Sie war sarkastisch.

»Hélène!« Duval war genervt. »Wann wirst du aufhören, mir das vorzuwerfen?«

Sie antwortete nicht. Einen Augenblick war es still am Telefon. Dann ergriff Hélène erneut das Wort: »Was ich dir übrigens noch sagen wollte ... ich möchte nicht, dass du den Kindern deine kleine Freundin vorstellst.«

»Bitte? Was soll das denn heißen?«

»Das soll heißen, dass ich nicht will, dass du ihnen deine kleine Freundin vorstellst!«, wiederholte Hélène nun laut und deutlich, mit einem leicht aggressiven Ton. »Solange nichts Definitives zwischen euch ist, möchte ich nicht, dass die Kinder sie kennenlernen. Ich will nicht, dass sie sich in ein paar Monaten möglicherweise schon wieder an eine andere Freundin gewöhnen müssen, verstehst du das? Es ist schwer genug für sie.« Das Wort »Freundin« sprach sie dabei aus, als sei es ein unschickliches Wort.

»Du spinnst, Hélène. Du mutest ihnen zu, mit deinem Amerikaner zusammenzuwohnen, aber ich darf ihnen Annie nicht vorstellen?«

»Das ist etwas anderes und Ben und ich wohnen nicht zusammen!«

»Das ist etwas anderes«, äffte Duval nach, »du meine Güte, aber jedes Mal, wenn ich dich anrufe, ist er da und du willst mir erzählen, dass er dann nicht bei euch übernachtet?«

»Das kommt vor.«

»Siehst du!«

»Aber es ist etwas anderes. Ben und ich sind ein Paar, zwischen uns ist es ernst, Punkt.«

»*Eh voilà* und Annie und ich, das ist nur eine Spielerei, eine kleine Affäre ... was glaubst du eigentlich? Und was nimmst du dir raus, das zu beurteilen? Du kennst sie gar nicht.«

Annie. Tatsächlich kannte er Annie selbst auch noch nicht so lange. Kennengelernt hatten sie sich im Mai. Annie war Journalistin und sie hatte ihm bei seinen Ermittlungen in einem Mordfall eine Information zugespielt, die für dessen Auflösung letztendlich entscheidend gewesen war. Obwohl er eine Abneigung gegen Journalisten hatte und sich nur widerstrebend mit ihr getroffen hatte, war er augenblicklich von ihr angezogen gewesen. Er konnte es sich nicht erklären, warum. Das heißt, eigentlich war es kein Wunder: Sie war hübsch, eine zierliche kleine Person mit wilden blonden Locken und einem hellen, wachen Blick. Sie hatte eine natürliche Art und eine warme Stimme. Aber irgendetwas war anders als sonst, wenn ihm eine Frau gefiel.

Die Anziehung war, wie er jetzt wusste, gegenseitig, aber erst im September hatten sie zum ersten Mal ein Wochenende zusammen verbracht. Eine Hitzewelle durchfuhr Duval, als er daran dachte, wie er Annie zum ersten Mal geküsst hatte. Nur kurz dauerte die Schüchternheit, dann zog es sie beide geradezu magnetisch zueinander. Sie hatten sich zwei Tage lang fast nicht mehr losgelassen und Duval wurde es erneut heiß, als er sich daran erinnerte. Annie. Seitdem hatten sie sich gesehen, wann immer es möglich war. Meist war er zu ihr in die Berge gefahren, wo sie jetzt lebte. Er war so gern mit ihr zusammen. Sie hatten ähnliche politische Ansichten und konnten lange und intensive Gespräche führen, ebenso gern aber liefen sie schweigend Hand in Hand durch das ausgedehnte Bergdorf. Meist stiegen sie noch hinauf zu einen Aussichtspunkt und sahen von dort auf die großartige Berglandschaft der Seealpen. Er konnte sich nicht erinnern, jemals jemand anderem so nah gewesen zu sein. Dass er seinen Kindern Annie alsbald vorstellen würde, war für ihn keine Frage. Sie hatten über einen gemeinsamen Tag mit den Kindern in den Bergen nachgedacht, und jetzt mit dem Regen, der sich in den Alpen bereits in Schnee verwandelte, hätte man vielleicht sogar schon ein bisschen Schlitten fahren können, selbst wenn die Skistation in Valberg offiziell erst Anfang Dezember öffnete. Und vielleicht, vielleicht hätte man mit Annie ein Käsefondue essen können, das hatte er zumindest überlegt.

Er hatte es Hélène nicht erzählt. Nicht so zumindest. Er wollte sie nicht verletzen. Aber sie schien es zu spüren, dass er sich von ihr entfernt hatte.

»Aber ich kenne *dich.*« Sie klang bitter.

»Wirklich, du gehst mir auf die Nerven, Hélène. Immer wieder musst du auf den alten Themen herumreiten. Hör auf, mir Sachen vorzuschreiben, ich mache, was ich will, und wenn ich den Kindern Annie vorstellen will, dann mache ich das. Vorausgesetzt, sie will das auch. Und die Verantwortung dafür trage ich.«

»Ja, aber du hast sie eine Woche, da bringst du sie völlig

durcheinander und ich darf mich dann im Alltag wieder mit all ihren Zickigkeiten und Albträumen rumschlagen.«

»DU wolltest die Trennung, wenn ich dich erinnern darf. Ich wäre nicht gegangen. Jetzt ist es so und wir müssen damit umgehen. Basta.«

»Das versuche ich ja, aber wir müssen doch ein paar Regeln haben, an die wir uns halten, und ich will nicht, dass du den Kindern irgendeines deiner Betthäschen vorstellst!«

»*Arrête un peu!*« Duval wurde laut. Er war nun wirklich verärgert. »Bist du eifersüchtig oder was? Annie ist kein Betthäschen, sie ist eine seriöse Frau mit einem anständigen Beruf und sie bedeutet mir viel, damit du es weißt!«

»Seit wann verteidigst du Journalisten? Waren das nicht immer nur unfähige Idioten?« Sie klang spitz.

»*Arrête*, Hélène, das macht doch keinen Sinn! Du bist eifersüchtig und ich habe keine Lust mit dir zu diskutieren, wenn du so drauf bist.«

»Gut, dann machen wir jetzt Schluss, aber ich schicke dir die Kinder nicht, wenn du vorhast, sie komplett zu verwirren!«

Er musste sich sehr zusammenreißen, nicht loszubrüllen. »DAS wird sie dann erst recht verwirren, Hélène, und ich glaube, du bist heute Abend auch verwirrt.« Er atmete durch. »Lass uns morgen noch einmal telefonieren oder wenn ich wieder zu Hause bin, einverstanden?«, versuchte er es in einem versöhnlichen Ton, aber Hélène war unversöhnlich.

»Ich bin nicht verwirrt, was bildest du dir ein?«

»Es reicht, Hélène. Ich lege jetzt auf. Bis morgen.« Er unterbrach die Verbindung. Wenn Hélène streiten wollte, war nichts zu machen. Er hasste das. Konnte man nicht vernünftig miteinander reden? Immerhin rief sie nicht noch einmal an. »*Pling*« machte es in seinem Mobiltelefon. Er seufzte. Nein, sie rief nicht an, sie schickte postwendend eine SMS. Er sah unwillig auf das Display. Es war Annie! Na, so was, er schüttelte den Kopf. Als hätte sie es gespürt.

»*Hello, mein Lieblingscommissaire, geht es dir gut? Hier schneit es und ich denke an dich. Wegen nächster Woche habe ich nachgedacht und bin grundsätzlich bereit, es mit zwei mittelgroßen Monstern aufzunehmen, aber ... Ruf mal an, wenn es bei dir geht! Viele, viele Küsse aus den Bergen an die See! A.*«

Er runzelte die Stirn. Sie jetzt auch ... was war nur los? Duval wählte ihre Nummer. Annie nahm das Gespräch schon beim ersten Klingeln entgegen.

»*Salut* Léon, wie schön, dass du dich gleich meldest!« Ihre Stimme war dunkel und warm. Duval durchfuhr es wohlig.

»Hallo, Annie, deine SMS kam gerade im richtigen Moment. Wie geht's dir?«

»Gut, alles prima! Ich fühle mich wie ein Kind an Weihnachten: Es schneit! Und es bleibt liegen.«

Er lachte. »Prima, dann könnten wir nächste Woche vielleicht sogar Schlitten fahren?!«

»Hm.« Sie reagierte zögerlich.

»Was ist los? Ich habe nicht ganz verstanden, was du mit deiner SMS ankündigen wolltest. Du willst meine Kinder kennenlernen, aber ... Aber was? Wir waren uns doch einig, oder?« Er klang ungeduldiger, als er wollte.

»Oh, du klingst aber gereizt!«

»Ja, entschuldige, ich habe gerade mit meiner Exfrau darum gekämpft, dass ich dich den Kindern vorstellen werde und jetzt machst du einen Rückzieher?«

»Oh, oh, stopp! Nein, ich mache keinen Rückzieher, Léon, grundsätzlich bin ich bereit, deine Kinder kennenzulernen, ja? Aber, ich glaube, es ist noch nicht der Moment ...«

Duval seufzte hörbar. Warum war das mit den Frauen so kompliziert?

»Darf ich es dir erklären, ohne dass du solche Geräusche von dir gibst?« Sie klang streng.

»Entschuldige. Ja, bitte. Ich höre dir zu.«

»Weißt du, Léon, ich bin selbst ein Scheidungskind und ich habe meinen Vater nur ganz selten gesehen. Und auch wenn unser Verhältnis immer etwas distanziert war, wollte ich ihn in diesen Momenten schon ganz für mich haben. Ich habe sonst was getan, um seine ausschließliche Aufmerksamkeit zu bekommen. Deine Kinder haben dich jetzt monatelang nicht gesehen, die wollen ihren Papa für sich haben, und zwar ganz und gar, denke ich. Die werden sich schon untereinander Konkurrenz machen und eifersüchtig schauen, dass du dir exakt gleich viel Zeit und Energie für jeden von ihnen nimmst. Da will ich nicht noch zusätzlich da sein und zwangsläufig dazwischen. Ich glaube, das ist keine gute Ausgangssituation. Verstehst du das?«

»Hm.« Duval schnaufte. Sie hatte vermutlich recht, aber es ärgerte ihn, dass sich somit indirekt Hélène durchgesetzt hatte. »Das ist sehr einfühlsam von dir, aber das wird doch immer so sein, Annie. Matteo und Lilly werden immer nur kurz hier sein, und natürlich wollen Kinder immer alles von ihren Eltern haben, ob die getrennt leben oder nicht. Ich finde, sie sollten wissen, wie mein Leben ist, ganz realistisch und du gehörst jetzt dazu. Und das sollen sie ruhig erfahren.«

Es blieb ruhig am anderen Ende.

»Sagst du nichts?«

»Ich lächle.«

»Ah.« Er lachte leise. »Tut mir leid, habe ich nicht gesehen.«

»Können wir skypen?«

»Nein, ich bin nicht zu Hause.«

»Ah. Wo bist du?«

»Ich bin dienstlich auf Sainte-Marguerite.«

»Echt? Wie schön! Aber es regnet vermutlich gerade ganz furchtbar, oder?«

»Allerdings.«

»Dachte ich mir, wenn es hier so schneit, dann regnet es unten ... Und du übernachtest im Fort?«

»Nein, im Forsthaus. Das Fort ist schon geschlossen.«

»Ist bestimmt auch komfortabler.«

»Naja«, sagte Duval und sah sich von seinem durchgelegenen Bett in dem altmodisch eingerichteten Zimmer um, »wie man's nimmt ...«

»Und ... was ist so los auf der Insel?«, fragte sie mit betont lockerer Stimme.

»Bemüh dich nicht, Annie, du weißt, dass ich dir nichts sagen kann.«

»Nicht mal eine klitzekleine Andeutung, so eine ganz kleine?!«

»Annie!«

»Och Léon, lass mich doch ein bisschen spüren, wie das raue, wilde Stadtleben ist, ich krieg' ja gar nichts mehr mit hier oben. Ich komme auch bestimmt nicht angefahren, keine Angst, es schneit viel zu doll. Hm? Och bitte ...«

»Du kämest auch gar nicht auf die Insel, selbst wenn du wolltest, sie haben den Fährverkehr eingestellt.«

»Oh! Und jetzt sitzt du da fest und hoffst, dass du den Täter heute Nacht auf frischer Tat ertappst?!«

»So ungefähr.«

»Du willst mir wirklich gar nichts sagen?«

»Auf einem Schiff, das hier vor Anker liegt, sind zwei

Menschen ermordet worden.« Duval rang sich einen Satz ab.

»*Oups*, und hast du den Täter schon?«

»Natürlich nicht, sonst wäre ich nicht mehr hier.«

»Hast du denn einen Verdacht?«

»Annie!« Duval gab sich weiterhin zugeknöpft.

Sie ließ sich davon nicht beeindrucken und fragte wissbegierig nach: »Du glaubst, der Täter ist noch auf der Insel?«

»Oder auf den Booten. Hier liegen noch ein paar Boote am Steg«, ließ Duval immerhin verlauten.

»Dann wird das ja vielleicht eine aufregende Nacht. Bist du alleine? Also ich meine, hast du Villiers bei dir? Hast du deine Waffe?«

»Ja. Nein. Ja. In der Reihenfolge. Ich bin alleine, aber ich habe eine Waffe. Sorgst du dich etwa um mich?«

»Schon, ja.«

»Das ist lieb von dir. Im Augenblick habe ich jedoch mehr Angst vor einer Erkältung und vor einer Nacht in diesem Bett.« Er bewegte sich und das Bett quietschte.

Annie lachte: »Klingt nach einem dieser altmodischen Eisenbetten. In einem Forsthaus hätte ich massive Holzbetten erwartet.«

»Ist ein altmodisches Holzbett, aber mit einem Rost aus Sprungfedern und ich fürchte, die Matratze hat auch einen Federkern, schon etwas gewöhnungsbedürftig.« Er hopste etwas auf dem Bett und es schaukelte und quietschte erneut.

Sie lachte laut. »Hört sich nicht sehr gemütlich an, du Armer!«

»Danke für dein Mitgefühl.«

»Mach dir ein heißes Fußbad!«

»Was?«

»Für die Erkältung, meine ich. Auf das Gequietsche hat das sicher keinen Einfluss …« Sie lachte erneut.

»Ah, danke, ich sehe du bist wirklich voller Anteilnahme …« Duval schnaufte und fragte dann noch einmal nach: »Also Annie, wie machen wir es denn jetzt, wenn meine Kinder kommen? Du willst sie nicht sehen?«

»So habe ich das nicht gesagt, und das weißt du auch.« Sie war augenblicklich ernst. »Ich denke in erster Linie an deine Kinder, Léon, lass sie doch erst mal kommen und schau, wie es mit ihnen läuft. Vielleicht erzählst du ihnen von mir. Oder wir skypen, dann können sie mich sehen, wenn sie wollen. Vielleicht reicht das für den Anfang. Und wenn sie nicht wollen, dann eben nicht, das ist überhaupt nicht schlimm. Also für mich zumindest.«

»Gut, sehen wir mal.«

»Das heißt nicht, dass ich deine Kinder nicht eines Tages kennenlernen will und es heißt vor allem nicht, dass ich dich nicht sehen will.«

»In Ordnung. Das habe ich verstanden.« Duval lächelte leicht. »Vielleicht schaffe ich es vorher noch mal hochzukommen, je nachdem, wie lange sich das hier hinzieht … ich kann nichts versprechen.«

»Das wäre schön. Du weißt ja, wo ich bin. Melde dich einfach, wenn du kannst.«

»Mach' ich. *Bonne nuit,* Annie«, sagte er sanft.

»*Bonne nuit,* Léon, *bisou, bisou.*« Sie machte viele kleine Kussgeräusche.

Er lächelte und sagte zärtlich: »Ich küsse dich auch. Schlaf gut und träum schön und bis bald!«

Duval war milde gestimmt. Annie war so angenehm. So unzickig, dachte er. Und man konnte ohne Drama diskutieren. Aber vermutlich hatte er das von Hélène auch einmal gedacht und es gab wahrscheinlich auch eine Zeit, in der sie ohne Drama diskutiert hatten. Lang ist's her. Er seufzte und versuchte sich aus der Kuhle im Bett herauszuwühlen. Das Bett quietschte und wackelte. Das kann ja eine heitere Nacht werden, dachte er.

Die heiße Dusche, die er genommen hatte, würde ihn möglicherweise vor einer Erkältung bewahren, im Augenblick bewahrte sie ihn jedoch nur davor, einschlafen zu können. So müde er körperlich war, im Kopf war er hellwach und die Gedanken ratterten ohne Unterlass. Zunächst hatte er noch die Ergebnisse des heutigen Tages in sein Notebook getippt, dann versuchte er in dem Hängemattenbett Ruhe zu finden. In seinem Kopf arbeitete es und draußen toste der Sturm: Die Bäume bewegten sich rauschend im Wind und überall am Haus klapperte und klackerte es. Duval drehte sich im quietschenden, durchhängenden Bett vorsichtig herum. Es war kühl im Zimmer. Die Bettwäsche war klamm und hatte einen altmodisch-muffigen Geruch. Oder war es die Matratze? »Mottenpulver«, dachte er. Gab es überhaupt noch Mottenpulver?, fragte er sich, und woraus bestand es? Naphthalin? Er versuchte sich auf seinen Atem zu konzentrieren, aber es gelang ihm immer nur kurzzeitig, dann ratterten wieder die Gedanken los. Duval hörte plötzlich das *klack* des Lichtschalters im Flur und durch den Spalt unter der Tür fiel Licht herein. Er versuchte auf seiner Armbanduhr die Uhrzeit abzulesen. Viertel vor eins. Er lauschte. Vorsichtig ging jemand an seinem Zimmer vorbei. Nebenan wurde eine Tür geöffnet und leise wieder geschlossen. Er hörte Schritte, dann klang es wie eine knarrende Schranktür, jemand lief hin und her und summte leise. Jetzt ertönte leise Musik. Dann hörte er ein Quietschen, das rhythmisch nachschwang. Er grinste im Dunkeln. Auch das Bett nebenan schien altersschwach zu sein. Er rührte sich nicht und hörte auf die leisen Geräusche im Nebenzimmer. Jetzt war er wirklich hellwach. Er musste aufstehen, etwas tun, vielleicht fände er irgendwo etwas zu lesen. Zu Hause hatte er immer Zeitschriften und Bücher neben seinem Bett für den Fall der Schlaflosigkeit. Lesen half ihm oft abzuschalten. Und wenn das alles nichts nutzte, dann konnte ein halbes Temesta ihn zuverlässig in ein dunkles traumloses Loch fallen lassen. Nach dem Tod von Laurent, seinem Freund und Partner, der ihn bei einem Einsatz vertreten hatte und dabei gewaltsam ums Leben gekommen war, hatte er wochenlang nur noch mit Temesta schlafen können. Als er gespürt hatte, dass er ohne dieses Wundermittel nicht mehr abschalten konnte, hatte er versucht, sich davon wieder zu entwöhnen. Es war immer noch nicht leicht. Und heute hätte er gern von den Tabletten Gebrauch gemacht. Für solche Fälle müsste er immer eine Reserve davon in der Brieftasche haben, dachte er. Vorsichtig rollte er sich aus dem leise ächzenden Bett und tappte im Dunkeln bis zum Lichtschalter. Er sah sich um, aber nein, hier gab es nichts zu lesen. Vielleicht im Flur, dort hatte er in einem Regal mit alten Büchern auch dicke Stapel Zeitschriften liegen sehen, vielleicht gab es etwas Interessantes? Er öffnete leise die Tür und nahm das oberste Heft von einem Stapel im Regal. Im schwachen Lichtschein, der aus seinem Zimmer in den Flur fiel, blätterte er in dem alten Heft. Alles war ihm jetzt recht, selbst über das Liebesleben der Borkenkäfer würde er lesen.

»Können Sie nicht schlafen, Commissaire?« Alices raue Stimme ließ ihn zusammenzucken.

»Nein.« Er drehte sich um und staunte. Sie trug einen gestreiften blaugrauen Herrenpyjama und sah darin hinreißend kindlich und gleichzeitig etwas verrucht aus.

»Sie wohnen hier?«

»Mehr oder weniger«, sagte sie unbestimmt und lächelte schräg. »Ich bin auch noch nicht müde. Wenn Sie wollen, trinken wir in der Küche noch etwas ...?!«, schlug sie vor.

»Gern. Ich zieh mir nur schnell was über ...« Er fühlte sich ziemlich nackt nur in T-Shirt und Unterhose.

»Sie hätten nicht zufällig zwei Aspirin?«, fragte er, als er in die Küche kam, wo Alice gerade eine der Flaschen von Pascals edlem Bourgogne-Wein entkorkte.

»Oh!«, machte Duval überrascht.

»Aber ja ...«, Alice grinste spitzbübisch, »wenn schon, denn schon! Mögen Sie?«

Duval nickte. »Gern.«

»Aspirin ...?!«, überlegte sie und schüttelte dann den Kopf. »Wofür wollen Sie es?«

»Ich befürchte, ich kriege eine Erkältung.«

»Ah! Da habe ich was Homöopathisches, wenn Sie wollen.« Sie verschwand und kam mit einem Plastikröhrchen in der Hand wieder. »Aconitum! Sie lösen fünf Globuli in einem Glas Wasser auf und trinken es über mehrere Stunden verteilt aus. Hilft, glauben Sie mir.«

Duval sah sie zweifelnd an.

»Kommen Sie, ich mache es Ihnen.«

»Danke.« Duval glaubte keinen Augenblick an die Wirkung von fünf aufgelösten Zuckerkügelchen, trank aber brav ein paar Schlucke Wasser.

»Stört es Sie, wenn ich rauche?«, fragte Alice und legte ein Päckchen Tabak vor sich auf den Tisch.

»Nein, nicht wirklich. Aber Sie rauchen viel, finden Sie nicht?«

Sie verzog unbestimmt das Gesicht. »Je nachdem. Gerade ist es vielleicht etwas mehr.«

Gerade trank sie vermutlich auch etwas mehr, dachte Duval, denn Alice nuschelte schon ein bisschen, wenn sie sprach. Sie zupfte den Tabak in das Blättchen, drehte sich eine Zigarette, leckte das Blättchen ab und klebte es zusammen. Sie stieß sie kurz auf dem Tisch auf und zündete sie mit einem Plastikfeuerzeug an, das sie danach geschwind wieder mit den Blättchen im Tabak verstaute. Dann inhalierte sie tief. Sie hob ihr Glas und sah Duval an: *»Tchin!«*

*»Santé!«*, erwiderte Duval.

»Sie haben uns heute so viele Fragen gestellt, darf ich ihnen jetzt auch mal eine stellen?«

»Fragen können Sie immer ...« Duval blieb vage, aber er lächelte.

»Können Sie mir erklären, warum man *Flic* wird?«

Duval seufzte. Immer wieder. Was war so ungewöhnlich daran, Polizist sein zu wollen?

»Oder besser erklären Sie mir doch, warum SIE *Flic* geworden sind?«, setzte sie nach.

»Ach ... «, sagte er langsam. Keinesfalls würde er einer leicht angetrunkenen Frau zu erklären versuchen, was er selbst nur halb verstanden hatte. Warum hatte er überhaupt Jura studiert? Er wollte selbstständig sein und die Berufe, die dafür in seiner Familie infrage kamen, waren Arzt, Apotheker oder Jurist. Als Arzt sah er sich nicht, auch wenn er das Ideal, Menschen helfen zu wollen, durchaus teilte. Medikamente zu verkaufen schien ihm hingegen banal und langweilig. Blieb Jura. Auch hier konnte man der Menschheit helfen und es hatte ihn gereizt, Sachverhalte aus den verschiedensten Bereichen zu analysieren, korrekt sprachlich darzustellen und für jedes Problem Lösungen zu finden. Das war zumindest immer das, was er sagte. Und vielleicht war es auch der Versuch gewesen, sich seinem Vater anzunähern, der gerne einen Juristen aus ihm gemacht hätte. Aber schon bald hatte ihn die trockene, unkreative Atmosphäre an der Uni gestört und vor allem fühlte er sich unwohl neben seinen Kommilitonen, die überwiegend aus Juristenfamilien stammten und schon wussten, dass sie die Anwaltskanzlei ihres Vaters übernehmen würden. In seinen Praktika hatte er erlebt, dass es vor Gericht nicht darum ging, Gerechtigkeit herzustellen, sondern recht zu bekommen, und sei es mit den spitzfindigsten Methoden. Und das Wichtigste schien für alle ohnehin nur Geld zu sein. All das hatte ihn abgestoßen. Geld war ihm nie wichtig gewesen. »Weil du immer welches hattest«, hatte ihm Hélène, die aus bescheidenen Verhältnissen kam, einmal vorgehalten. Vielleicht. Aber wenn ihm Geld wichtig gewesen wäre, hätte er sicher eine vielversprechendere Partie gewählt und auch nicht die Anwaltskarriere nach dem zweiten Staatsexamen gegen die Polizeilaufbahn eingetauscht. Zur großen Enttäuschung seines Vaters, der in ihm von da an einen Versager gesehen hatte. Aber Duval war gerne Polizist. Und in seiner Position auch weitgehend selbstständig. Natürlich gab es auch in der Polizei Idioten, eitle Karrieristen, und es gab Machtkämpfe im Polizeiapparat. Und es gab sture Verwaltungspedanten genauso wie Korruption. Es gab Ungerechtigkeiten, gegen die er nichts tun konnte und nur allzu oft hatte er den Eindruck, dass sie gegen Windmühlen kämpften und immer nur die Kleinen verknackten. Und er hatte nicht erwartet, dass der tägliche Umgang mit der Schattenseite der Gesellschaft ihn so im Griff haben würde. All das wog schwer und diese Schwere konnte er auch im Privatleben nicht immer abschütteln. Aber im Großen und Ganzen war er zufrieden und hatte doch das Gefühl, der Gesellschaft einen Dienst zu erweisen, auch wenn die Gesellschaft davon meist nichts wissen wollte. Er sah sich auf der richtigen Seite und musste nicht, wie manche seiner früheren Kommilitonen, Prozesse für irgendwelche Halunken gewinnen. Das wäre für ihn keinesfalls infrage gekommen. Aber das alles würde er Alice nicht erzählen. »Das ist doch ein ehrenhafter Beruf, finden Sie nicht?«, antwortete er leichthin.

Sie verzog das Gesicht. »Und es gefällt Ihnen, immer in der Scheiße der Welt herumzuwühlen?«

»Was heißt ›gefallen‹ ... mir gefällt, dass ich auf der richtigen Seite bin. Irgendjemand muss doch den Mörder von Sébastien Frénet und Pierre Lanvalle finden oder wollen Sie, dass er einfach weiterhin fröhlich weiterlebt und vielleicht bei Gelegenheit noch einen Mord begeht, weil man ihn nicht gefunden hat?«

»Ja, nein, natürlich nicht«, sagte sie und ihr Blick wurde dunkler, als er Sébastien Frénet erwähnte. Sie trank noch einen Schluck Wein. »Ich habe wirklich kein Glück«, sagte sie dann.

»Kein Glück? Womit?«

Sie zog an ihrer Zigarette. »Mit Männern.«

Duval schwieg.

»Wissen Sie, Männer, die wirklich interessant sind, habe ich noch nicht allzu oft kennengelernt und dann sind sie meist schon vergeben. Verheiratet mit einer Frau oder mit dem Meer oder was weiß ich ... auf jeden Fall sind sie immer gleich wieder weg aus meinem Leben und ich stehe wieder alleine da. Und Sébastien ... ist auch wieder aus meinem

Leben verschwunden, noch bevor es mit ihm überhaupt angefangen hat.«

Duval schwieg weiterhin.

Sie sah ihn lange an. »Sie sind außer Dienst nicht sehr gesprächig, was?«

Er zuckte die Achseln. »Es ist spät. Ich habe schon viel geredet heute.«

Sie lachte kurz auf und er sah wieder die kleine Lücke zwischen ihren Vorderzähnen.

»Oh, das heißt, Sie haben Ihr Kontingent an Wörtern für heute schon aufgebraucht?«

»Vielleicht.« Er sah sie amüsiert an. »Nette Idee.«

»Ja, nicht wahr?« Sie stand auf und ging um den Tisch herum. Hinter ihm blieb sie stehen und fuhr plötzlich mit beiden Händen zärtlich durch seine rötlichen Locken. »Ich habe noch viel mehr nette Ideen«, sagte sie rau, und ehe er sich versah, saß sie auf seinem Schoß und küsste ihn.

»Alice!«

»Ja, bitte?«, fragte sie schelmisch und küsste ihn mit offenen weichen Lippen in einer Intensität, dass ihm schwindlig wurde.

»Alice, *arrête*!«

»Warum, gefällt's dir nicht?« Sie beugte sich etwas zurück und sah ihn unter ihren dunklen Wimpern aufreizend an.

Duval versuchte, sie von seinem Schoß zu schubsen, aber sie rührte sich nicht. »Ich gefalle dir doch, das sehe ich und ich sehe auch, dass es dir gefällt«, sagte sie lachend mit einem anzüglichen Blick auf seine Hose, in der sich eine Erektion abzeichnete. Sie beugte sich vor und küsste ihn wieder. »*Allez* ...«, sagte sie leise, »lass dich gehen, Commissaire ...«

Und Duval gab sich den einladenden weichen Lippen hin.

# 6

Duval erwachte mit einem leichten Druck im Kopf. Mühsam tastete er nach seiner Uhr und versuchte die Zeit abzulesen. Halb sieben. Er gähnte. Es gab keinen Grund so früh aufzustehen. Die erste Fähre mit den Kollegen, einem Arzt und sicherlich auch mit der Richterin Madame Marnier würde erst um Viertel nach neun die Insel erreichen. Er gähnte erneut und streckte sich unter der Decke. Wie zerschlagen fühlte er sich. Irgendwann gegen morgen war er eingenickt, aber er hatte eindeutig zu wenig Schlaf bekommen. Und das, obwohl er Alice letzten Endes allein in ihr Zimmer verfrachtet hatte. Alice, ach, Alice. Das war gerade noch mal gut gegangen. Er dachte daran, wie sie plötzlich mit einer Hand die Knöpfe an ihrem Pyjamaoberteil geöffnet hatte und ihm den Blick auf ihre schweren Brüste gestattete. »Komm!«, sagte sie unvermittelt und hopste von seinem Schoß und zog ihn Richtung Zimmer. Sie schwankte ein wenig beim Gehen. Es war, als erwachte Duval aus seiner Trance. »Stopp, stopp! Alice! *Arrête!* Nein!« Störrisch wie ein Esel blieb er stehen.

»Was ist los?« Sie sah ihn verständnislos an.

»Ich will das nicht.«

»Was?« Sie lachte. »Du willst das nicht? Das sieht aber ganz anders aus«, sagte sie spöttisch und betrachtete die Wölbung in seinem Schritt.

Duval schüttelte den Kopf. »Trotzdem.«

»Versteh' ich nicht. Wir sind doch erwachsen ... wir können doch machen, was wir wollen, oder? Wen stört es denn? Ich habe Lust auf dich ...«

»Nein, Alice, lass uns aufhören. Du hast zu viel getrunken, morgen tut es dir leid ...«

»Oh, là, là ... was soll das denn heißen, ICH hab' zu viel getrunken?! Und DU, Schätzchen? Wir haben beide getrunken ...« Alice war jetzt verärgert.

»Ja eben. Wir haben beide zu viel getrunken.« Duval war jetzt wieder nüchtern. »Schluss jetzt, wir gehen schlafen, Alice! Und zwar jeder in seinem Zimmer ... *allez* ...«, sagte er ungeduldig. Er schubste sie leicht in Richtung ihres Zimmers.

»Schade, schade ...«, säuselte sie mit schwerer Stimme und blieb an der Türschwelle stehen, das Pyjamaoberteil klaffte einladend auseinander.

»Ja, schade, aber es ist besser so. Hopp, *bonne nuit!*« Er schob sie in ihr Zimmer und sprach dabei mit ihr wie mit einem Kind. Dann schloss er die Tür hinter ihr.

Ach, Alice. Duval lauschte jetzt, ob er in ihrem Zimmer etwas hörte, aber alles war still. Und er hatte Halsschmerzen. *Merde*, unausgeschlafen sein und Halsschmerzen haben war eine Mischung, die er nicht gebrauchen konnte. Er räusperte sich und schluckte ein paarmal probehalber. Zu spät. Die Erkältung war ihm sicher. Das Wundermittel von Alice hatte nichts bewirkt. Er hatte wohl nicht fest genug daran geglaubt. Oder der Wein war kontraproduktiv. Zwei Aspirin zur rechten Zeit hätten es vielleicht aufhalten können, aber diese homöopathische Medizin ... er verstand es nicht. Auch Hélène war seit ein paar Jahren voller Euphorie und schwor heilige Eide, was drei kleine Zuckerkügelchen für erstaunliche Heilerfolge bewirken konnten. Bei den Kindern zumindest. Lilly war ihren wochenlangen Reizhusten angeblich losgeworden, indem sie alle zwei Stunden drei Kügelchen irgendeiner Pflanze unter der Zunge zergehen ließ. Seitdem Hélène auf dem Homöopathie-Trip war, trug sie stets eine Homöopathie-Fibel mit sich herum, suchte beim kleinsten Anlass die passenden Kügelchen und las dazu die schier endlose Litanei verschiedener Symptome vor: War Lillys Husten jetzt ein bellender, trockener, schwerer Husten ohne Auswurf oder eher ein krampfartiger Husten, bei dem der Betroffene ein Wundgefühl in der Brust hat und der sich nach Mitternacht verschlimmerte, oder war es doch der krampfartige Husten bis hin zum Erbrechen, bei dem der Betroffene unruhig ist und nicht allein sein mag? Er überdachte schläfrig-ironisch seine eigenen Symptome: Halsschmerzen mit leicht geschwollener Mandel rechts, ob der Rachen rot und die Zunge belegt war, würde er ohne Spiegel nicht feststellen können, Druck im Kopf, bedingt durch zu viel Alkohol vor und nach Mitternacht, starke Müdigkeit und verstärktes Gähnen mangels ausreichendem Nachtschlaf, hinzu kam ein starker Harndrang, der zum Aufstehen zwingt und eine ordentliche Morgenerektion, für die sich keine Verwendung fand. Obwohl ... er dachte sehnsüchtig an Alice und ihren weichen Mund, mit dem sie ihn geküsst hatte und verbat es sich sofort wieder. Verschlimmerung des Gesamtzustandes direkt nach dem Aufwachen bei Einsetzen des Hirns, ergänzte er in Gedanken seine Liste. Er quälte sich aus dem quietschenden durchhängenden Bett, streckte sich und drückte seinen Rücken durch. Es krachte und er stöhnte leicht. Barfuß stieg er in seine Schuhe. Angewidert verzog er das Gesicht. Die Schuhe waren nass und klamm. Hoffentlich fand sich in diesem Haus irgendwo ein

Ofen. Er sah seine zusammengeknüllten Socken auf dem Fußboden. Auch sie waren nass, natürlich. *Merde*. Er schaltete den schmalen Elektroheizkörper an und hängte seine Socken darüber. Das hätte er auch schon gestern machen können, dachte er unzufrieden, während er den Stuhl, über den er einen Teil seiner Kleidung gehängt hatte, ebenfalls vor den kleinen Heizkörper schob. Er wurde bereits warm und roch muffig nach verbranntem Staub.

Die Tür zum Zimmer von Alice war geschlossen. Er ging nur halb bekleidet und so leise er konnte in seinen knatschenden Schuhen ins Badezimmer und danach in die Küche. Sie war bereits geheizt und in der Kaffeemaschine wartete frischer Kaffee. Alice war also schon auf? Er wagte nicht, an ihre Tür zu klopfen. »Guten Morgen!« Duval zuckte zusammen. Philippe Gantois stand bereits in seiner grünen Kluft in der Küchentür.

»Verzeihen Sie ...«, Duval war sein halb bekleideter Zustand etwas unangenehm, »es ist alles noch nass von gestern. Ich habe eben erst daran gedacht, es an die Heizung zu hängen.«

Sehr sachlich sah Philippe Gantois ihn an. »Wir haben etwa die gleiche Größe, wenn Sie wollen, kann ich Ihnen etwas leihen. Welche Schuhgröße haben Sie?«

»43.«

»Im Flur stehen jede Menge Gummistiefel von Größe 41 bis 46, suchen Sie sich die, die Ihnen passen. Jacken hängen da auch, Regenjacken und Hüte, nehmen Sie, was Sie brauchen. Ihre Schuhe stellen Sie derweil hier in die Küche, das ist der wärmste Ort, Zeitung ist hinter der Tür, wenn Sie sie damit ausstopfen wollen. Brauchen Sie Socken?«

»Das wäre genial.« Duval war wirklich dankbar.

»Hole ich Ihnen. Brauchen Sie sonst noch etwas?«

»Zwei Aspirin vielleicht.«

»Bedaure, so was habe ich nicht. Ich halte nichts von diesem Pharmamist.«

Noch ein Anhänger der Globuli-Mafia, dachte Duval. Gab es überhaupt noch Menschen, die normale Medikamente nahmen? »Naja, Aspirin ist doch vertretbar, finde ich.«

Der *Garde Forestier* schüttelte abschätzig den Kopf. »Was fehlt Ihnen?«, fragte er.

Was mir fehlt, ist eine ausreichende Portion Nachtschlaf, dachte Duval, aber er sagte: »Ich habe vor allem Kopf- und Halsschmerzen.«

»Ich bringe Ihnen was.«

Duval nickte ergeben und trank seinen Kaffee. Er blickte aus dem Fenster. Es hatte aufgehört zu regnen, aber noch immer stürmte es und die Baumkronen bewegten sich schwer im Wind hin und her.

»Hier, nehmen Sie das.« Philippe Gantois hatte ein paar dicke graue Socken auf den Tisch gelegt und hielt ihm ein kleines Fläschchen entgegen. »Propolis Tinktur ist das Beste, was Sie machen können. Nehmen Sie zehn Tropfen in Wasser verdünnt.«

»Aha.« Duval besah das Fläschchen skeptisch, öffnete es und roch daran. Es war ein eigenartiger Geruch, etwas muffig.

»Keine Angst, ich vergifte Sie nicht.«

»Sehr beruhigend«, Duval war ironisch, »so wie es aussieht, stirbt man auf dieser Insel auch eher an Stichwunden.«

»Nicht auf der Insel«, berichtigte der *Garde Forestier.*

»Richtig«, stimmte Duval zu.

»Nehmen Sie das, das wird Ihnen guttun. Kennen Sie Propolis?«

Duval bewegte vage den Kopf. »Bienen?«

»Richtig.« Der *Garde Forestier* nickte. »Propolis ist eine harzartige Masse, die von Bienen hergestellt wird. Sie dichten damit ihre Waben ab. Und da es eine antibiotische, eine antivirale und eine antimykotische Wirkung hat, schützen sie sich damit gleichzeitig vor jeglichen Keimen, die in einen Bienenstock eingeschleppt werden können.«

»Aha«, machte Duval nur halb interessiert.

»Nehmen Sie es oder lassen Sie es. Mir ist es egal. Ich nehme es täglich und ich kann Ihnen sagen, ich bin nie krank.«

Duval zählte zehn Tropfen der Tinktur in ein kleines Glas mit Wasser, das sofort milchig wurde. »Sieht aus wie ein Pastis«, sagte er amüsiert.

»Hm«, machte der *Garde Forestier*, »nicht die gleiche Wirkung.«

Duval trank die Mischung und verzog das Gesicht.

»Man gewöhnt sich dran«, versicherte der *Garde Forestier*. »Kann ich sonst noch etwas tun? Brauchen Sie noch etwas?«

»Kann ich vielleicht gleich mal telefonieren?«

»Sicher.«

»Die erste Fähre kommt doch um neun an, oder?«

»Sie käme um Viertel nach neun an, wenn sie käme, aber heute kommt nichts.«

»Wie bitte?«

»Bei dem Sturm wird die Insel nicht angefahren. Die *Trans Côte d'Azur* hat mich heute Morgen schon angerufen.«

Duval spürte Unruhe in sich aufsteigen.

»Wenn Sie Hilfe brauchen, ich stehe zu Ihrer Verfügung, Commissaire.«

»Danke.« Duval sah Philippe Gantois an. »Gut möglich. Ich werde erst mal telefonieren. Das heißt, vielleicht ziehe ich mich erst mal an. Danke für die Socken.« Duval wunderte sich, dass Alice noch nicht aufgetaucht war. »Alice hat aber einen tiefen Schlaf«, versuchte er zu scherzen.

»Oh, Alice ist schon weg.«

Duval war überrascht und enttäuscht gleichzeitig. »So früh?«, fragte er perplex.

Der *Garde Forestier* zuckte mit den Schultern.

»Ins Bistro?«

»Vermute ich mal.«

»Hat sie so früh überhaupt schon etwas zu tun?«

»Was weiß ich. Alice ist schon groß, wissen Sie?« Der *Garde Forestier* hatte einen spöttischen Ton. »Sie kommt, sie geht, sie macht das, wie sie will, manchmal übernachtet sie auch dort.«

»Im Bistro?« Duval war begriffsstutzig.

»Ja, sie hat dort ein Zimmer, eigentlich ist es nur eine Kammer mit einem Bett unter dem Dach. Moriani hat ihr das überlassen. Sie hat ein paar Sachen dort, zu Beginn, als sie im Bistro angefangen hat, hat sie dort ständig übernachtet, aber jetzt schläft sie wieder die meiste Zeit hier.«

Die Informationen erreichten Duvals Verstand nur zögerlich. »Aha«, sagte er, weil ihm nichts anderes einfiel. Duval fragte sich, welches Verhältnis zwischen Alice und dem *Garde Forestier* bestand. Nur eine Art Wohngemeinschaft?

»Und vorletzte Nacht hat sie hier oder im Bistro geschlafen?« Langsam kamen seine Synapsen in Gang.

»Hier. Sie kam ziemlich spät nachts ... gegen halb drei.«

»Sie haben auf sie gewartet?«

»Oh, nein!« Der *Garde Forestier* schüttelte abwehrend den Kopf. »Das ist vorbei, nein, ich war kurz auf und habe sie kommen hören.«

»Was meinen Sie mit ›das ist vorbei‹?«

»Bin ich nicht deutlich genug?« Philippe Gantois sah den

Kommissar amüsiert an. »Vorbei ist vorbei. Nun, Commissaire, Sie fragen sich sicher, warum ich Alice hier ein Zimmer zur Verfügung stelle, was nicht ganz legal ist, das wissen Sie so gut wie ich.« Er sah den Kommissar offen an und Duval nickte unbestimmt. Dass es illegal war, hatte er nicht gewusst, aber nun gut. »Alice kam als Segellehrerin auf die Insel, das wissen Sie vermutlich auch schon?« Duval nickte wieder. Ja, das wusste er wirklich schon. »Und nach der Saison, als alle abreisten, wollte Alice bleiben, es gefiel ihr auf der Insel. Sagte sie zumindest. Die Ruhe, die Natur, dieses Etwas-aus-der-Welt-sein. Und sie suchte eine Bleibe. Ich bot ihr an, gegen Mithilfe in Haus und Garten hier kostenfrei zu wohnen. Und dachte durchaus, dass da mehr entstehen könnte, bei gegenseitigem Gefallen.« Er sah den Kommissar leicht spöttisch an. »Sie hat ja was, nicht wahr?!«

Duval machte eine kleine Grimasse, die alles Mögliche bedeuten konnte.

»Ging aber nicht gut.«

»Darf ich fragen, warum?«

»Ich habe Bienen, wissen Sie? Ich finde Bienen absolut faszinierend.«

Bienen. Als Lilly und Matteo den Zeichentrickfilm *Die Biene Maja* gesehen hatten, hatten sie sich in der Familie für Bienen interessiert. Er wusste noch, dass Hélène die Kinder einmal zu einem Pariser Stadtimker mitgenommen hatte. Der hatte Bienenstöcke auf dem Dach des Musée d'Orsay oder waren es die Galeries Lafayette? Er wusste es nicht mehr. Er erinnerte sich, dass sie eine Weile viele verschiedene Honigsorten probiert hatten, aber dann war die Begeisterung für Bienen und Honig bei den Kindern wieder abgeflaut. Schließlich gab es noch so viel anderes zu entdecken, wenn man fünf und sieben Jahre alt ist.

Philippe hatte die ganze Zeit weitergesprochen. »Bienen sind die wichtigsten Nutztiere für den Menschen«, sagte er gerade, »sie liefern nicht nur Honig, sondern sie bestäuben auch achtzig Prozent aller Nutzpflanzen, die für den Menschen zur Ernährung notwendig sind. Jeder dritte Bissen von dem, was wir essen, hängt von der Arbeit der Bienen ab!«

Ja, Duval erinnerte sich vage, das schon einmal gehört zu haben. Auch, dass es ein Bienensterben in der Welt gab. Er fragte sich, wo der Zusammenhang mit Alice war. Weshalb war ihre wie auch immer geartete Beziehung zu dem *Garde Forestier* gescheitert? War sie allergisch gegen Bienen?

»Sie sind Imker?«, fragte er jetzt.

»Ja. Das ist aber mein Hobby, ich mache das neben meinem Job beim ONF, aber es nimmt mehr und mehr Zeit in Anspruch. Wenn man es richtig machen will, zumindest. Ich dachte mir, Alice könnte das übernehmen, oder sagen wir, wir könnten das zusammen machen, das ist punktuell eine Menge Arbeit, wissen Sie?« Er rieb sich das Kinn, während er sprach. »Aber das klappte gar nicht.« Er sah Duval an. »Gar nicht, von Anfang an nicht. Sie ist nicht bei der Sache. Sie gibt zwar vor, die Natur zu lieben, aber ich spüre das nicht bei ihr. Sie ist nicht präsent. Sie ist ständig mit ihrem Smartphone zugange, sie raucht fast ununterbrochen und sie denkt an alles andere, während sie im Garten ist oder etwas mit den Bienen macht. Man kann nicht mit Bienen arbeiten und gleichzeitig *WhatsAppen.*« Er sah düster vor sich hin. »Natürlich wurde sie gestochen. Sie ist zu hektisch, sie bewegt sich zu schnell und fuchtelt herum. Die Bienen aber brauchen langsame Bewegungen, Ruhe, Freundlichkeit, sonst reagieren sie abwehrend. Nachdem sie zwei-, dreimal gestochen worden ist, ging gar nichts mehr. Für mich ging da auch schon nichts mehr. Ich liebe meine

Bienen, und dass sie da keinen Zugang hat, hat mich enttäuscht.« Der *Garde Forestier* machte eine kurze Pause. »Ich dachte, sie könnte wenigstens ein bisschen das Haus auf Vordermann bringen, aber das gefiel ihr irgendwie nicht. Ich weiß nicht, was sie sich vorgestellt hat, auf dieser Insel gibt es jede Menge zu tun, das ist kein Paradies zum Abhängen, also für mich zumindest nicht.« Philippe Gantois sah nun missgelaunt aus. »Dazu kommt ihre absolut ungesunde Lebensweise. Ich verstehe nicht, dass sie gleichzeitig Sportlerin sein kann. Sie raucht und trinkt, sie dreht sich hin und wieder Joints ... das kann ich nicht dulden. Wissen Sie, die Insel ist immer wieder Umschlagort für Drogen. Nachdem mein Vorgänger pensioniert worden war und bis ich hierherkam, war die Insel ein paar Monate ohne ständige Forstaufsicht. So etwas spricht sich schnell herum, auch in den kriminellen Kreisen. Vorher passierte hier nur etwas auf den Booten, aber plötzlich ging es auch auf der Insel rund. Nachts vor allem. Seitdem ich da bin, hat sich das wieder reduziert, ich versuche dagegen anzugehen, zeige Präsenz, aber es gibt immer wieder Delikte. Dieser Knabe, den Sie gestern aufgelesen haben, das ist genau die Klientel, die sich hier gern herumtreibt, sich bekifft, illegal Feuerchen macht und ebenso illegal auf der Insel übernachtet und letztlich Bierflaschen am Strand liegen lässt.« Philippe Gantois klang bitter.

Duval fiel etwas ein. »Entschuldigen Sie, dass ich Sie unterbreche ...«

»Ja?«

»Die große Motorjacht am Steg, die *King II,* kennen Sie die vielleicht?«

Der *Garde Forestier* schüttelte den Kopf. »Ist mir bislang nicht aufgefallen, aber wenn Sie wüssten, wie viele kleine, große und ganz große Schiffe hier das ganze Jahr über immer wieder vor der Insel liegen ... wir sind das Naherholungsgebiet von Cannes.« Er machte eine Grimasse. »Wem gehört sie?«

»Sie gehört dem Besitzer des Spielcasinos am Palm Beach, aber er hat sie großzügig einem seiner korsischen Freunde zur Verfügung gestellt. Toussaint Orsini, sagt Ihnen das zufällig etwas?«

»Nein. Kenne ich nicht. Gibt es einen Zusammenhang mit den Morden?«

»Ich weiß es nicht, es ist nicht auszuschließen, auf jeden Fall gibt es sicher einen Zusammenhang zu wie auch immer gearteter Kriminalität. Vielleicht Waffen, vielleicht Rauschgift, alles möglich.«

»Ah.«

»Dass an Bord dieser Luxusjachten wie auch immer geartete Geschäfte gemacht werden, ist Ihnen bekannt?!«

»Wundert mich nicht, sagen wir so.« Er zuckte resigniert mit den Schultern. »Ich weiß, dass auf kleineren Booten allerhand gemauschelt wird, warum sollte das auf den größeren anders sein? Aber das, was auf den Booten passiert, gehört nicht zu meinem Einflussbereich, ich habe nur auf der Insel die Verantwortung. Das reicht aber auch schon, kann ich Ihnen sagen.«

»Sicher, wir haben das gleiche Problem. Vor allem wenn sie in der Bucht vor Cannes ankern und nicht im Hafen, da hat man quasi keine Handhabe. Die *Douane* kann sie unmöglich alle kontrollieren.« Duval überlegte kurz. »Kommen wir doch noch mal zurück zu Alice ... Sie sagten, sie nimmt Drogen?«

»Drogen ist ein großes Wort. Sie dreht sich Joints hin und wieder. Wissen Sie, offiziell gibt es auf der Insel ein Rauchverbot. Da hält sich natürlich niemand dran, aber für mich ist es verpflichtend. Ich rauche nicht und ich trinke auch keinen Alkohol. Ich merke, dass ich das zunehmend nur noch schlecht bei anderen ertragen kann. Bei allem, was Alice sonst anziehend macht, es ging einfach nicht.«

Duval nickte. Alice hatte in seiner Gegenwart nur selbst gedrehte Zigaretten geraucht, aber warum sollte es nicht stimmen, was der *Garde Forestier* erzählte. Und ja, sie hatte gestern nicht gerade wenig getrunken. Aber er auch. Er musste sich zusammenreißen, dass er sie nicht verteidigte. Sie war eben sehr jung, suchte noch ihren Weg. Wie alt war sie wohl? Ende zwanzig? Nicht jeder war da schon so gesetzt und hatte Lust, enthaltsam zu leben.

»Ich sagte ihr relativ bald, dass sie gehen müsse. Dann ist sie zu Moriani gegangen und hat sich ein bisschen bei ihm ausgeweint. Moriani war sofort hell entflammt und rollte ihr den roten Teppich aus. Sie bekam ein Zimmer bei ihm. Ich weiß, dass sie inzwischen wieder hier schläft. Aber damit muss jetzt Schluss sein.«

Duval war nun doch richtig wach geworden. »Und in der vorletzten Nacht hat sie also hier geschlafen?«

Philippe nickte.

»War sie allein?«

»Ich denke. Ich habe sie nicht gesehen, aber ...«, er grinste den Kommissar leicht an, »... ich habe nichts gehört, was darauf schließen lässt, dass sie nicht allein war.«

Duval durchfuhr eine Hitzewelle, als er daran dachte, dass er gestern hier in der Küche mit Alice herumgeknutscht hatte und sie beinahe ... Gott sei Dank nur beinahe ... Er hatte sich nichts vorzuwerfen.

»Wussten Sie, dass sie eine Verabredung für diese Nacht hatte?«

»Ah!«, machte Philippe Gantois. »Nein, wusste ich nicht, aber kann schon sein.«

»Wollen Sie nicht wissen, mit wem?«

»Wozu? Das interessiert mich nicht.«

»Ich sage es Ihnen trotzdem. Sie hatte eine Verabredung mit einem der beiden Jungs von der *Zephyr,* der in dieser Nacht getötet wurde.«

»Aha.«

»Wollen Sie wissen, welcher?«

Philippe zuckte mit den Schultern. »Wozu? Ich habe keinen der beiden je gesehen. Ich gehe nicht ins Bistro, wissen Sie. Ich trinke keinen Alkohol. Das erschwert häufig den Umgang mit denen, die es normal finden, dass man immer einen gewissen Pegel hat. Ich meide diese Situationen lieber.«

»Verstehe«, sagte Duval und schwieg einen Moment.

»Alice war also allein in dieser Nacht?«, fragte er dann weiter.

»Ja, das sagte ich doch schon. Sie kam spät, aber allein. Ich bin ziemlich sicher.«

»Gut.« Duval sah auf die Uhr. »Ich würde jetzt gern ein paar Telefonate führen, wenn es möglich ist ...«

Philippe Gantois nickte und machte eine einladende Geste Richtung Büro: »Kein Problem.«

»Dr. Charpentier? Duval hier. Guten Morgen, es ist noch ein bisschen früh, aber könnten Sie mir vielleicht schon etwas sagen?«

»Guten Morgen, Commissaire. Ich habe Ihre Nummer nicht erkannt ...«

»Ich bin im Forsthaus auf Sainte-Marguerite, ich telefoniere von dort …«

»Aha.« Wenn der Gerichtsmediziner darüber verwundert war, so äußerte er es nicht. »Ich notiere mal die Nummer, für alle Fälle … denn ich glaube nicht, dass ich heute die Zeit finde rauszufahren. Wenn Sie wüssten, was hier los ist …«

»Die Fähren sind auch eingestellt, insofern … ich weiß nicht, wie und wann Sie sich den zweiten Toten ansehen können?!«

»Ah!« Auch das nahm der Gerichtsmediziner kommentarlos zur Kenntnis. »Sehen wir mal«, sagte er ausweichend, »es geht ja nicht mehr um Leben und Tod.«

Duval verdrehte am Telefon die Augen.

»Kommen wir mal zu Ihrem ersten Toten …«

»Ja?!«

»Ich habe glatte Wundränder vorgefunden, der Mann hat also ganz eindeutig schwere Stichverletzungen erlitten, aber daran hatten wir ja keinen Zweifel, denke ich. Ich kann Ihnen auch sagen, dass auf den Mann aus nächster Nähe dreimal, und zwar mit erheblicher Gewalt, eingestochen wurde, die Stiche gingen durch die Leber und in die Milz und der dritte Stich traf die obere Mesenterialarterie, die den Darm versorgt. Durch die perforierte Leber wurden zudem starke interne Hämorrhagien ausgelöst und daran ist er auch gestorben, und zwar relativ schnell.«

»Hm«, machte Duval.

»Wenn ich die Einstichwinkel ansehe, denke ich, dass der erste Stich, der, der die Leber durchbohrte, den Körper noch vollkommen unvorbereitet traf. Der zweite Stich ging durch die Milz, da hatte der Mann sich schon zusammengekrümmt, und der dritte Stich traf trotzdem noch die obere Mesenterialarterie. Ich vermute einen Zweikampf, bei dem der Täter mit angewinkeltem Arm von unten zustach. Rechtshänder im Übrigen.«

Duval schnaufte. »Danke, Docteur.«

»Ich bin noch nicht fertig.«

»Ah?!«

»Das Messer passt nicht.«

»Wie bitte?«

»Die Einstiche und das gefundene Messer, das mir Ihre Kollegen gezeigt hatten, passen nicht zusammen. Sagen wir mal vereinfacht, die Einstiche sind tief, aber nicht sehr breit, zumindest nicht breit genug, verglichen mit dem gefundenen Fahrten- oder Jagdmesser. Verstehen Sie?«

»Selbstverständlich!« Für wie blöd hielt ihn der Mediziner eigentlich?

»Also habe ich die Blutgruppe des Mannes mit dem Blut, das am Messer vorgefunden wurde, verglichen. Gut, Blutgruppenbestimmung mit angetrocknetem Blut ist nicht hundertpro, aber ...«

»Und?« Duval war angespannt.

»Es korrespondiert nicht.«

»*Pfhhh*«, schnaufte Duval.

»Ja, der Mann hat AB Rhesus positiv und am Messer findet sich die Blutgruppe Null. Also bei aller Vorsicht, ich glaube doch sagen zu können, dass der Mann zwar sehr wohl erstochen wurde, aber nicht mit diesem Messer.«

Siedend heiß fiel Duval das Messer von Daryl ein. Hatte er sich doch getäuscht? Er hätte das Messer an die *Police téchnique* geben sollen, anstelle es der STUP zu übergeben. Duval war aufgeregt. »Könnte er mit einem Opinel vielleicht ...« Er ließ die Frage in der Luft hängen.

»Möglich, kommt auf die Größe an.«

»Der Klassiker, Nummer 8.«

»Hm«, überlegte der Gerichtsmediziner, »das Nummer 8 hat eine acht Zentimeter lange Klinge, nicht wahr?«

»Ja«, bestätigte Duval.

»Ist eher unwahrscheinlich. Mit einer Klingenlänge von acht Zentimetern ist es schwierig, die Leber zu perforieren. Geht besser mit zehn Zentimetern«, sagte er emotionslos.

Duval atmete auf.

»Meinen Sie denn, der zweite Tote wurde mit dem gefundenen Messer erstochen?«

»Das weiß ich nicht, dafür müsste ich ihn mir erst ansehen ...«

»Wann können Sie hier sein?«, unterbrach Duval ungeduldig.

»Haben Sie mir nicht gerade gesagt, dass es keine Fähre gibt?«, antwortete der Arzt trocken. »Bei diesen Wetterbedingungen kommen wir heute wohl nicht zusammen.«

Herrgott noch mal. Duval bemühte sich, nicht laut aufzustöhnen.

»Aber vielleicht hilft es Ihnen ja schon mal weiter.«

»Sicher, Doktor, vielen Dank.« Duval knirschte mit den Zähnen.

»Gut, dann wünsche ich Ihnen einen guten Tag, Commissaire.«

»Danke, ebenso ...«, brummelte Duval.

Wenn Frénet nicht mit Théoliens Messer erstochen worden ist, sondern vielleicht Lanvalle, überlegte Duval, dann müsste irgendwo noch ein anderes Messer auf dem Schiff herumliegen, mit dem man Frénet erstochen hatte. Vielleicht unter den Säcken, auf denen Lanvalle lag? Hatten sich die beiden jungen Männer gegenseitig umgebracht? Warum? Und wer hatte Lanvalle in einen Sack gesteckt und in der Segellast versteckt? Frénet? Ausgeschlossen, das hätte er mit den Verletzungen, die er hatte, nicht mehr geschafft.

Er würde mit Théolien noch einmal auf das Schiff gehen. Wenn heute keiner von der PTS käme, würde er mit dem Skipper eben selbst dort nachsehen. Das Telefon auf dem Schreibtisch des *Garde Forestier* klingelte. Philippe Gantois eilte in das Büro und nahm den Anruf entgegen.

»Für Sie«, sagte er dann und gab den Hörer an Duval weiter.

»*Oui*, hallo?«

»*Bonjour*, Duval, ich habe Sie gefunden, obwohl Sie mir die Nummer gestern nicht mehr mitgeteilt haben«, gab Madame Marnier mit leicht schriller Stimme sofort ihrer Verärgerung Ausdruck. »Wir müssen uns mal ausführlich über Ihre Verweigerungshaltung in unserer Zusammenarbeit unterhalten!«

»*Bonjour*, Madame …« Duval kam nicht zu Wort.

»Aber nicht jetzt!«, entschied die Richterin autoritär. »Es gibt interessante Neuigkeiten, die ICH Ihnen selbstverständlich unmittelbar zukommen lasse.«

Sie machte eine kurze dramaturgische Pause, aber Duval reagierte nicht.

»Ich habe die Häfen entlang der Côte d'Azur und der Riviera überprüft und erfahren, dass die *Zephyr* und die *King II* unseres Freundes Orsini beide gleichzeitig auf Capri waren. Und zwar im August. Die *Zephyr* war dort vom 3. bis 7. August, die *King II* vom 3. bis 6. August. Das ist doch ein interessanter Zufall, nicht?«

»Allerdings.«

»Sehen Sie, ich denke, das ist ein ausreichender Grund, um die *King II* mal unter die Lupe zu nehmen. Wer weiß, was es da noch an Gemeinsamkeiten gibt und vielleicht finden wir andere schöne Dinge …«

Duval war elektrisiert. »Sehr gut! Vielleicht finden wir dort ein zweites Messer!« Er berichtete der Ermittlungsrichterin, was er gerade von Dr. Charpentier erfahren hatte.

Sie nahm es schweigend zur Kenntnis.

»Faxen Sie mir den Durchsuchungsbeschluss zu?«

»Nein, nein, ich komme selbst! Wie wollen Sie das denn alleine machen? Ich werde die Fähre um ...« Sie schien einen Fahrplan zu studieren.

»Es gibt heute keine Fährverbindungen, wenn ich richtig informiert bin«, unterbrach Duval.

»Ach so? Wieso das denn?«

»Wegen des Sturms.«

»Ach?! Hier ist es nicht sehr stürmisch!«, befand sie. »Ich werde kommen«, sagte sie entschieden. »Und Sie unternehmen nichts, bevor ich nicht da bin, Duval, ist das klar?«

»Hm«, machte Duval unzufrieden. Fantastisch. Er saß allein auf dieser Insel fest. Niemand würde heute kommen und er sollte nur Däumchen drehen?

Aber zunächst würde er Théolien aufsuchen.

»Ach, Philippe«, bat Duval den *Garde Forestier*, »erklären Sie mir vielleicht noch kurz den Weg zum Dorf, damit ich mich nicht wieder so dumm verirre wie gestern Nacht«, bat Duval.

»Sie werden sehen, tagsüber ist es unmöglich, sich zu verirren«, Philippe Gantois schüttelte den Kopf. »Zumindest an jeder großen Weggabelung stehen Tafeln, die das Wegenetz zeigen und zusätzlich einen eingezeichneten roten Punkt, der Ihnen zeigt, wo Sie sich befinden. Die Insel ist ja ein touristischer Anziehungspunkt, wir können gar nicht riskieren, dass sich all die Gruppen von Italienern, Chinesen und Deutschen hier im Wald verlaufen. Wenn Sie das Gelände verlassen, wenden Sie sich nach rechts und dann nehmen Sie die zweite Allee, die davon abgeht, es ist die *Allée des*

*Eucalyptus*. Die können Sie gar nicht verfehlen, weil dort lauter hohe Eukalyptusbäume stehen, und die werden Sie erkennen, selbst wenn Sie kein Botaniker sind.« Der *Garde Forestier* wagte ein kleines Lächeln. »Diese Allee führt schnurgerade zum Fort, aber Sie gehen, lassen Sie mich überlegen, an der ersten, zweiten, nein, an der dritten Weggabelung gehen Sie nach links. Der Weg macht eine lange Kurve, dann kommen Sie auf die *Allée de Dragon* und dann sind Sie schon fast direkt hinter dem Bistro. Dort stoßen Sie vermutlich sofort auf eine lange steile Treppe, wenn Sie die hinuntergehen, sind Sie schon da. Das ist der kürzeste und direkteste Weg. Hört sich weit an, ist aber nur ein knapper Kilometer zu laufen, die Insel ist ja nur neunhundert Meter breit, das ist also in gut zehn Minuten zu schaffen.«

Und dann hatte er sich doch geirrt. Als hätten seine Füße in den fremden groben Socken und in den ebenso fremden kühlen Gummistiefeln ihren eigenen Weg gewählt. Er war, wie von Philippe erklärt, die Eukalyptusbaumallee entlanggegangen, auf der blätterige Rinde, Blätter und Äste im böigen Wind um ihn herumwirbelten. Ein leichter Geruch nach Eukalyptus wehte ihn dabei hin und wieder an. Die mächtigen Bäume waren beeindruckend. Seit wann standen sie wohl hier auf der Insel und wer von all den Bewohnern und Eroberern der Insel hatte sie ursprünglich gepflanzt? Das würde ihm Philippe Gantois sicher sagen können, dachte er, und so hatte er vergessen, die kleinen Abzweigungen zu zählen und wusste nun nicht mehr, ob dies die zweite oder bereits die dritte war. Er sah sich um, nirgends ein Hinweisschild: Kurz entschlossen bog er in den kleinen Weg ein und fand sich nach ein paar Minuten vor dem kleinen, mit einer Mauer abgegrenzten kommunalen Friedhof wieder.

Drei Friedhöfe gab es auf der Insel. Und bis vor Kurzem waren nur die beiden historischen Friedhöfe von einer gewissen Bedeutung für die Insel gewesen. Während des Krimkriegs im 19. Jahrhundert war das Fort zeitweise in ein Lazarett umgewandelt worden und die dort verstorbenen Soldaten hatte man auf einem eigenen Friedhof gleich neben dem Fort beigesetzt. Daneben, auf einem größeren, aber für das Auge eines unaufmerksamen Spaziergängers fast nicht erkennbaren muslimischen Friedhof war die *Smala* – der Clan – des Emirs Abd el-Kader beerdigt, der sich in Algerien gegen die französischen Kolonisatoren aufgelehnt hatte. Man hatte ihn mit seinem 600 Personen umfassenden Clan auf die Insel Sainte-Marguerite verbannt, wo sie nach und nach wegen des verseuchten Wassers sämtlich vom Typhus dahingerafft worden waren.

Der handtuchgroße kommunale Friedhof der Insel war bislang vollkommen vergessen gewesen, selbst die Cannois wussten oft nicht, dass es ihn gab und wenn, interessierte es sie nicht weiter. Bis er vor Kurzem in die Schlagzeilen geriet, weil Florence Arthaud, eine große Seglerin, die vor ein paar Monaten bei einem tragischen Hubschrauberunglück ums Leben gekommen war, hier bestattet worden war. Nun war der Friedhof in aller Munde. Duval erinnerte sich an die polemischen Leserbriefe in *Nice Matin*, deren Schreiber ihrer Empörung Luft gemacht hatten: Mit welchem Recht, hatten sie gefragt, dürften auf dem winzigen kommunalen Inselfriedhof von Cannes, dessen strikte Regelung bislang nur die Beisetzung echter Cannois mit einem familiären Bezug zur Insel vorsah, mit welchem Recht dürften hier nun auch vollkommen Fremde liegen? Denn Florence Arthaud stammte aus Grenoble und vor ihr war bereits ihr Bruder hier beigesetzt worden. Der ehemalige Bürgermeister von Cannes wollte dem Freund aus Jugendzeiten diesen Wunsch nicht abschlagen, nachdem dieser schon den Selbstmord seines Sohnes verschmerzen musste. Und Jean-Marie habe diesen Ort so geliebt. Nun also war ihm auch seine berühmte Schwester Florence hierhin gefolgt. Die Frage, ob dies eine Ehre für Cannes oder aber ein Fluch sei, wurde seitdem immer mal wieder hitzig erörtert. Seit der Beisetzung von Florence Arthaud, die, wenn auch in aller Stille und in größter Intimität, hier stattgefunden hatte, begann der kleine Friedhof zu einem Wallfahrtsort für Anhänger der großen Seglerin zu werden.

Duval stellte sich zunächst auf die Zehenspitzen, schaute über die Mauer und drückte dann auf die Klinke der kleinen Tür. Sie war offen. Neben einer Reihe gepflegter Soldatengräber aus dem Krieg von 1870 gab es die üblichen Gedenksteine für die Soldaten aus dem Ersten sowie dem Zweiten Weltkrieg. Die Insel war als strategischer Ort immer wieder stark umkämpft gewesen und von der Zeit der Besetzung durch die Deutschen im Zweiten Weltkrieg zeugten noch zwei große Betonbunker. Etwa zwanzig profane Gräber zählte Duval zusätzlich. Nur wenige davon schienen regelmäßig besucht zu werden. Die meisten waren schlicht, nur mit Steinen oder einem kleinen Gitter eingefasst, und manchmal stand ein Kreuz aus geschmiedetem Eisen gerade noch aufrecht am Kopfende. Kein Name, kein Foto wies aus, wer hier lag. Blumenschmuck suchte man vergeblich. Nur auf wenigen Gräbern konnte er auf dem Stein Inschriften entziffern und sah verwitterte Schwarz-Weiß-Fotos der Verstorbenen: Ein Jeannot sah keck unter seiner Kapitänsmütze hervor. Daneben, auf einem neueren Grabstein, blickte eine alte Dame streng unter ihrem Hut hervor. Darunter erkannte man das Foto ihres erst vor Kurzem verstorbenen Sohnes, Jean-Louis Aubert. Aubert, war das nicht der Name der unglücklichen Hotelierswitwe gewesen, die er gestern kennengelernt hatte? Duval besah sich Lebens- und Sterbedaten von Mutter und Sohn. Doch, das könnte hinkommen.

Dann stand er vor dem schlichten Grab von Florence Arthaud, auf dem ebenso wie auf dem Grab ihres Bruders frische Blumen gepflanzt waren, wenn diese auch von Sturm und Regen zerzaust und zerrupft waren. Duval betrachtete sie nachdenklich. Zeilen aus einem Chanson von Georges Brassens kamen ihm in den Sinn. Brassens, der auf dem Friedhof in seinem Heimatort Sète beerdigt werden wollte, hatte dafür seinerzeit ein langes Gedicht vertont und es »Gesuch um die Beerdigung am Strand von Sète« genannt. *Juste au bord de la mer, à deux pas des flots bleus, Creusez, si c'est possible, un petit trou moelleux.* Duval erinnerte sich an die Worte, an die Melodie aber konnte er, der die Musik so liebte, selbst aber absolut unmusikalisch war, sich nicht erinnern. Brassens war dann auch, wie er es sich gewünscht hatte, in Sète beerdigt worden und vom kleinen Friedhof in Sète, auf dem Brassens in einem bescheidenen Grab liegt, sah man tatsächlich das Meer. Duval, der Brassens verehrte, hatte sich eines Tages davon überzeugt. Der kleine Inselfriedhof auf Sainte-Marguerite aber lag im Wald verborgen. Duval brummte melancholisch, aber falsch noch ein paar Zeilen des »Gesuchs«. Es ging um das bereits volle Familiengrab, und Brassens forderte die darin Liegenden scherzhaft auf zusammenzurücken und Platz für die Jüngeren zu machen. *Poussez-vous donc un peu! Place aux jeunes en quelque sorte.* »Place aux Jeunes en quelques sortes« – Duval fühlte sich jäh von der Realität eingeholt. Zwei noch junge Männer warteten nun auch auf einen Platz in einem Familiengrab, wo auch immer. Aber noch lag einer von ihnen in der Gerichtsmedizin und der andere schaukelte nach wie vor unter Deck auf der *Zephyr*. Und so wie es aussah, würde er da heute auch nicht mehr wegkommen. Als Duval aus dem schützenden Wald trat, blies ihm der Sturm so jäh und ungestüm entgegen, dass es ihm kurz den Atem verschlug. Rauschend wogten die Baumkronen der krumm gewachsenen Pinien. Ihre Stämme hatten sich dem jahrelangen Wind gebeugt. Die Wellen sahen zwar von Weitem nicht dramatisch aus, aber die langen weißen Schaumkronen bewiesen einen für Mittelmeerverhältnisse ordentlichen Seegang.

Er war zu weit westlich herausgekommen und ging jetzt parallel zum Meer auf der *Allée du Dragon* zurück, bis er etwa auf der Höhe des Bistros war. Hier war jetzt auch die Treppe, von der Philippe Gantois gesprochen hatte. An ihrem unteren Ende stieß Duval auf den alten Damien, der vor seinem Häuschen stand und das aufgewühlte Meer betrachtete.

»*Bonjour, Monsieur!*«, grüßte Duval.

»*Bonjour, Monsieur le Commissaire!*« Damien legte die Hand an die Stirn und salutierte leicht. Dann fiel sein Blick auf die Gummistiefel. »Sie haben sich schon angepasst. Das ist gut!«

Duval verzog das Gesicht. »Es blieb mir nichts anderes übrig, war alles nass.«

»*Ah oui*, so ist das hier, man ist Wind und Wetter ausgeliefert. Man muss sich ordentlich anziehen.«

»Alles in Ordnung?«, fragte Duval. »Keine weiteren Vorkommnisse?«

»Abgesehen vom Sturm hatten wir eine ruhige Nacht, danke der Nachfrage!«, antwortete Damien.

»Ist Théolien noch bei Ihnen?«

»Nein, der ist ohne Rast und ohne Ruh und schon unterwegs, im Bistro oder was weiß ich, wo.«

»Und Sie, Sie sind nicht ohne Rast und ohne Ruh?«

»Nicht mehr, Commissaire, nicht mehr. Als ich noch jünger war, na, da war ich auch unterwegs, das können Sie glauben. Als Jugendlicher habe ich es gehasst, dass meine Eltern mir an jedem Wochenende die Insel aufzwangen. Aber jetzt bin ich hier ganz zufrieden, ich muss nirgendwo anders mehr hin.«

Er sah auch zufrieden aus, wie er so vor seinem Häuschen stand. Ein drahtiger alter Mann, braun gebrannt mit einem wettergegerbten Gesicht, weißen Haaren und einem großen weißen Schnurrbart. Seine wachen blauen Augen waren von vielen Fältchen umgeben. An der Spitze seiner Nase hatte sich ein Tropfen gebildet. Er schien es zu merken, denn er zog ein großes Stofftaschentuch aus der grauen ausgebeulten Hose und wischte sich damit die Nase ab.

»Das Haus gehört Ihrer Familie?«

Damien wackelte leicht mit dem Kopf. »Meine Eltern haben mit der Stadt Cannes einen Mietvertrag über 99 Jahre abgeschlossen, da hat man dann so ein bisschen das Gefühl, als gehöre es einem, aber ich zahle jeden Monat Miete, und nicht zu knapp für diese Schuhschachtel.« Er schwieg einen Moment. »Möchten Sie für einen Moment hineinkommen? Darf ich Ihnen vielleicht einen Kaffee anbieten?«

»Danke, nein«, wehrte Duval ab, »aber ich stelle mich gern einen Moment bei Ihnen unter, solange wir reden.«

»Aber sicher, Commissaire!« Der Alte machte eine einladende Handbewegung und Duval stieg die Stufen hinauf und stellte sich neben ihn unter das kleine Vordach. Von hier sah man über die wuchernden Hecken am Weg hinweg aufs Meer. Und mehr, als dass man sie sah, ahnte man heute im düsteren Graublau auf der anderen Seite die weißen Häuser der Küste von Cannes. Zur Linken lagen die Anlegestege mit den Schiffen. Alle vier Boote waren noch da.

»Schöner Blick!«, sagte Duval anerkennend.

»Ja«, bestätigte der alte Mann und nickte zufrieden.

»Sie leben also das ganze Jahr hier?«

Damien sah Duval verschmitzt an. »Ich weiß, worauf Sie hinauswollen, Commissaire, ich bin vielleicht alt, aber nicht auf den Kopf gefallen! Ich sage Ihnen, offiziell wohne ich bei meinem Sohn, dies hier ist mein Zweitwohnsitz, und das können Sie auch überprüfen. Aber ich will Ihnen nichts vormachen, Monsieur le Commissaire, Sie wissen es vielleicht auch schon, seit ich in Rente bin, seit 1995, verbringe ich die meiste Zeit hier. Ich habe mein Häuschen in Cannes meinem Sohn vermacht und lebe jetzt also juristisch gesehen bei ihm, aber die meiste Zeit bin ich hier. Das ist besser so, auch für die Familie. Mehrere Generationen unter einem Dach, das ist noch nie gut gegangen. Noch interessieren sich meine Kinder nicht für das Häuschen hier, ich kann es verstehen, mir war die Insel früher auch zu unspektakulär, aber eines Tages wird es ihnen gefallen. Und wenn nicht, *tant pis*, ich habe dann immerhin das Meinige dafür getan.«

»Und Ihr Mietvertrag wird nach den 99 Jahren noch einmal verlängert?«

Damien zuckte mit den Schultern. »Wer weiß das schon. Und, unter uns, bei jedem Haus und jedem Mieter ist es hier ein bisschen anders. Ich glaube, es gab und gibt da auch viel Gemauschel, deshalb sind alle sehr diskret. Meine Mutter war eine Schulfreundin der Frau des damaligen Bürgermeisters, und so kamen wir an dieses Haus, bei den anderen weiß ich es nicht. Nicht alle haben einen so lang dauernden Vertrag wie wir, vielleicht ist er übertragbar, vielleicht nicht.

Niemand weiß das und niemand redet darüber. Und was passiert, wenn unser Vertrag ausläuft ...« Er zuckte die Schultern. »Und manchmal ist es vielleicht auch besser, wenn ein Vertrag ausläuft.« Er wies auf das Nachbarhäuschen, auf dessen Dach eine blaue Plastikplane mit Dachziegeln und großen Steinen befestigt war, deren Enden wild im Wind bauschten und flatterten. »Das Dach ist undicht, da regnet es rein, aber niemand kümmert sich darum. Ich habe die Plane draufgelegt. Ich will nicht, dass das Haus zur Ruine verkommt, verstehen Sie? Ich bin Maurer, also, ich meine, ich bin jetzt in Rente, aber ich habe viele Häuser gebaut in meinem Leben. Ich mag Häuser und ich sehe nicht gern, wenn sie verkommen. Heute Nacht bei dem Sturm hatte ich Angst, dass die Plane vielleicht davonweht, und habe mit Jean-Louis noch einmal ein paar Backsteine zur Befestigung draufgelegt.«

»Und der jetzige Mieter kümmert sich nicht?«

»Ach, der war schon lange nicht mehr hier. Aber er liegt im Streit mit der Stadt für irgendwas und sagt natürlich, dass das Dach von der Stadt repariert werden müsste, nicht von ihm.« Er winkte ab. »Ach, was weiß ich.«

»So ähnlich wie mit dem Hotel, von dem mir Madame ... äh ... wie hieß sie noch?!, berichtet hat.«

»Ah, Françoise, Françoise Aubert«, half der alte Mann aus. »Ja, da legen Sie den Finger in die Wunde. Es ist wirklich eine Schande, was da passiert ist. Und Françoise, Sie haben sie ja gesehen, sie ist ein bisschen komisch geworden, ›die Verrückte‹ nennen die Leute sie hier abfällig. Sie ist heute völlig verarmt. Darüber kommt sie nicht hinweg und sie kann nur noch von dem Hotel erzählen, ununterbrochen, aber jeder hier kennt ihre Geschichte und niemand will sie mehr hören.« Er seufzte. »Sie hat es auch nicht leicht gehabt:

Ihre Schwiegermutter hatte Haare auf den Zähnen, die hat nichts wirklich losgelassen, weder den Sohn noch das Hotel und sie wurde sehr alt ...« Er hielt einen Moment inne. »Wissen Sie, das war wirklich ein schönes Hotel, *Le Masque du fer*. Jeanne Aubert, Françoises Schwiegermutter, hat es erbaut. Aber dann kamen die Kriege ... und im Zweiten Weltkrieg hatten sich sogar die Deutschen hier einquartiert ... nun, sie hat eine lange Zeit nur Verluste gemacht und als es in den Fünfzigerjahren wieder einen Aufschwung gab, dachte sie, sie könne erst einmal so weitermachen, obwohl das Hotel damals schon an vielen Stellen große Reparaturen nötig gehabt hätte. Aber vermutlich war gar kein Geld da, um irgendetwas ordentlich instand setzen zu lassen. Sie hat immer nur Löcher gestopft und kleine Reparaturen ausführen lassen, sie kam mit dem Hotel nie wieder auf einen grünen Zweig. Wenn sie ihrem Sohn freie Hand gelassen hätte, vielleicht, aber er konnte es erst nach ihrem Tod 1990 übernehmen. Und da war es schon zu spät. Als in den Achtzigerjahren dieses *loi littoral* verabschiedet wurde, haben sie ja quasi ihren Grund und Boden verloren. Das war das Aus.«

Duval nickte. Hier war das Gesetz unbarmherzig angewendet worden. »Ja, das hatte ich schon verstanden. Für die Werft müsste das doch auch gegolten haben, oder?«

»Ja, genau. Beides stand damals auf der Kippe. Aber die Werft hat sich durchgesetzt, das Hotel nicht.« Der alte Damien schwieg einen Moment und wischte sich erneut mit dem Taschentuch die Nase ab. »Wissen Sie, Jeannot hat dann gar nichts mehr gemacht, stritt sich nur herum und forderte, dass der Staat diese Arbeiten übernehmen würde und das Hotel verkam unterdessen immer mehr. 2010 hat die Stadt Cannes ihn dann enteignet, in der Annahme, dass der Staat nun das Hotel instand setzen würde, aber plötzlich hieß es, auf Sainte-Marguerite, die in der Zwischenzeit noch unter Naturschutz gestellt worden war, könne es zukünftig keine weiteren Baumaßnahmen geben und das Hotel müsse daher abgerissen werden. Die Stadt hat natürlich Einspruch erhoben, und ist ihrerseits bereit hier in ein Hotel zu investieren, aber bislang hat man sich nicht einigen können. Und das Hotel verkommt immer mehr, jahrelang haben dort immer wieder Leute illegal gehaust, und anstatt dass man die Fenster und Türen zugemauert hätte, hat man die Villa nur mit hässlichen Blechen umstellt. Das ist kein schöner Anblick, es tut uns allen weh hier und für Françoise ist das besonders schwer zu ertragen.« Nun wischte sich der Alte auch die Augen mit dem Taschentuch ab. »Und Jeannot ist wirklich aus Kummer gestorben, der Arme, er ist der Letzte, der hier auf der Insel geboren wurde – und jetzt ist er hier beerdigt. Waren Sie mal auf dem Friedhof?«

Duval nickte. »Gerade eben. Zufällig.«

»Haben Sie sein Grab gesehen?«

»Ja, das habe ich.« Duval nickte. »Ein gepflegtes Grab.«

»Ja«, der alte Damien lächelte leicht. »Ich gehe immer mal wieder hin und Françoise kommt auch regelmäßig. Schön, dass es Ihnen aufgefallen ist. Die meisten pilgern nur noch wegen Florence Arthaud hierher.«

Duval hob bedauernd die Schultern. Etwas sagte ihm, dass der auskunftsfreudige alte Mann, der seine Insel so liebte, vielleicht noch etwas mehr wissen konnte. Wenn er ihm nur die richtige Frage stellte.

»Sie leben also fast das ganze Jahr hier?«, wiederholte er seine Frage und achtete darauf, dass er das Wörtchen »fast« darin untergebracht hatte.

»Genau.« Der alte Mann lächelte leise. »Seitdem ich in Rente bin, seit 1995, um genau zu sein.«

»Sie kennen hier jeden, Sie kennen die Geschichte und vermutlich jeden Stein.«

»Richtig, jeden Stein, jede Bucht, vielleicht nicht jeden Baum, da ist Philippe noch besser, der kennt auch jeden Baum.«

»Der *Garde Forestier?*«

»Ja, Philippe, den haben Sie doch kennengelernt? Sie haben doch bei ihm übernachtet, oder? Ist ein komischer Kauz, aber er ist gut für die Insel.«

Duval nickte. Den Eindruck hatte er auch gewonnen. »Haben Sie Alice heute Morgen schon gesehen?«, fragte er unvermittelt.

Damien nickte und sah ernst aus. »Ja.« Er machte eine Geste Richtung Bistro. »Ist ein nettes Mädchen, aber auch ein bisschen ruhelos.« Er sah den Kommissar prüfend an und fuhr dann fort: »Und sie sucht sich immer den Falschen aus. Sie hat kein glückliches Händchen für Männer, scheint mir.«

Das waren auch Alices Worte gewesen heute Nacht, dachte Duval. Trotzdem fragte er: »Wie meinen Sie das?«

»Na, im Sommer habe ich sie immer mit einem der Segellehrer zusammen gesehen, so ein junger eitler Schnösel ...«, er verzog das Gesicht, »dann mit Philippe, das sah einen Moment ganz gut aus, aber hat wohl nicht geklappt, schade ... ich hätte ihr gewünscht, ein bisschen zur Ruhe zu kommen ... und jetzt ...« Wieder sah er den Kommissar an. »Ach, sie hätte einfach von Anfang an mich wählen sollen ...« Er blitzte den Kommissar aus seinen hellen Augen an und lachte dann. »Kleiner Scherz! ... Wissen Sie, ich mag sie gerne, die Alice, und ich glaube, sie mag mich auch, aber ich bin natürlich nur ein alter Opa für sie.«

»Wussten Sie, dass Alice neulich nachts ein Stelldichein mit einem der Jungs von der *Zephyr* hatte?«

Der alte Damien wiegte bedächtig den Kopf. »Wissen ist vielleicht ein bisschen viel gesagt, aber dass da was gelaufen ist, konnte ich mir an drei Fingern abzählen, so wie sie gestern ausgesehen hat. Aber auch da hat sie sich natürlich wieder in den Falschen verguckt. Sie hat einfach kein Händchen für Männer.«

Duval wurde hellhörig. »Wieso in den ›Falschen‹? Kannten Sie Sébastien Frénet?«

»Nein, absolut nicht, aber das wusste ich sofort ... das war so ein halbseidenes Bürschchen, ein kleiner Tunichtgut. Ich lass' mich ja nicht von einer hübschen Fresse und weißen Zähnen blenden. Ich hab' gleich gesehen, dass das ein Haldodri ist.«

»Warum? Haben Sie etwas bemerkt?«

»Naja, nichts Bestimmtes, aber ich sag' mal, diese Mischung aus großer Klappe und nichts dahinter, wissen Sie, ein bisschen Angeber, ein bisschen charmanter Frauenheld, einer, der weiß, dass er gut aussieht und welche Wirkung er hat, also diesen Kerlen begegne ich immer mit Misstrauen. Aber es wundert mich nicht, dass Alice sich in ihn verguckt hat. So ein Draufgänger, wissen Sie. Wundert mich auch nicht, dass der andere ihm folgte wie ein Hündchen.«

»Welcher andere?« Duval war nun ganz aufmerksam und versuchte sich in den Andeutungen des alten Damien zurechtzufinden.

»Na, der andere Maat, Lanvalle.« Der alte Damien sah Duval mit Schalk in den Augen an, zog erneut das Taschentuch aus der Hose und wischte sich langsam und umständlich die Nase ab. Duval spürte, dass der Alte Spaß daran hatte, das Pferd von hinten aufzuzäumen und ihm nur langsam preiszugeben, was er wusste.

»Wenn Sie mir auch sagen könnten, auf was Sie anspielen?«

»Natürlich kann ich Ihnen das sagen, jetzt wo sie sowieso beide tot sind, warum sollte ich es Ihnen nicht sagen. Wissen Sie, es ist nicht so, dass ich am Fenster stehe und lausche, Gott behüte, ich bin nicht neugierig, ich spioniere auch niemandem nach, es geht mich nichts an, was die anderen machen, verstehen Sie? Nur, auf so einer Insel ist es natürlich schon sehr speziell, man kriegt einiges mit, allein schon, weil wir so dicht aufeinanderhocken. Also hier unten im Dorf meine ich. Philippe da oben im Forsthaus kriegt vielleicht nicht so viel mit. Der geht auch nicht ins Bistro. Das ist ein Fehler, finde ich. Er trinkt keinen Alkohol, wissen Sie, insofern geht er nicht ins Bistro. Ich verstehe ihn irgendwie – aber ich finde, in seiner Position sollte er sich nicht so isolieren. Er muss ja keinen Alkohol trinken, aber ins Bistro sollte er gehen, hin und wieder zumindest. Das macht keinen guten Eindruck, wenn man sich so isoliert ...«

»Wollten Sie mir nicht von Frénet und Lanvalle erzählen?«, wagte Duval zu unterbrechen, da er das Gefühl hatte, dass Damien vom Thema abkam.

»Ja, sicher, verzeihen Sie, Sie haben recht, wo war ich stehen geblieben ...?!«

»Es ist nicht so, dass Sie am Fenster stehen und lauschen ...«, wiederholte Duval die Worte des Alten.

»Genau, nein, das mache ich nicht, es ist nur so, dass ich mit offenem Fenster schlafe und ich schlafe nicht mehr wie früher, ist wohl das Alter, früher hatte ich das nicht, da legte ich mich hin und schlief tief und fest bis zum nächsten Morgen.«

Duval spürte, wie er ungeduldig wurde, aber er bezähmte

sich und zwang sich, dem Erzählrhythmus des Alten zu folgen.

»Ich will sagen, jetzt schlafe ich schnell ein, aber ich wache immer wieder auf, dann drehe ich mich oft hin und her und manchmal mache ich das Licht an und versuche ein paar Kästchen im Kreuzworträtsel zu lösen. Aber nicht immer, meist liege ich nur wach und höre das Meer rauschen. Manchmal schlafe ich dann wieder ein. Und vorgestern Nacht, also in *der* Nacht, meine ich, da lag ich auch wach. Das war so gegen zwei Uhr morgens, ich habe auf die Uhr gesehen. Ich sehe immer auf die Uhr, als würde mir das was nützen zu wissen, ob es zwei Uhr ist oder drei oder vier ...«

Duval hustete und Damien sah kurz irritiert auf. »Ja, was wollte ich sagen? Ich war wach und so habe ich sie gehört.«

»WAS haben Sie gehört?« Duval verdrehte innerlich die Augen. Würde der alte Damien wohl noch zu Potte kommen mit seiner Erzählung?

»Zwei Männer, sie haben vor meinem Haus gestanden und geredet. Vermutlich dachten sie, sie redeten nicht laut, aber bei dem Regen und dem Wind spricht man automatisch immer lauter. Auf jeden Fall habe ich sie drinnen genau gehört, und das, ohne mir besondere Mühe zu geben. Und einer sagte: ›Schmink dir das ab, dafür ist es jetzt zu spät!‹ Der andere hat irgendwas gemurmelt, genau habe ich es nicht verstanden, ich habe vor allem den einen verstanden, der sprach laut, der schrie fast, der hat dann gesagt: ›Nun piss dir mal nicht in die Hose. Hast doch gesehen, wie wir den alten Sack kleingekriegt haben.‹ Dann hat er gelacht. Der andere sagte irgendwas und der Erste antwortete: ›Du bist ein Schlappschwanz! Aber lass mich nur machen, das kriegen wir schon hin.‹ Das war so das, was ich gehört habe.«

Der alte Damien sah den Commissaire zufrieden an. Er hatte seine Geschichte erzählt.

»Aha.« Duval war weiterhin aufmerksam. »Und warum haben Sie mir das nicht schon gestern erzählt?«

»Sie haben mich ja gestern nicht gefragt, Commissaire, und Sie hatten so viel anderes zu tun, da wollte ich Sie nicht stören. Und jetzt hat es sich einfach so ergeben, als wir von Alice sprachen und ihrem Umgang, nicht wahr?!« Damien lächelte fein.

»Gut«, Duval nickte und lächelte ebenso zurück. »Die beiden Männer also, das waren ...« setzte er an und ließ die Frage in der Luft hängen.

»Die beiden Maate von der *Zephyr*«, antwortete Damien, ohne zu zögern.

»Sind Sie sicher?«

»Aber ja, die hab' ich erkannt. Beide, auch wenn ich nicht genau verstanden habe, was der andere gesagt hat, seine Stimme habe ich schon wiedererkannt, ich hatte ja beide den ganzen Abend im Bistro gehört.«

»Und wer hat gesagt: ›Hast doch gesehen, wie wir den Alten kleingekriegt haben‹?«

»Frénet.«

»Sicher?«

»Aber sicher, der brüllte im Wind und sein Lachen habe ich erkannt.«

»Und der andere war wer?«

»Na, Lanvalle.«

»Und der ›Alte‹, von dem sie sprachen, das war Théolien?«

»Würde ich denken.«

»Sie haben die beiden gehört, aber nicht gesehen?«

»Doch, ich habe sie auch gesehen. Als ich das hörte, bin

ich nämlich aufgestanden und habe durch den Fensterladen gespickt. Es war dunkel, ich habe sie nicht gut erkannt, aber es waren zwei Männer, die Richtung Steg gelaufen sind.«

»Sicher nur zwei?«

»Ja.«

»Und sie liefen Richtung Steg zu den Booten? Da sind Sie sicher?«

»Absolut. Aber mehr habe ich nicht gesehen und auch nicht gehört, Monsieur le Commissaire. Es hat ja nur einen kurzen Moment gedauert, dann habe ich mich wieder hingelegt, und während ich noch darüber nachgedacht habe, was das wohl zu bedeuten hat, bin ich wieder eingeschlafen.«

Duval nickte und sah Damien in die Augen: »Gibt es noch etwas? Möchten Sie mir vielleicht noch etwas sagen?«

»Nein, nein.« Der alte Mann schüttelte den Kopf.

»Gut, dann danke ich Ihnen. Wenn Ihnen noch etwas auffällt oder wieder einfällt, sprechen Sie mich ruhig sofort an, ja?« Duval streckte dem Mann seine Hand entgegen.

»In Ordnung, Commissaire.« Damien lächelte und drückte Duvals Hand.

Duval ging nachdenklich weiter. Frénet und Lanvalle hatten also etwas gegen Théolien im Schilde geführt. Und Théolien hatte als Einziger überlebt. Zunächst ging er am Bistro vorbei, wo der böige Wind an den Fensterläden rüttelte. Eine Tür schlug laut krachend zu. Dieser Wind war anstrengend. Er wehte ihm mit einer Heftigkeit um die Ohren, dass Duval das Bedürfnis hatte, seinen Kopf zu schützen. Er fühlte sich schon ganz erschöpft, nur von dem Moment, den er mit dem alten Damien vor seinem Haus verbracht hatte. Die Halsschmerzen hatten auch nicht nachgelassen. So drehte er sich um, ging ein paar Schritte zurück und öffnete die Tür zum Bistro.

»*Bonjour*, Commissaire!« Alice sah ihn mit einem spöttischen Lächeln an. »Ah, und die Schuhe, der letzte Schrei in Cannes, vermute ich?!« Sie war offensichtlich gut gelaunt.

»Jaja, machen Sie sich nur lustig, Alice.« Duval grinste dennoch leicht.

»Oh, sind wir wieder beim Sie gelandet?« Sie zog spöttisch die Augenbrauen hoch.

»Dienst ist Dienst, *ma chère*, und haben nicht Sie mir von Ihrem Bedürfnis nach Diskretion auf dieser Insel erzählt?«

»Ah! Deshalb!« Sie nickte. »Dann danke ich für die Diskretion!«, sagte sie leise.

»Keine Ursache, Mademoiselle. Haben Sie gut geschlafen? Sie waren ja schon so früh auf heute.« Er sah sich um, das Bistro schien verwaist. »Sind Sie allein?«

»Aber Commissaire!«, sagte sie und riss die Augen gespielt schockiert auf, als sei seine Frage kokett gemeint.

»Oh, Alice, bitte, bleiben Sie ernst. Es ist wirklich nicht der Augenblick, um zu scherzen. Ich habe ganz andere Sorgen und außerdem habe ich rasende Kopfschmerzen und die Erkältungssymptome haben seit gestern Nacht eher noch zugenommen.«

»Vielleicht war das Aconitum zu schwach dosiert, lassen Sie mich überlegen ...«, dachte sie laut nach.

»Nein, Alice, bitte nicht noch andere Kügelchen, ich hätte gerne etwas Stärkeres«, bat Duval.

»Einen Grog also?«

»Meinen Sie das ernst?« Duval sah sie irritiert an. Er bezweifelte, dass die homöopathische Medizin als nächsthöhere Potenzierung von fünf in Wasser gelösten Zuckerkügelchen augenblicklich Rum in Wasser vorsah.

»Ja, warum nicht?«, fragte Alice ganz unschuldig.

»Für Grog ist es noch ein bisschen früh, finde ich, und mein Alkoholpegel ist noch nicht wieder auf dem Nullpunkt«, wandte er ein.

»Einen Tee mit Honig also?«

Duval verdrehte die Augen. »Sie hätten nicht einfach zwei Aspirin für mich? Propolis, Honig und alle diese Naturheilmittelchen in Ehren, aber ich vertraue auf die gute alte Medizin.«

»Ah, Propolis! Sie haben Philippe getroffen!« Sie lachte.

»Ja, er hat mir freundlicherweise auch trockene Klamotten und diese Gummistiefel geliehen, aber ich hätte wirklich gern zwei Aspirin.«

»Ich schau' mal, wir haben hier eine Kiste ...« Sie stellte sich auf die Zehen und streckte sich nach oben, sodass ihr Pulli hochrutschte und etwas von ihrem Bauch freigab.

Duval sah es mit Wohlgefallen. Sie zog eine Plastikbox aus einem Regal über dem Tresen heraus und stellte sie vor Duval. »Schauen wir mal, was wir da haben.« Sie nahm den Deckel ab und beide beugten sich gleichzeitig über die Plastikbox, sodass sich ihre Köpfe beinahe berührten. Duval spürte ihren Atem und musste daran denken, wie weich ihr Mund beim Küssen gewesen war ...

Hart öffnete sich die Tür und ein ungemütlicher Wind- und Kältestoß wehte in das Bistro. Alice zuckte zusammen und wich zurück. »Oh, Pascal!«, sagte sie und ihre Stimme flatterte leicht.

»Ja, ich bin es ... ich störe hoffentlich nicht?!«, fragte der Wirt anzüglich. Er hängte seine nasse Jacke an einen der Haken neben der Tür.

»*Bonjour,* Monsieur Moriani, keinesfalls, wie kommen Sie auf die Idee? Alice hatte die Freundlichkeit mir zwei Aspirin in Ihrem Apothekerkistchen zu suchen.«

»Zwei Aspirin, natürlich. Sind Sie krank?«

»Ich habe zumindest rasende Kopfschmerzen und fühle eine Erkältung kommen.«

»Und vermutlich wenig geschlafen?«, fragte der Wirt mit dem gleichen anzüglichen Ton.

»Wie man's nimmt, die Gedanken kreisten ... ich leide manchmal an Schlaflosigkeit ... Sie auch, wie ich sehe.« Er nahm ein Päckchen Noctamide aus der Medikamentenbox.

»Ich? Nein.« Er schüttelte den Kopf. »Ich schlafe wie ein Murmeltier.«

Duval nahm das zur Kenntnis. »Sie, Alice?« Duval wandte sich an Alice, die Tassen auf der Kaffeemaschine stapelte.

»Bitte?«

»Leiden Sie an Schlaflosigkeit?«

»Ich? Nein, warum?« Sie sah ihn dabei nicht an.

»Weil ich hier in der Kiste Noctamide gefunden habe, das ist ein starkes Schlafmittel.«

»Keine Ahnung.« Sie zuckte die Schultern, nahm nun einen feuchten Lappen und begann im Saal die Tische abzuwischen.

»Noctamide?« Der Wirt nahm Duval die Packung aus der Hand, besah sie sich kurz und legte sie dann zu den Medikamenten zurück. »Stammt vermutlich von einem der Gäste«, meinte Pascal Moriani. »Was meinen Sie, was bei uns alles liegen bleibt ... schauen Sie«, er wühlte nun selbst in der Box, »hier ist ein wildes Sammelsurium von allem ...« Er zog eine Flasche Sonnenmilch heraus, ein Asthmaspray, eine klebrige Flasche pinkfarbenen Hustensaft und eine Packung Antihistamin. »Wir haben was gegen Durchfall«, er hielt ein Blister hoch, in dem noch zwei kleine Kapseln steckten, »... gegen geschwollene Füße, gegen Sodbrennen, gegen Mücken ... und was ist das?« Er betrachtete ein kleines Döschen. »Ein Stärkungsmittel für Senioren«, er verzog das Gesicht. »Na, und schauen Sie, hier haben wir noch eine angebrochene Packung Actifed und Paracetamol in rauen Mengen ... und sogar lösliches Aspirin mit Vitamin C, *voilà* ... bedienen Sie sich.« Er schob alles in Duvals Richtung. »Und hier, nehmen Sie die auch noch.« Er streckte Duval eine kleine Tüte verklebter Honigbonbons hin.

»Ah danke! Und noch Honigbonbons ... wunderbar«, scherzte er ironisch. Aber der Wirt sah ihn verständnislos an. »Honig ist immer gut«, brummte er.

»Ich weiß.« Duval war resigniert. »Kann ich vielleicht ein Glas Wasser haben? Dann löse ich mir gleich zwei Aspirin auf.«

»Sicher doch.« Der Wirt stellte ihm ein hohes schmales Glas mit Wasser auf den Tresen.

»Was gibt's denn heute Leckeres zu essen?« Duval wechselte das Thema. Er hatte außer dem Kaffee nichts gefrühstückt.

»*Brandade de Morue*«, ließ Alice sich vernehmen.

»Wirklich?« Duval drehte sich zu Alice um. »Das habe ich ja schon ewig nicht mehr gegessen. Das ist eines meiner Lieblingsessen aus meiner Kindheit. Da freue ich mich aber. Haben Sie gekocht?«

»Ja, und in aller Herrgottsfrühe habe ich die Gräten einzeln mit meinen kleinen Händen herausgezogen.« Alice war ironisch.

Aber Duval gab vor, es nicht zu merken. »Toll! Deswegen waren Sie so früh auf?«

Sie verzog das Gesicht. »Nicht wirklich. Aber stimmt schon, die *Brandade* ist ein bisschen aufwendig, am längsten dauert das Enthäuten und Entgräten und natürlich das Entsalzen der *Morue*, aber das habe ich gestern schon begonnen.«

»Ja, ich erinnere mich, bei meiner Großmutter lag sie immer in einer Schüssel in der Badewanne und es lief tagelang frisches Wasser darüber.«

»Tagelang sicher nicht. Und so kann man das heute auch nicht mehr machen, bei den Wasserpreisen in der Stadt.« Das war der Wirt, der sich einmischte. »Und der Preis für den Stockfisch ist heute auch unanständig hoch. Da wird aus einem einfachen Essen ein Luxusgericht, das man sich fast nicht mehr leisten kann. Ich hoffe, du hast nicht die ganze Nacht das Wasser laufen lassen?«, herrschte er Alice an.

»Reg dich nicht auf. Natürlich nicht. Ich habe das Wasser nur stündlich gewechselt.«

Der Wirt schnappte nach Luft.

»Nicht heute Nacht«, fügte sie ironisch hinzu und zuckte mit den Achseln. »Was willst du? Willst du, dass sie total salzig ist, damit die Leute Getränke konsumieren?«

Der Wirt sah Alice verärgert an. »Du hast kein vernünftiges Maß, Alice. Ich kann es mir nicht leisten, Geld zum Fenster hinauszuwerfen, das ist es! Du kennst keine Grenzen, immer machst du von allem zu viel, nimmst zu viel ... für zwei billige Käsetoasts nimmst du ein halbes Pfund Butter und eine Menge an Käse und Schinken, die für zehn reichen würden. Das rechnet sich so nicht. So kann man doch kein Restaurant führen.«

»Restaurant!« Alice schnaubte. »Als wäre das hier ein Restaurant. Du machst Ausflugsgastronomie, nicht mehr! Und selbst da wollen die Leute gern gut essen.«

»Herrgott, Alice«, gab der Wirt zurück, »du hast keine Ahnung, ›die Leute wollen gut essen‹ – dann müssen Sie es aber auch bezahlen! Verstehst du das?« Er wandte sich jetzt an Duval. »Nichts für ungut, Monsieur le Commissaire, aber so einen *Croque Monsieur*, wie Alice Ihnen gestern Abend gemacht hat, den müsste ich pro Stück für mindestens fünfzehn Euro verkaufen, damit es sich rechnet. Aber für einen *Croque Monsieur* zahlt ja niemand mehr als sieben oder acht Euro. Also muss ich meine Ausgaben dafür anpassen. So ist es nun mal.«

»Dafür war er aber auch wirklich sehr gut«, beeilte sich Duval zu versichern und versuchte sich zu erinnern, wie viel Alice ihm dafür berechnet hatte. Zusammen mit dem Wein hatte er nicht mal zwanzig Euro bezahlt, was er aber mit einem Trinkgeld großzügig aufgerundet hatte. Das war aber natürlich auch nicht in der Kasse des Wirts angekommen. Und auch nicht so gedacht gewesen.

»Willst du, dass der Commissaire jetzt noch was nachzahlt, oder was?« Alice hatte genervt die Augen verdreht. »Das wirst du schon überleben, dass ich *einmal* etwas mehr Butter genommen habe, um *einmal* einen guten *Croque Monsieur* zu machen.«

»Einmal und noch einmal, macht schon zweimal ... du hast keine Grenzen! Es ist vor allem mein Geld, das du in die Pfanne wirfst! Ich muss rechnen, Alice! Hast du eine Ahnung davon, wie wenig am Ende hängen bleibt und wie hoch hingegen meine Abgaben sind. Weißt du, wie viel die URSSAF alle drei Monate von mir will? Fast alles, was ich einnehme, fließt in die Sozialversicherung. Ich arbeite quasi nur für die URSSAF, Halsabschneider sind das!« Er sah Duval direkt an. »Das kann man laut sagen und das können Sie ruhig hören!«

Duval zuckte mit den Schultern. Alle wollten immer nur vom Sozialstaat profitieren, aber niemand wollte mehr die

Leistungen dafür erbringen. Die URSSAF war allgemein unbeliebt, denn die Abgaben für die Sozialversicherung stiegen immer weiter an, weshalb es wieder vermehrt zu Schwarzarbeit kam, was die Spirale natürlich noch enger schraubte. Die strengen Kontrollen, die die URSSAF immer wieder durchführte, um gegen Schwarzarbeit vorzugehen, waren entsprechend gefürchtet.

Der Wirt hatte sich immer weiter ereifert: »... und meinetwegen Ausflugsgastronomie, das brauchst du gar nicht so verächtlich zu sagen, was ist so schlecht daran? Aber es muss sich vor allem rechnen, verstehst du das?«

Alice brummelte etwas Unverständliches und rückte quietschend die Stühle an einen Tisch.

»Nun«, sagte Duval, »ich gehe mal ... ich komme aber wieder für die *Brandade*«, versicherte er noch mit einem schiefen Lächeln, als er die Tür schloss. Dann öffnete er sie noch einmal und fragte: »Théolien haben Sie heute schon gesehen?«

»Nein.« Der Wirt war patzig. Auch Alice schüttelte nur den Kopf.

Wo war Théolien? Er müsste mit ihm noch einmal auf das Schiff gehen. Von Weitem sah Duval den Jungen der Schnyders, der am kleinen Strand nahe dem *Club Nautique* in den Wellen herumsprang. Er hatte Gummistiefel und eine rote Regenjacke an und stocherte mit einem langen Stock im Wasser herum. Gerade hatte er eine Plastiktüte aufgefischt und wedelte wild damit herum. Duval dachte an Matteo und Lilly. Vielleicht sollte er Hélène noch einmal anrufen. Er blieb stehen und zog sein Mobiltelefon heraus, erinnerte sich aber, dass der Akku fast leer war, und steckte es resigniert wieder ein. Als er den Blick hob, sah er, dass die blonde Madame Schnyder ihm vom Deck der *Melodie* aus zuwinkte. Er hob die Hand und grüßte zurück. Vielleicht war es, weil er die Atmosphäre auf dem Boot der Schnyders als angenehm empfunden hatte, vielleicht war es aber auch das, was man Intuition nannte, dachte er später.

Froh, dem Wind, der schon wieder an ihm zerrte, einen Moment zu entgehen, stieg Duval unter Deck, wo es ihm kurz den Atem verschlug. Es war warm und stickig und roch ungelüftet. Der Kontrast mit der frischen klaren Luft hätte nicht stärker sein können. Aber Madame Schnyder strahlte ihn so herzlich an, als sei er ein Freund der Familie. Auch Xavier Schnyder, der am Kartentisch gesessen hatte, stand auf, schüttelte ihm freundlich die Hand und machte eine Geste in Richtung der fest eingebauten Sitzgruppe: »Setzen Sie sich, Commissaire.«

Madame Schnyder bekräftigte die Einladung: »Wärmen Sie sich einen Moment auf, der Wind ist anstrengend! Clément scheint davon allerdings nichts zu spüren. Er ist schon seit Stunden draußen, den hält es bei keinem Wetter drinnen«, erzählte Madame Schnyder. »Möchten Sie einen Tee? Oder einen Kaffee?«

»Vielleicht einen Tee«, überlegte Duval, schluckte probehalber seinen Speichel herunter und fuhr mit der Zunge am Gaumen entlang. Der Rachenraum war leicht geschwollen. »Einen Tee«, bekräftigte er.

»Haben Sie Halsschmerzen?« Stéphanie Schnyder sah ihn aufmerksam an.

»Ja, merkt man das?«

»Na, wenn man einen kleinen Jungen hat, der bei jedem Wetter draußen ist, dann erkennt man die Symptome … ich mache Ihnen einen Tee mit einem Löffel Honig. Honig ist gut bei Halsweh.«

»Ja, das habe ich jetzt schon mehrfach gehört«, seufzte Duval. Offenbar war er umzingelt von Anhängern der alternativen Medizin.

»Quarkwickel sind auch gut, aber das möchte ich Ihnen dann doch nicht anbieten«, lachte Stéphanie Schnyder, während sie den Wasserkocher anschaltete.

Duval musste ebenfalls lachen. »Das würde ich auch entschieden ablehnen.« Er fühlte sich augenblicklich wohl bei den Schnyders und den stickigen Geruch, der ihn eben noch gestört hatte, nahm er schon nicht mehr wahr.

»Nun«, fragte Xavier Schnyder, »gibt es schon neue Erkenntnisse?«

Duval machte ein unbestimmtes Geräusch. Auch wenn er die Schnyders sympathisch fand, würde er ihnen doch keine Auskünfte über den Stand der Ermittlungen geben. Der Stand der Ermittlungen … er wusste selbst nicht, wie weit er eigentlich war. Sicher war nur, dass er keine Unterstützung bekommen würde. Heute zumindest kam keine Fähre und somit auch kein Polizeitechniker, kein Gerichtsmediziner, keine Richterin. Das immerhin konnte er ihnen sagen.

»Oh!« Madame Schnyder sah ihn überrascht an. Monsieur Schnyder rieb sich nachdenklich über das Kinn.

»Ich wollte Sie noch einmal fragen«, begann Duval und sah dabei von Monsieur zu Madame Schnyder, hielt dann inne und fragte: »Ihr Skipper ist wo?«

»Draußen irgendwo, vermute ich«, antwortete Xavier Schnyder.

Duval nahm das zur Kenntnis und setzte erneut an: »In der fraglichen Nacht, Sie haben da wirklich nichts gehört? Keinen Streit, Schreie oder auch nur irgendein fremdartiges Geräusch, was weiß ich?«

»Nein«, Monsieur Schnyder schüttelte den Kopf. »Das hätte ich Ihnen sonst bereits gesagt.«

Auch Stéphanie Schnyder verneinte. »Ich schlafe ziemlich fest, ungewöhnlich für eine Mutter, ich weiß. Man sagt ja immer, dass Mütter einen leichten Schlaf haben und vom geringsten Geräusch wach werden. Ich aber schlafe. Und die Seefahrt macht mich zusätzlich müde, der Wind vor allem. Das Meer scheint mich geradezu hypnotisch in den Schlaf zu wiegen.«

»Und Ihr Skipper, meinen Sie, der hat etwas gehört?«

»Das hätte er gesagt.« Xavier Schnyder. »Dan ist völlig korrekt. Ich vertraue ihm hundertprozentig. Wenn er etwas bemerkt hätte, wüssten Sie es schon.«

Einen Moment schwiegen alle. Duval rührte mit einem Löffel etwas von dem Honig, den Stéphanie Schnyder auf den Tisch gestellt hatte, in seinen Tee und führte dann die Tasse zum Mund. Er trank einen kleinen Schluck, aber der Tee war noch zu heiß.

»Wir liegen auch ein gutes Stück weg von der *Zephyr*«, erläuterte Monsieur Schnyder weiter, »und dann noch auf der anderen Seite vom Steg. Bei Windstille hätte man möglicherweise etwas hören können, aber bei diesem Ostwind, bei diesen Wellen, bei dem Ächzen und Knarren der Boote ...« Er schüttelte den Kopf. »Sie kriegen mit, was unter dem Boot passiert und selbstverständlich alles auf Deck, aber sonst ... das hören Sie ja selbst, wie laut es ist.«

Ja, Duval verstand. Eigentlich hatte er keine weitere Frage mehr, aber er hatte seinen Tee noch nicht getrunken, insofern blieb er sitzen und rührte nachdenklich mit seinem Löffel in der Tasse herum.

»Was halten Sie von Alice Beradier?« Die Frage kam unvermittelt und er schien selbst überrascht, dass er sie laut ausgesprochen hatte.

Die Schnyders sahen ihn überrascht und erstaunt an.

»Nun ja«, Xavier Schnyder schien etwas verlegen, »wie soll ich sagen ...« Er wand sich und sah seine Frau an.

»Ah, dich hat sie also auch an der Angel!« Stéphanie Schnyder lachte, aber sie sah wenig amüsiert aus. »Etwas mannstoll, wenn Sie mich fragen.«

Xavier Schnyder sah resigniert aus und zuckte die Achseln. »Ich würde es nicht so hart ausdrücken, aber sie ist schon sehr ... anziehend. Mich erinnert sie mehr an eine Sirene, eine Meerjungfrau, verführerisch und irgendwie unerreichbar.«

»Oh, là, là!« Madame Schnyder zog die Augenbrauen hoch. »Eine kleine Meerjungfrau«, sagte sie mit kindlicher Stimme, »wie niedlich«, und sah ihren Mann abschätzig an. »Nein, wirklich«, ihre Stimme klang streng und verächtlich, »ich weiß nicht, was ihr alle an ihr findet, ›Meerjungfrau‹, *tss*, sie ist mannstoll und vulgär, das ist sie.«

»*Chérie*, bitte – ich konstatiere nur, nichts weiter.« Xavier Schnyder wandte sich an Duval. »Ich denke, Alice ist in Wirklichkeit etwas verloren im Leben. Also, das ist das, was ich spüre. Und ich glaube, sie weiß es selbst nicht einmal.«

Stéphanie Schnyder verdrehte die Augen: »Ein Fall von männlicher Intuition. Ich hätte nicht vermutet, dass du dir schon so viele Gedanken um sie gemacht hast.«

»*Chérie*, ich versuche dem Commissaire eine kohärente Antwort zu geben, das ist alles.«

Duval fühlte sich unbehaglich und trank stumm seinen

Tee. Während er noch überlegte, ob er etwas Versöhnliches beitragen könnte, hörte er plötzlich die Stimme des Jungen, der angerannt kam. »Maman! Maman!« Seine Füße trappelten auf Deck, er riss die Luke auf und sprang beinahe gleichzeitig mit einem großen Rums von Deck in den Salon, wie bei einer Zirkusvorstellung. »Schau, was ich gefunden habe!«, rief er atemlos.

»Clément!«, riefen Stéphanie und Xavier Schnyder streng und wie aus einem Mund. »Du bist ja vollkommen nass!« Stéphanie Schnyder war aufgesprungen und schrie fast. »Die Schuhe aus!«, brüllte sein Vater. Dann riefen beide durcheinander: »Was ist passiert?« – »Was hast du nur gemacht?« – »Wo ist deine Jacke?« Seine Mutter holte eilig ein großes Frotteetuch, mit dem sie ihn umhüllte und abtrocknete. »Wie du aussiehst! Hast du Guten Tag gesagt?!«

*»Ouais, bonjour, Commissaire!«*, sagte Clément schnodderig und strahlte unter dem Handtuch hervor. Sein Gesicht war rot erhitzt. Eine nasse blonde Haarsträhne klebte auf seiner Stirn. Er hatte die Ärmel seines Pullovers bis zu den Schultern hochgeschoben, die Jeans, die er in die Gummistiefel gesteckt hatte, war bis zum Hintern nass geworden. Völlig unberührt vom Geschimpfe seiner Eltern hielt er ohne ein Wort zu sagen triumphierend seine Trophäe hoch. »Hab' ich gefunden!«

Ein Messer. Die schmale Form war nicht zu verkennen. Es war ein relativ großes aufgeklapptes *Laguiole*. Mit einem einfachen schwarzen Horngriff und Messingbeschlägen.

Bingo!, dachte Duval.

Und wieder redeten beide Eltern gleichzeitig heftig auf ihren Sohn ein. »WO ist deine Jacke?«, insistierte seine Mutter, »WO hast du das gefunden?«, fragte sein Vater. »Und warum bist du so nass?«

»Im Wasser, ich hab's im Wasser gefunden«, gab der Junge endlich Auskunft.

»Wo ist deine Jacke?«, fragte seine Mutter zum dritten Mal.

»Herrgott, Stéphanie, es ist doch völlig unwichtig, wo diese verdammte Jacke ist!« Xavier Schnyder war ungehalten. »Im Wasser, wo im Wasser? Wieso bist du bei diesem Wetter überhaupt ins Meer gegangen? Bei diesem Wellengang?«, drang er dann in seinen Sohn.

Aber Clément antwortete nicht. Er strahlte noch immer über das ganze Gesicht und streckte das Messer nun feierlich dem Commissaire entgegen, den er als dafür befugte Autorität einschätzte. Duval zog ein Taschentuch aus der Jackentasche und nahm damit das Messer vorsichtig aus den Händen des Jungen entgegen. »Wo hast du das Messer gefunden?«, fragte nun auch Duval. »Im Wasser«, wiederholte der Junge schlicht, als wäre damit alles gesagt.

»Wo genau? Dort, wo ich dich vorhin gesehen habe? Am Strand vor dem *Club Nautique?*«

»Ja.« Der Junge nickte. »Ich habe Strandgut gesammelt. Ich habe noch ganz viel anderes gefunden«, sagte er eifrig und begann seine feuchten Hosentaschen auszuleeren: Er legte ein langes Stück sandige orangefarbene Plastikkordel, ein an den Rändern abgeschliffenes Stück einer hellblau gemusterten Kachel, ein gelbes Plastikfeuerzeug, eine verschrammte Sonnenbrille mit nur einem Bügel und einige Muscheln auf den Tisch. »Und dann sah ich etwas im Wasser blitzen, ich dachte, das ist vielleicht eine alte Münze von einem Piratenschiff und wollte sie unbedingt haben. Ich habe versucht, sie mit dem Stock rauszuholen, aber sie ist mir immer wieder entwischt, deshalb musste ich dann reingehen ins Wasser. Und dann war es gar keine Münze, sondern ein Messer!« Er hatte mit all seinen Funden auch jede Menge feuchten Sand ausgeleert, der nun auf dem Tisch und dem Holzboden verteilt war.

»Der Sand, Clément!«, schimpfte seine Mutter und fragte erneut: »Und wo ist bitte deine Jacke?« Xavier Schnyder verdrehte die Augen.

»Die habe ich ausgezogen und über den Zaun gehängt«, gab der Junge endlich Auskunft. »Ich wollte nicht, dass sie nass wird, deshalb.«

Duval hielt das Messer unter eines der Halogenlämpchen in der Decke und betrachtete es eingehend. Es wog schwer in seiner Hand. Es war ein echtes *Laguiole* mit einem Horngriff und Messingbeschlägen, keine der vielen Nachbildungen, die es auf dem Markt gab. *Laguiole Aveyron* war auf die Klinge aus Sandvikstahl graviert. Der Rücken wies die typische Fliege auf, war jedoch nur wenig verziert. Klinge und Griff waren abgenutzt und die Klinge war fleckig. Duval spannte Mittelfinger und Daumen auseinander und maß damit die Länge des Messers. Es passte genau in seine Spanne: 22 cm. Die Klinge dürfte also etwa zehn Zentimeter lang sein.

»Meinen Sie, das ist ein Messer von dem Piratenschiff?«, fragte Clément aufgeregt.

Duval war irritiert. Sprach der Junge von der *Zephyr*? »Was für ein Piratenschiff meinst du?«, fragte er vorsichtig.

»Na, das, das hier untergegangen ist!«

»Davon weiß ich gar nichts.« Duval sah fragend Monsieur und Madame Schnyder an.

Madame Schnyder hatte sich wieder gefasst und erklärte: »Ich glaube, Clément hat sich in seiner Fantasie ein paar Fakten zusammengemixt. Es gibt hier vor der Insel zwei Schiffswracks, aus denen Dinge geborgen worden sind, die man im Museum besichtigen kann. Wir waren dort vorgestern Nachmittag«, fügte sie erklärend hinzu. »Das waren aber Handelsschiffe, eines aus römischer Zeit, das andere aus einer späteren Zeit ist wohl arabischen Ursprungs. In dem Zusammenhang war auch die Rede von den Sarazenen, die zu dieser Zeit bis nach Garde Freinet gekommen sind, und der Guide sprach auch von Piraten, die es hier in der Gegend natürlich auch immer gegeben hat. Und ich glaube, mit all den Fakten von Eroberungen und Rückeroberungen hat Clément sich das Handelsschiff als Piratenschiff vorgestellt. Nicht wahr, Clément?«

»Hmm.« Clément verzog gekränkt das Gesicht.

»Manche der geborgenen Gegenstände sind übrigens geradezu unfassbar gut erhalten, Geschirr und Amphoren zum Beispiel. In den Amphoren, in denen Lebensmittel transportiert worden sind, hat man zum Beispiel noch richtige Haselnüsse gefunden. Haselnüsse, die zweitausend Jahre alt sind! Das hat Clément auch sehr beeindruckt.« Madame Schnyder sah ihren Sohn aufmunternd an. Aber angesichts des frisch gefundenen Messers konnte Clément nicht mehr von irgendwelchen Haselnüssen beeindruckt sein, seien sie auch noch so alt.

»Stammt das Messer also von einem der Schiffe?«, fragte er erneut den Kommissar.

»Ich glaube nicht, dass dieses Messer von einem der Schiffswracks stammt«, antwortete Duval nun und sah Clément ernst an. »Es ist aber ein schönes Messer, ein echtes *Laguiole*-Messer, oder kurz *Laguiole*. Es heißt so, weil es in dem Dorf Laguiole im Aveyron hergestellt wird. Es gibt dort mehrere Messerschmieden. Siehst du, hier steht es.« Er zeigte dem Jungen die Gravur. »Die schmale Form ist ganz typisch. Und diese Fliege hier auf dem Rücken ist auch ein

Markenzeichen dieser Messer und diese Verzierungen ebenso.« Er zeigte sie dem Jungen. »Da gibt es ganz viele verschiedene, und mit den unterschiedlichen Materialien, die für die Griffe verwendet werden, hat man das Gefühl, dass jedes Messer nur einmal existiert.« Clément nickte und sah das Messer ehrfürchtig an. »Es ist ein Klappmesser, aber ich möchte es jetzt nicht einklappen, sondern so lassen, wie du es gefunden hast. Ich weiß nicht genau, seit wann es diese *Laguiole*-Messer gibt, seit Beginn des 19. Jahrhunderts, glaube ich, das ist zwar schon eine lange Zeit, aber eben nur zweihundert Jahre her. Die Schiffswracks liegen hier aber schon bestimmt seit tausend Jahren.« Duval sah Clément an. »Verstehst du?« Der Junge nickte. »Und dieses Messer ist zwar schon ein paar Jahre lang benutzt worden, aber es ist sicher keine hundert Jahre alt.«

»Aber warum lag es dann im Wasser?«

»Das ist eine gute Frage und darüber habe ich auch gerade nachgedacht.«

»Glauben Sie, das ist eine Tatwaffe?«, fragte Clément nun weiter.

»Clément!«, rief seine Mutter ungehalten.

Duval sah Clément ernst an. »Woher hast du denn diesen Ausdruck? Und wie kommst du darauf, dass es eine Tatwaffe sein könnte?«

Stéphanie Schnyder hielt beinahe die Luft an und Clément bekam einen roten Kopf. »Weil, weil ... weil ich so was gehort habe. Der alte Damien hat mit dem Skipper geredet und der Skipper hat gesagt, er glaube nicht, dass er sein Messer zurückbekommt, weil es eine Tatwaffe ist und dass das verdammt schade ist, weil er so viele Erinnerungen hat mit dem Messer. Und ich dachte, wenn er schon sein Messer nicht zurückhaben kann, dann kann er vielleicht das hier haben? Damit er wieder ein Messer hat, meine ich. Aber vielleicht ist es auch eine Tatwaffe?«

»Das weiß ich auch noch nicht, Clément. Aber ich glaube eher nicht, dass der Skipper dieses Messer bekommen kann. Es ist auf jeden Fall ein wichtiger Fund.« Duval sah Clément ernst an, der vor Stolz zu wachsen schien. »Aber ich muss es an mich nehmen und untersuchen lassen, vielleicht wissen wir dann, wem es gehört und warum es hier im Wasser gelegen hat, verstehst du?«

»Hmmm«, machte der Junge.

»Und noch etwas muss ich dir sagen: Du hast dich beim Herausfischen in Gefahr gebracht, die Wellen sind stark und unberechenbar, du hättest dabei leicht ertrinken können.«

»*Pah*, ich kann doch schwimmen!«, widersprach Clément großspurig.

Duval sah Stéphanie und Xavier Schnyder an. »Nun, ich denke, das besprechen Sie drei noch einmal alleine.« Dann wandte er sich erneut an Clément. »Du solltest dich umziehen und vielleicht heiß duschen und etwas Warmes trinken, damit du dich nicht erkältest und später, wenn du dich wieder aufgewärmt hast, dann zeigst du mir noch einmal genau, wo du das Messer gefunden hast, ja?«

»Ja!« Clément strahlte noch immer rot erhitzt vor Wichtigkeit.

»Nein, wissen Sie was, wir machen das sofort. Ich denke, das ist wichtig und so kann ich gleich Cléments Jacke holen.« Stéphanie Schnyder war entschieden.

Clément zeigte Duval und seinen Eltern den Ort, an dem er sein Strandgut gefunden hatte, noch immer sah man seine kleinen Gummistiefelabdrücke im Sand und der lange Stock, mit dem er im Wasser herumgestochert hatte, lag ebenfalls noch da. Gleichzeitig fanden sie Cléments rote

Regenjacke wieder, die an einem Holzpfosten am Eingang des *Club Nautique* hängend noch immer flatternd dem Wind trotzte.

Auch wenn Clément den Sinn des Wortes »Tatwaffe« nicht richtig verstanden hatte, so war es doch das, worüber Duval nachdachte, als er die Schnyders verlassen hatte. War dies das Messer, mit dem Frénet erstochen worden war? Ein zweiter Mord, ein zweites Messer … und vielleicht sogar ein zweiter Mörder?

# 7

Théolien war allem Anschein nach nicht auf der *Zephyr*, er war nicht bei dem alten Damien und er war ebenso wenig zum Essen im Bistro erschienen. Duval behielt seine Jacke an und rieb sich die Hände, so richtig warm war es nicht in dem Bistro, aber er war schon froh, dem Sturm für einen Moment entkommen zu sein. Die Stimmung im Bistro schien etwas weniger explosiv, Alice zumindest lächelte ihm zu, als er eintrat. Der Wirt war nirgends zu sehen. »Ich hatte schon Angst, dass Sie sich jetzt nicht mehr zum Essen hertrauen, weil Pascal vorhin wegen des *Croque Monsieur* gemeckert hatte«, sagte sie. »Das war mir total unangenehm, dass er Ihnen das reindrücken musste. Wie kleinlich, wirklich.«

Er lachte. »So empfindlich bin ich nicht, keine Sorge, dann könnte ich meinen Job auch nicht machen, glauben Sie mir. Und wenn ich Hunger habe, sind mir solche kleinen atmosphärischen Störungen gleich völlig egal.«

»Die *Brandade* also?«

»Natürlich. Darauf freue ich mich schon die ganze Zeit.«

Sie druckste ein bisschen herum. Leise sagte sie: »Sie ist etwas teurer als das übliche Tagesgericht. Tut mir leid.«

Duval zog die Augenbrauen hoch. Da musste wohl jemand den Chef markieren. Aber er machte eine wegwerfende Handbewegung. »Egal. Wenn sie gut ist.«

»Ja, sie ist wirklich selbst gemacht, kein Tiefkühlfertiggericht«, beteuerte Alice. Sie beugte sich vor und sagte leise: »Ich habe sie nach einem Rezept von Ducasse gemacht!«

»Ducasse?«

»Ja, Alain Ducasse. Der Sternekoch. Kennen Sie ihn nicht?«

»Doch, doch natürlich, aber naja, was heißt kennen?! Ich hätte ihn nur nicht mit einer *Brandade* in Verbindung gebracht. Da fällt mir eher die Werbung mit den drei alten bretonischen Damen ein, wissen Sie, die, die immer so empört ›*Piraten!*‹ rufen.«

»Oh!« Alice schien entsetzt. »Sagen Sie nur, Sie essen das vorproduzierte Zeug? Genau daher kommt der schlechte Ruf der *Brandade*. Weil sie keiner mehr selbst machen will und schon gar nicht mit dem echten Stockfisch. Und die *Brandade* kommt übrigens nicht mal aus der Bretagne, sondern aus Nîmes, und dort machen sie das Ganze ohne Kartoffeln.«

»Ah, danke, wieder was gelernt.« Duval sah sie amüsiert an. »Nein, keine Sorge, Fertiggerichte esse ich gar nicht«, beteuerte Duval dann brav, »wenn ich denn mal selbst koche, dann wird es ein schönes *Entrecôte* oder eine *Bavette* ohne alles. Aber meistens gehe ich essen und jetzt freue ich mich auf Ihre *Brandade* à la Ducasse.« Duval setzte sich an denselben Platz wie am Vorabend, fast schon sein Stammplatz, dachte er.

»Was möchten Sie dazu trinken? Wieder den Rotwein?«

»Lieber ein Glas Weißwein. Haben Sie einen offenen Weißwein?«

Sie schüttelte bedauernd den Kopf. »Nicht mehr. Wir sind am Ende der Saison.« Sie zögerte. »Aber wissen Sie was, ich mache Ihnen eine Flasche auf. Mit der *Brandade* nehmen vielleicht auch noch andere einen Weißwein.«

»Das wird Pascal vielleicht nicht gefallen«, gab Duval zu bedenken. »Wo ist er überhaupt?«

Sie machte eine wegwerfende Handbewegung. »Ach der ... schmollt vermutlich irgendwo.« Sie verdrehte die Augen. »Ich hasse seine Pfennigfuchsermentalität. Man muss doch gut essen können, oder? Er glaubt, er kann sich diese mittelmäßige Küche leisten, weil er das einzige Restaurant hier hat und weil er während der Saison ohne Probleme jeden Tag hundert Essen an Tagestouristen verkauft, die er nie wiedersieht. Und weil die Leute den Blick von der Terrasse so toll finden, dass ihnen das Essen egal ist. Aber ich finde, wenigstens jetzt, nach der Saison, wo wir unter uns sind, kann man sich doch was richtig Gutes gönnen, auch wenn es nur einfache Gerichte sind, oder? Aber er ist das Rechnen und Knausern so gewohnt, dass er gar nicht mehr anders kann. Nur beim Wein hat er ein Händchen. Das muss ich ihm lassen. Aber wenn ich die Flasche heute glasweise verkaufe, kann er gar nichts wollen.« Sie verschwand und kam mit einer Flasche in der Hand zurück. Wie in einem Stummfilmwerbespot hielt sie sie von Weitem hoch, zeigte darauf und formte unhörbar, aber deutlich das Wort »Picpoul« mit dem Mund. Sie sah ihn mit gespielt aufgerissenen Augen fragend an.

Er musste lachen. Sie war wirklich niedlich. Er nickte und hob den Daumen. Picpoul aus dem Hérault war sehr in Ordnung.

Der Wirt kam mit zwei Armen voll Holz herein, das er laut polternd neben den Kamin fallen ließ. »Verzeihung«, sagte er und sah sich im Bistro um. Er nickte Duval zu. Dann machte er sich daran, ein Feuer im Kamin anzuzünden. Er knüllte Zeitungspapier zusammen und legte kleine Stücke Holz darüber und schließlich schichtete er drei größere

Scheite Holz darauf. Mit einem Streichholz brachte er das Papier zum Brennen und schnell sprangen die Flammen auf das Holz über. Der Sturm heulte im Kamin, aber er zog gut ab und das Feuer knisterte und flackerte und gab dem großen leeren Raum sofort ein wohligeres Ambiente. Wärmer wurde es auch. Zumindest in der Nähe des Kamins.

Ehe er es sich versah, stand ein dampfendes Auflaufförmchen vor ihm. Die *Brandade* war leicht gratiniert und ihm lief das Wasser im Mund zusammen. Das cremige Gericht mit den Fischstückchen erinnerte ihn an früher. Es war eines der allgemein unbeliebten Freitagsessen in der Schulkantine, meist war es da trocken, weil mit pappigem Kartoffelpüree und zu wenig Fisch gemacht, aber er hatte es erstaunlicherweise dennoch immer gemocht. Aber es war sicherlich nur ein Abklatsch dessen gewesen, was er hier vor sich stehen hatte. Er wusste nicht, was das Rezept von Herrn Ducasse ausmachte, aber es war sehr gelungen und er kratzte die Auflaufform genüsslich leer und wischte sie zusätzlich mit etwas Weißbrot aus.

Nur die Brüder Michelet waren zum Essen im Bistro erschienen und später kamen noch die Schweizer samt ihrem Skipper hinzu. Sie hatten sich in die Nähe des Kamins gesetzt und redeten und lachten jetzt miteinander. Es war vermutlich unmöglich mit den schwatzhaften Brüdern nicht zu reden. Pat Michelet versuchte mit launigen Sprüchen auch Alice am Tisch festzuhalten, die aber immer wieder schnell davonhuschte und vorgab, in der Küche zu tun zu haben. Man hatte Duval freundlich gegrüßt, Clément, frisch gekämmt und offensichtlich in trockenen Kleidern, hatte ihm zugewinkt, aber niemand hatte gewagt, sich an seinen Tisch zu setzen oder ihn an seinen Tisch gebeten. Er hörte, wie Clément den Brüdern stolz von seinem Fund erzählte.

Er hatte es ihm nicht verboten, was er jetzt bedauerte, aber vielleicht wäre es auch nicht möglich gewesen. Der Messerfund würde schnell die Runde machen. Nun gut, dann war es eben so. Vielleicht passierte dadurch etwas.

Santo Orsini tauchte nun auch noch überraschend im Bistro auf und musterte den Commissaire von Weitem. »Darf ich?«, fragte er am Tisch des Brüderpaares, das ihn bereitwillig einlud, sich dazuzusetzen. Ein Gesprächspartner mehr, umso besser. Und vielleicht ließ sich daran noch ein Kartenspiel anschließen, was blieb auch sonst zu tun, bei diesem Wetter.

»Brav aufgegessen.« Alice hatte einen Grundschullehrerinnenton aufgesetzt. »Da gibt es morgen gutes Wetter.«

»Wenn es danach ginge, müsste es jetzt auch schon gut sein. Ich esse nämlich immer alles auf, vor allem, wenn es gut ist.«

»Na, ich habe den Wetterbericht gehört, morgen wird es besser«, erklärte sie. »Bleiben Sie bis morgen?«, fragte sie dann wie leichthin und versuchte einen unschuldigen Blick.

»Ich weiß es nicht, Alice.« Er wusste es wirklich nicht.

»Ein Dessert vielleicht?«, fragte sie.

»Warum nicht. Haben Sie noch ein Stück von der Apfeltarte?«

»Wo denken Sie hin ... ich habe aber frische *Îles Flottantes* gemacht, mit einer echten *Crème Anglaise*, keine angerührten Pülverchen! Wollen Sie ...?!«

»Was für eine Frage!«

»Kompliment, Alice, Sie sind wirklich eine tolle Köchin!«, sagte Duval anerkennend.

Sie strahlte über sein Lob und sah für einen Moment aus wie ein stolzes kleines Schulmädchen.

»Ich kann mich nicht erinnern, wann ich die *Îles Flottantes* das letzte Mal so leicht und locker gegessen habe. Normalerweise ist der Eischnee pappig wie Styropor oder gummiartig. Und Ihre *Crème Anglaise* … ein Gedicht!«, fügte Duval hinzu.

»Ah, nein, normalerweise ist es so, wie Sie es hier haben«, sagte sie entschieden. »Styropor und Gummi sind *nicht* normal, aber man muss sie eben frisch machen, das ist nicht immer möglich. Und die *Crème Anglaise* würde Pascal nie so machen, deutlich zu viel Aufwand. Aber ich hatte Lust darauf …« Sie lachte verschmitzt.

»Sie werden wieder Ärger bekommen …«

»Ach was«, wehrte sie ab. »Es schmeckt ihm ja auch, er kann es nur nicht zugeben.«

»Sie könnten gut ein eigenes kleines Restaurant aufmachen, wäre das nichts? Wenn Sie in Cannes blieben, wüsste ich jede Menge Menschen, die gerne jeden Mittag zu Ihnen kämen.« Duval sah sie verschmitzt an. »Mich eingeschlossen«, fügte er hinzu.

»Sie meinen, ich solle die *Flics* bekochen?!« Alice riss die Augen auf und sah ihn kurz entsetzt an.

Es war wie eine Ohrfeige. Duval wurde sachlich. »Schon gut. War nur eine Idee. Vergessen Sie's.«

»Entschuldigung.« Sie sah zerknirscht aus. »Aber ich …«

»Vergessen Sie's, Alice. Bringen Sie mir noch einen Kaffee und dann die Rechnung, ja?«

Duval war nach dem Essen erneut die kleine Straße des Inseldorfes abgelaufen und hatte sich wieder Richtung

*Zephyr* bewegt. Einen Moment hatte er dem tosenden Sturm und Regen getrotzt und auf dem Steg ausgeharrt, während ihm Regentropfen ins Gesicht peitschten und der Wind an seiner Jacke zerrte. Mehrfach hatte er den Skipper gerufen, aber nichts rührte sich auf dem Schiff, das sich ächzend und knarzend im Wind und den Wellen bewegte. Duval betrachtete beeindruckt die rhythmischen Bewegungen der beiden hohen Maste. Die Wellen schlugen hart an den Rumpf des Schiffes und Gischt spritzte hoch. Duval wich zurück. Seine Hose war bereits jackenabwärts vom Regen durchnässt und die Tropfen liefen ihm vom Rand seiner Kapuze über die Stirn. Duval fühlte eine leichte Unruhe in sich aufsteigen, die ihn selbst überraschte. Wo war Théolien? Im Prinzip war Duval ein ruhiger und unaufgeregter Typ, der sich nicht voreilig irgendwelche Schreckensszenarien ausmalte. Aber in seinem Kopf gab es plötzlich ein hässliches Bild: Was, wenn der Skipper nun auch in seinem Blut auf dem Schiff lag? Sollte Duval auf dem Schiff nachsehen? Keinesfalls würde er das große Schiff mit einer der Leinen heranziehen, wie er es bei Théolien gesehen hatte, er würde es nur ruinieren, das war sicher. Ohne Hilfe eines Bootskundigen würde er sich nur lächerlich machen und niemals auf das Schiff gelangen. Er drehte sich Hilfe suchend um. Aber die kleine Schiffswelt war noch im Bistro versammelt. Daran hatte er nicht gedacht, als er sich auf den Weg gemacht hatte. Nun, vielleicht könnte er Dan oder Xavier Schnyder schon loseisen. Er machte ein paar Schritte und blieb dann stehen. War das nicht Théolien, in seiner signalgelben Jacke, der dort vorne … aber was machte er? Stand-up-Paddeln in einem kleinen Kahn? So sah es aus. Der Mann balancierte stehend in einem wild schaukelnden flachen kleinen Boot und stocherte mit einem langen Paddel im Wasser herum. Wenn er mit diesem lächerlichen Boot weiter hinauswollte, müsste er sich anders abstoßen, dachte Duval. Aber das schien der Mann gar nicht vorzuhaben, er schaukelte weiterhin nur nah am Ufer kurz hinter den sich überschlagenden Wellen. Er beugte sich vor, als suche er etwas im Wasser. Das Bötchen hüpfte auf den Wellen und drehte sich, der Mann richtete sich abrupt auf und geriet dabei ins Taumeln. Dann fand er wieder festen Stand und stocherte erneut mit dem Paddel im Wasser herum. Es war Théolien, Duval war sich sicher. Die Erleichterung, dass der Skipper nicht wie befürchtet erstochen in seinem Blut auf der *Zephyr* lag, sondern dort vorne recht lebendig im Wasser manövrierte, dauerte nur kurz an. Was um Himmels willen machte er dort?

Fast gleichzeitig erkannte Duval, wo Théolien so geheimnisvoll im Wasser stocherte. Es war genau dort, wo Clément Schnyder das zweite Messer gefunden hatte. Nur einen Steinwurf weit entfernt vom *Club Nautique*. Das kleine grün gestrichene Ruderboot, ein winziges Fischerboot aus Hartplastik, wie sie hier überall in Strandnähe kieloben lagen, war eines der beiden Boote, die er mit Alice zusammen gesehen hatte. Théolien war so beschäftigt, dass er den Commissaire weder vom Steg rufen hörte noch ihn sich nähern sah. Erst als Duval sich am kleinen Strand mit wildem Winken und einem lauten »heho« bemerkbar machte, sah Théolien auf. Er schien weder überrascht noch erschrocken. Sein Blick war eher genervt und drückte ein unhörbares »Sie schon wieder« aus. Duval machte ein Zeichen mit der Hand und rief: »Ich würde Sie gern sprechen!«

Théolien nickte. »Ich komme!«, rief er und verstaute das Paddel im Boot. Er setzte sich, griff nach den Rudern und machte zwei, drei kräftige Ruderstöße Richtung Strand. Keine Minute später war er gelandet, aus dem Boot gesprungen und hatte es den Strand hochgezogen. Ruhig, aber nicht besonders freundlich blickte er den Kommissar an. »*Bonjour*, Monsieur le Commissaire, na, was gibt's denn so Dringendes?«

»Ich bin froh, dass ich Sie gefunden habe, ich habe Sie den ganzen Tag noch nicht gesehen und hatte schon angefangen, mir Sorgen zu machen.« Duval hatte laut gesprochen, aber der Wind hatte die Worte davongetragen.

»Was?«, fragte der Skipper nach.

»Ich habe mir Sorgen gemacht!«, brüllte Duval ihn jetzt an.

»*Ah bon?*« Der Skipper sah amüsiert aus. »Ich bin gelaufen«, erklärte er kurz angebunden, »musste sein. Habe einmal die Insel umrundet, Nachdenken geht besser beim Laufen.« Er sprach laut, aber Duval musste sich konzentrieren, um ihn zu verstehen, die Wellen rollten laut donnernd an den Strand.

»Kenne ich«, wollte Duval antworten, aber der Wind verschlug ihm den Atem. Er nickte nur. »Können wir uns irgendwo unterstellen?«, brüllte Duval gegen den Wind und die Wellen an.

Théolien nickte und zeigte Richtung *Club Nautique*. Sie betraten das Gelände und stellten sich an der Westseite des Hauses unter das kleine Vordach. Hier war es relativ ruhig und windgeschützt. Duval atmete auf. »Verzeihen Sie, dass ich Sie stören musste, ich habe nur eine Sache, die ich Ihnen sagen wollte, aber darf ich zuvor fragen, was Sie da draußen in dem kleinen Boot gemacht haben? Sie haben doch irgendwas gesucht, oder?«

»Darf ich nicht mal in Ruhe angeln?«, brummte der Skipper.

»Angeln, machen Sie sich über mich lustig? Aber falls Sie

hier ein Messer suchen, Monsieur Théolien, das haben wir bereits gefunden.«

»Na eben.«

»Wie, na eben?«

»Wenn man hier schon ein Messer gefunden hat, dann findet man vielleicht auch noch was anderes, wenn man nur mal suchen würde, *n'est-ce pas?*«

»Ich verstehe nicht ganz, auf was Sie anspielen, Monsieur Théolien ...«

»Das brauchen Sie auch nicht zu verstehen.«

»Bleiben Sie mal auf dem Teppich, Théolien.« Duval legte ruhig seine Hand auf den Arm des Skippers. Dann sagte er ernst und bestimmt: »Hören Sie, Monsieur Théolien, ich weiß nicht, warum Sie der Justiz und mir im Besonderen nicht vertrauen, aber wenn Sie sich entschieden haben, hier Ihre persönliche Ermittlung zu führen, so täten Sie gut daran, mich zu informieren. Sie haben Ihren eigenen Kopf, ich weiß ...«

»Vertrauen!« Aufgebracht unterbrach der Skipper Duval und spuckte das Wort fast aus. »Vertrauen! Dass ich nicht lache! Von Anfang an haben Sie mich verdächtigt, Monsieur le Commissaire, geben Sie es zu! Das ist vielleicht Ihr Beruf, Leute zu verdächtigen, aber mich hat das verletzt. Ich bin nicht irgendein kleiner Freizeitschiffer, ich arbeite als Skipper, aber ich war früher Kapitän der Handelsmarine, wenn ich Ihnen das in Erinnerung rufen darf. Ka-pi-tän! Verstehen Sie, was das heißt? Ich bin Schiffsoffizier, ich gab Ihnen mein Ehrenwort und Sie verdächtigen mich? Und da wollen Sie, dass ich Ihnen vertraue?«

»Ja, Monsieur Théolien, das will ich. Verzeihen Sie mir, dass ich Sie anfänglich falsch eingeschätzt habe. Aber vertrauen Sie mir, ich bitte Sie darum. Ich bin gekommen, um mit Ihnen über etwas zu sprechen, was mich beschäftigt ...«

»Hm«, brummte der Skipper nun ruhiger und beinahe versöhnlich, »und um was handelt es sich, wenn ich fragen darf?«

»Beantworten Sie mir doch zunächst die Frage, was Sie hier gesucht haben!«

Der Skipper schwieg einen Moment und schien nachzudenken, dann hob er die Schultern, »na, meinetwegen, nach allem, was schon geschehen ist, kann ich es Ihnen auch sagen«, brummelte der Skipper dann. »Vielleicht sind Sie erfolgreicher, als ich es bin ...«

»Womit um Himmelswillen?« Duval wurde nun doch wieder ungeduldig.

»Mein Geld ist weg.«

»Ihr Geld? Herrgott, Théolien, ich bitte Sie, erzählen Sie mir endlich, was los ist und lassen Sie sich nicht jedes Wort aus der Nase ziehen!«

»45 000 Euro. Nicht gerade ein Vermögen, aber das, was mir Longley bezahlt für ein Jahr. Ich hatte es am letzten Tag von Longleys Aufenthalt bekommen. In bar ...«, fügte er etwas leiser hinzu.

»45 000 Euro in bar?«

»Ja«, druckste der Skipper herum. »Longley fragte mich, ob das für mich o. k. sei, und ich sagte Ja.«

»Oh«, sagte Duval nur und zog die Augenbrauen hoch. Er vermied jedoch jeden Kommentar über Steuerbetrug und Geldwäsche, es war ihm klar, dass Théolien dies alles auch wusste, aber das war im Moment nicht das Entscheidende. »Und ...?«, fügte er fragend hinzu.

»Was und? Sie sind weg.« Théolien war ruppig.

»45 000 Euro in bar sind weg?«

»Es sind sogar 60 000. Meine Brieftasche und das, was noch in der Schiffskasse war, ist nämlich auch weg.«

»Das wird ja immer schöner. Sie hatten 60 000 Euro in bar an Bord? Und seit wann ist das Geld verschwunden?«

»Seit vorgestern Nacht.«

»Sieh an ...«. Duval pfiff durch die Zähne. »Und warum, verdammt noch mal, haben Sie mir das nicht gleich erzählt?«

»Wollten Sie, dass ich noch eins draufsetze? Ich stehe bei Ihnen schon unter Mordverdacht, und dann soll ich Ihnen von 60 000 Euro in bar erzählen? Sie vertrauten mir nicht, ich Ihnen auch nicht. Ich dachte, ich krieg' das auch so geregelt.«

»Gut«, Duval machte eine wegwischende Handbewegung, »lassen wir das beiseite. Wie geht's weiter?«

»Nichts weiter. Keine Brieftasche, keine Kohle. Nichts, niente, nada ...«

»Und jetzt haben Sie das Geld hier im Wasser gesucht?« Duval verstand es noch immer nicht richtig.

»Nicht unbedingt. Schauen Sie, Commissaire, ich versuche Ihnen meinen Gedankengang zu erklären. Man hat mir mein Geld gestohlen. So viel ist sicher. Aber wer? Keine Ahnung. Aber seit es nicht mehr in meiner Kabine ist ...«

»Das Geld war also in Ihrer Kabine? Auf der *Zephyr?*«

»Ja und nein. Die Brieftasche mit 5000 Euro in kleineren Scheinen hatte ich in meiner Hose, den Umschlag mit den restlichen 40 000 und die Schiffskasse bewahre ich in einem Safe auf. Der Safe ist in meiner Kabine eingebaut.«

»Sie haben die Schiffskasse in einem Safe in der Kabine? Ich habe immer geglaubt, die Schiffskasse wäre in einer alten Teedose und stünde in der Kombüse herum. Keine Ahnung, warum ich dieses Bild habe.«

»Das gibt's auch. Jeder macht das, wie er will. Aber seitdem man mich schon zweimal beklaut hat, ist diese romantische Variante dem Safe gewichen.«

»Man hat sie schon zweimal beklaut?«

»Ja, das letzte Mal ist schon ein paar Monate her. Ich denke, es waren Segler von einem benachbarten Schiff, die wir auf ein Glas an Bord eingeladen hatten. Beweisen konnte ich das allerdings nicht.«

»Und jetzt haben Sie einen Safe?«

»Ja, es ist kein großer Safe, aber er ist eingebaut und abgeschlossen. Vertrauen ist gut, Kontrolle ist besser.«

»Gut, kommen wir mal wieder zurück zum jetzigen Diebstahl. Sie haben den Safe geöffnet und das gesamte Geld ist weg?«

Der Skipper nickte. »Ja. Genau. Alles ist weg. Ich habe es nicht gleich gemerkt. Dass meine Brieftasche fehlt, habe ich erst gemerkt, als ich im Bistro eine Runde ausgeben wollte und in die Hosentasche griff und da war nichts. Da dachte ich noch, die Brieftasche läge irgendwo auf dem Schiff. Aber Ihre Kollegen haben sie nicht gefunden, man hat sie auch nicht bei Frénet gefunden und ich habe Lanvalle durchsucht, bevor Sie kamen, da war sie auch nicht. Und auch sonst keine Spur von dem Geld. Ich dachte zunächst, vielleicht finde ich es zwischen den Segelsäcken. Aber soweit ich sehen konnte, ist es da nicht. Und auch nicht in der Kabine der beiden Jungs, die haben Ihre Kollegen immerhin gründlich durchsucht.«

»Und Sie haben den Kollegen nicht angegeben, dass Ihnen das Geld fehlt?«

Jetzt schüttelte er den Kopf. »Ich dachte ... naja, ich wollte keinen Ärger und vor allem auch Longley keinen Ärger machen ... Das wäre das Ende unserer Arbeitsbeziehung geworden.«

»Hm. Das wird es jetzt vielleicht dennoch.«

Der Skipper zuckte die Achseln.

»Und jetzt haben Sie das Geld im Wasser gesucht?« Duval verstand es immer noch nicht.

»Ja. Irgendwo muss es ja sein, da sind wir uns einig, oder?«

»Und wo, Ihrer Meinung nach?«

»Bei dem Menschen, der bereits sein Messer verloren hat! Verstehen Sie?«

»Nicht ganz, wenn ich ehrlich bin.«

Théolien holte aus: »Der Mörder meiner Jungs ist bislang unauffindbar. Ich war es nicht, das ist hoffentlich klar!« Er funkelte Duval an, der beruhigend bestätigte: »Nein, schon klar.« Théolien nickte und sah jetzt zufrieden aus. Dann fuhr er fort: »Das zweite Messer hat man im Wasser gefunden ...«

»Es ist ja noch nicht erwiesen, dass dieses Messer etwas mit den Morden zu tun hat«, wandte Duval ein.

Der Skipper schüttelte den Kopf. »Das glauben Sie doch nicht im Ernst? Natürlich hat das Messer was damit zu tun!«

Duval machte ein skeptisches Gesicht.

»Ich dachte, vielleicht liegt der Kerl daneben. Also der Mörder und der Dieb.«

»Sie meinen, der Mörder ist auch tot, weil die sich gegenseitig umgebracht haben?«

»Ja, oder zumindest ist er auch verletzt worden und ist bei all den Messerstechereien mit meinen Jungs ins Wasser gefallen, dachte ich mir. Und dann ertrunken. Warum nicht? Ich habe daher nach einem Ertrunkenen gesucht, der mein Geld oder meine Brieftasche bei sich hat.«

»Hm«, machte Duval, nicht ganz überzeugt. Auch wenn ihm die Theorie des Skippers nicht ganz schlüssig vorkam, so war sie dennoch interessant in dem einen oder anderen Punkt. Er hatte schon unwahrscheinlichere Szenarien gesehen in seiner Karriere. »Möglich«, fügte er daher noch gedehnt hinzu. »Oder besser, nicht unmöglich. Gut«, sagte er dann. »Ich will Ihnen sagen, was mir im Kopf herumgeht.«

»Ich bin ganz Ohr, Commissaire.«

»Es geht um das andere Messer, IHR Messer, dieses Messer, das Sie Téthys nennen.«

»Ja?« Der Skipper sah den Commissaire mit einem misstrauischen Blick an.

»Sie haben mir doch gesagt, dass Sie nicht verstehen, wie das Messer in die Kabine von Lanvalle und Frénet gelangen konnte, da Sie es immer bei sich tragen, richtig?«

»Richtig. In meiner Gürteltasche. Das ist so wie mit Ihrer Dienstwaffe, Commissaire ...«

Duval nickte. »Ja, ich verstehe das und ich glaube Ihnen.«

»Ah!« Théolien war zufrieden.

»Vermissen Sie noch irgendetwas anderes? Abgesehen von der Brieftasche, der Schiffskasse und dem Geld, das Sie versteckt hatten und dem Messer?«

»Reicht das nicht?« Théolien schüttelte den Kopf. »Und das Messer haben ja Sie!«

Duval ging nicht darauf ein, sondern insistierte: »Von Ihren persönlichen Dingen ist sonst nichts verschwunden? Der Schlüssel zum Safe zum Beispiel? Wo war der, als sie aufwachten? Überlegen Sie genau, auch wenn es noch so klein und unwichtig sein mag.«

Théolien dachte nach. Dann schüttelte er den Kopf. »Der Schlüssel hing mit allen Schlüsseln an einem Karabinerhaken, hier«, er zeigte auf seine Gürtelschlaufe, an dem ein Schlüsselbund hing. »Deswegen ist es mir auch nicht gleich aufgefallen, dass das Geld fehlt. Und meine Brieftasche habe ich, wie gesagt, erst vermisst, als ich im Bistro eine Runde ausgeben wollte. Ich habe dann anschreiben lassen, Gott sei Dank ist der Wirt vernünftig und machte keine Szene.« Er überlegte erneut. Duval schien es, als zögere er kurz. Aber Théolien schüttelte den Kopf. »Nein.«

»Gut. Lassen Sie uns kurz über was anderes sprechen. Ihre Jungs nämlich. Neulich waren Sie ja nicht sehr gesprächig.«

»Das habe ich Ihnen schon erklärt, Commissaire, Sie haben mich verdächtigt, da habe ich es vorgezogen, Ihnen so wenig wie möglich zu sagen.«

»Schon gut, lassen wir das mal ruhen. Erzählen Sie mir von den beiden. Ich weiß so gut wie nichts. Wie waren sie? Frénet zum Beispiel? Fangen wir doch mit Frénet an.«

»Ah, Frénet ... ist mir jetzt unangenehm, was Schlechtes über den Jungen zu sagen, jetzt, wo er tot ist, aber er hat mich wirklich genervt.«

»Inwiefern?«

»Wissen Sie, die Longleys fahren wirklich nicht oft raus zum Segeln. Nur einmal haben wir in dieser Saison einen größeren Törn gemacht, da hat Longley Freunde eingeladen, die er beeindrucken wollte. Und da sind wir mal ein bisschen sportlich bis nach Capri gesegelt.«

»Genau«, unterbrach Duval, »Capri. Ist Ihnen dort die Jacht von Santo Orsini aufgefallen?«

»Sicher.« Der Skipper machte ein abschätziges Gesicht. »Verstopfte den kleinen Hafen. Sehen und gesehen werden, aber was wollen Sie machen.«

»Ist Ihnen sonst noch etwas aufgefallen?«

»Mit Orsini meinen Sie?«

Duval nickte.

Der Skipper schüttelte zunächst den Kopf, dann fiel ihm etwas ein: »Wir haben mal im selben Restaurant gegessen.

So ein ganz feines Sternerestaurant. Wissen Sie, Longley ist großzügig, man hatte uns eingeladen, wir saßen zwar an einem anderen Tisch, haben aber genauso fürstlich gegessen. Bisschen anstrengend ist es allerdings. Immer erzählt Ihnen jemand bis ins kleinste Detail, was Sie auf Ihrem Teller haben und ein anderer steht hinter Ihnen und gießt Ihnen den Wein schluckweise ins Glas. Ich hab's lieber, wenn ich mir selbst eingießen kann.«

Duval nickte amüsiert. Er aß gerne gut, aber das *Chichi*, das in den besseren Restaurants um den Service gemacht wurde, war ihm auch zuwider. In einem Sternerestaurant potenzierte sich dieser Aufwand vermutlich noch einmal. »Und Santo hat dort also auch gegessen?«

»Ja, er war in Begleitung von zwei Herren, nicht so prollig gekleidet wie er, ganz schick, italienische Maßanzüge, picobello.«

»Gab es noch andere Begegnungen?«

»Mit Orsini meinen Sie?« Der Skipper verstand immer noch nicht, worauf Duval hinauswollte.

»Ja, mit Orsini.« Duval war jetzt ein bisschen ungeduldig.

»Nein. Nicht, dass ich wüsste.«

»Gut. Machen wir weiter. Sie wollten von Frénet erzählen, bevor ich Sie unterbrochen habe.«

»Äh, ja, wo war ich stehen geblieben?«

»Dass die Longleys, abgesehen von Capri, nicht so viel segeln.«

»Ja, richtig. Ansonsten nur kleine Törns die Riviera entlang oder nach St. Tropez oder in die Calanques vor Marseille – nichts Großes. Die allermeiste Zeit aber liegen wir im Hafen und warten auf unseren Einsatz. Da bringt man das Schiff in Ordnung, putzt, damit alles blitzsauber ist und repariert, was zu reparieren ist. Beim Segeln geht ja immer alles kaputt, das können Sie sich nicht vorstellen ... Nun, man bringt wieder alles in Schuss, damit man im Falle eines Anrufs vom Eigner sofort einsatzbereit ist, und dann kommt kein Anruf und man wartet und wartet und putzt wieder und wieder. Da muss man die Mannschaft bei Laune halten.« Der Skipper sah Duval an.

»Ich verstehe zwar nichts vom Segeln, aber bislang kann ich Ihnen problemlos folgen.« Duval war nur leicht ironisch.

»Gut«, fuhr Théolien fort, »wenn der Eigner segeln will, dann gibt es einen Moment der Hektik, man ist gefordert, aktiv, wachsam und später auf See gleichzeitig möglichst unsichtbar. Wir segeln mit diesem Schiff auf eine altmodische Art, will sagen, wir haben einen Motor, wir haben Funk, aber wir verfügen zum Beispiel nicht über einen Autopiloten. Das heißt, es muss immer jemand am Steuer stehen, aber das macht in meinem Fall dann doch gerne der Eigner, meistens zumindest. Aber Segel setzen oder reffen bei so einem großen Schiff, da sind wir mit drei Mann ziemlich am Limit. Und das muss dann laufen. Das ging mit den beiden ganz gut. Sind beides Allrounder ... ach, Scheiße«, unterbrach er sich, »waren Allrounder, Handwerker, Taucher und Frénet war eigentlich Koch, oder wenigstens hatte er mal eine Zeit lang in einem Hotel gearbeitet. Er hatte ein Händchen fürs Kochen, fürs Anrichten und sogar für den Service, das muss man ihm lassen. Und er war ein hübscher Junge und beherrschte einen gewissen Small Talk, das gefiel vor allem den Damen an Bord, wenn er ihnen einen Cocktail mixte und ihn mit einem charmanten Lächeln und einem launigen Spruch servierte. Insofern hatte er einen Stein im Brett bei den Longleys, insbesondere Ira fand ihn ja so charmant.« Théolien verdrehte die Augen, als er sich daran erinnerte. »Aber im Prinzip war er ein fauler Sack, der es schaffte, sich im richtigen Augenblick ins rechte Licht zu setzen und sich nicht um die Arbeit riss. Mit einem Lappen, einem Pinsel und einem Lackdöschen in der Hand so zu tun, als arbeite er, aber dabei mit Passanten am Kai plaudern und danach erschöpft in einen der Liegestühle auf Deck fallen, das war Frénet. Er gefiel sich auf dem Schiff und gab mit der *Zephyr* an, als sei es sein Schiff, er imitierte gern die Haltung von Longley und sah sich vermutlich im Geiste schon als Schiffseigner. Das war vermutlich der Job, den er angemessen für sich fand. Er war patent, er konnte mit dem Schiff umgehen, aber ich hätte ihn nicht mehr genommen in der nächsten Saison. Das wusste er auch. Ich hab's ihm gesagt.«

»Haben Sie sich gestritten?«

»Joah«, machte der Skipper, »das kam schon mal vor.«

»Er hatte also allen Grund, Ihnen übelzuwollen?«

»Hm. Ja und nein. Ich habe ihm nur gesagt, dass am Ende der Saison Schicht im Schacht ist. Dass ich für Leute seines Schlages keinen Platz mehr hätte. Einmal hätte ich ihn beinahe von Bord geworfen. Hab' ich nicht gemacht.«

»Warum wollten Sie ihn von Bord werfen?«

»Weil ich ihn mit Drogen an Bord erwischt habe.«

Duval machte ein schnalzendes Geräusch mit der Zunge. »Lassen Sie mich raten, nachdem Sie auf Capri waren?«

»Ja«, sagte Théolien langsam. Er schien plötzlich den Zusammenhang zu verstehen.

»Und Sie haben ihn nicht angezeigt?«

»Nein, ich habe das Päckchen ins Meer geworfen und ihm gesagt, dass er diese Dummheiten lassen solle, ansonsten würde ich ihn sofort rauswerfen. Und ich habe ihm auch noch gesagt, dass ich ihn in der nächsten Saison nicht mehr auf dem Schiff haben wollte. Aber mehr nicht. Dafür konnte er mir doch dankbar sein.«

»Ich bezweifle, dass Dankbarkeit das Gefühl war, das Frénet für Sie empfand.«

Théolien zuckte mit den Schultern. Dann stutzte er: »Mir fällt gerade was ein.«

»Ja?«

»Mir fällt gerade ein, dass mein Talisman morgens, als ich aufgewacht bin, auf dem Boden lag. Den habe ich normalerweise immer in meiner Hosentasche. Hier rechts vorne.« Er deutete auf seine Hosentasche und zog ein ovales Amulett heraus. »Sehen Sie?!«

Duval betrachtete es interessiert. »Wen stellt es dar? Christophorus?«

Théolien schüttelte den Kopf. »Nikolaus.«

»Nikolaus? Den heiligen Nikolaus? Ist das ein Schutzheiliger der Seefahrer?«

»Aber sicher.« Théolien nickte.

»Aha.« Wenn Duval darüber erstaunt war, das Amulett eines Schutzheiligen bei einem gestandenen Seefahrer zu finden, so ließ er es sich nicht anmerken. »Sehen Sie, das passt doch«, sagte er stattdessen. »Ich glaube nämlich, man hat Sie durchsucht, Théolien, gefilzt, auf der Suche nach dem Schlüssel und man hat Ihnen dabei auch Ihre Brieftasche abgenommen. Und jemand hat Ihr Messer genommen oder vielleicht ist es auch dabei herausgefallen. Und das Amulett ist bei der Aktion auch zu Boden gefallen.«

»Wenn Sie das sagen«, brummelte der Skipper und sah düster vor sich hin.

»Théolien, verstehen Sie nicht?« Duval sah nun alles klar vor sich. »Sie haben tief und fest geschlafen in dieser Nacht, und zwar so unglaublich tief und fest, dass Sie nicht nur nicht bemerkt haben, dass man Sie bestohlen hat, sondern dass Sie auch von den zwei Morden, die auf Ihrem Schiff geschehen sind, nichts mitbekommen haben! Man hat Sie vorsätzlich betäubt oder eingeschläfert, Monsieur Théolien, um Sie zu berauben, wenn Sie mich fragen.«

Théolien nickte langsam. Er schien zu verstehen. »Möglich«, sagte er rau. »Sie meinen also, man hat mich *schanghait*?«

»Man hat Sie was?«

»*Schanghaien*, früher, wenn man Seeleute brauchte, hat man in Kneipen Männer betrunken gemacht oder ihnen mit dem Knüppel eins übergezogen und sie dann aufs Schiff gebracht und die armen Kerle kamen erst am nächsten Morgen auf hoher See in der Hängematte wieder zu sich.«

»Sehen Sie!«

»Aber das hätte ich doch gemerkt, oder?«

»Meinen Sie? Haben die armen Kerle, die man zwangsangeheuert hat, ja auch nicht.« Duval zuckte die Achseln. »Was haben Sie getrunken, abends im Bistro?«

»Oh je ... eine Menge.« Der Skipper winkte ab. »Zu viel, wirklich, ich schäme mich, Commissaire, aber ich war so wütend auf die Kleine, die mich so kalt abserviert hat, ich war wütend auf mich, weil ich Trottel geglaubt habe ... ach, was soll ich Ihnen erzählen. Es war mir peinlich, also habe ich noch zwei, drei Gläser Rum gekippt, um das möglichst schnell wieder zu vergessen ... Moriani hat einen schönen alten Rum da, vom Alkohol versteht er was.« Er überlegte: »Kann schon sein, dass Sie recht haben. Mit was, glauben Sie, hat man mich denn betäubt?«

»Nach dem, was Sie mir erzählt haben, würde ich denken mit K.-o.-Tropfen«, sagte Duval. »Die kann man schnell und unauffällig in ein Getränk mischen und das würde erklären, dass Sie komplett weg waren und sich vor allem an nichts erinnern können. Oder vielleicht war es auch nur ein starkes

Schlafmittel, wenn Sie das nicht gewohnt sind und zusätzlich Alkohol konsumiert haben, dann knockt Sie das auch aus. Aber das hätte man vermutlich erst umständlich auflösen müssen.«

Théolien sinnierte vor sich hin. »Alice?«, fragte er dann und sah den Commissaire an.

Der machte ein fragendes »Wer-weiß?-Gesicht«. »Wer hat Sie denn bedient?«

»Alice!«, wiederholte Théolien nun entschieden. »Dieses kleine Miststück«, Théolien sprach gefährlich leise, »na, der werd' ich was erzählen …«

»Nein, nein, nein … Théolien, ich bitte Sie, ganz ruhig.« Duval hielt den Skipper am Arm fest und sprach auf ihn ein wie auf ein nervöses Pferd. »Ganz ruhig! Bleiben Sie hier, gehen Sie zu Damien oder zu den Schnyders, aber halten Sie sich vom Bistro fern. Lassen Sie mich machen und bringen Sie mir nichts durcheinander, sonst kann ich Ihnen nichts mehr erzählen.«

»In Ordnung«, knurrte der Skipper, aber er schimpfte weiter: »Dieses kleine Miststück, diese verdammte Drecksschlampe!« Dann sah er den Commissaire fragend an. »Aber warum hat sie das gemacht?«

»Genau das frage ich mich auch«, antwortete Duval. »Wissen Sie was, lassen Sie uns gemeinsam zu Damien gehen. Ich habe da so eine Idee.«

»Ah, gut, dass du noch einmal kommst, dass *Sie* noch einmal kommen, Commissaire, meine ich.« Alice sah ihm erleichtert entgegen. Sie sah zerknirscht aus. »Ich wollte mich entschuldigen, wirklich, es tut mir leid …«

Duval winkte ab. »Nicht der Rede wert.«

»Doch, doch, sicher.« Alice wurde rot und sie zerknüllte ein Geschirrtuch in den Händen. »Ich meine, ich finde es eigentlich total supersüß, dass Sie mir das vorgeschlagen haben. Schon, dass Sie mir das zutrauen, mir hat noch nie irgendjemand so etwas zugetraut. Ich selbst am allerwenigsten ...«

»Alice, lassen Sie's gut sein«, versuchte Duval sie zu unterbrechen, aber sie ließ sich nicht davon abbringen.

»Ich kann nichts, wissen Sie? Ich kann einfach nichts. Ich habe in einem Haufen sozialer Projekte mitgearbeitet mit Kindern, schwer erziehbaren Kindern, behinderten Kindern, aber ich hab's satt. Ich will das nicht mehr. Mir geht das alles auf die Nerven, aber ich weiß auch nicht so richtig, was ich stattdessen machen könnte.« Sie stockte und sah ihn an. »Ich kann doch kein Restaurant aufmachen, ich habe gar keine Ahnung, wie man so was macht und was man dafür braucht und ich kann vielleicht ein paar Sachen zubereiten, aber jeden Tag kochen und vielleicht kommt dann keiner, oder es kommen vielleicht zu viele – das macht mir alles Angst.« Sie hatte immer schneller gesprochen.

»Und deswegen verstecken Sie sich lieber hinter jemandem, der den Laden schmeißt, obwohl sie eindeutig begabter sind?!«

»Echt?« Sie wurde noch röter. »Sie finden, ich bin begabt?«

»Nun, das, was ich probieren durfte, fand ich ausgezeichnet.«

»Ich habe auch gar kein Geld für so ein Projekt«, sagte sie endlich.

»Gut, Alice, das machen Sie, wie Sie denken, es war ja auch nur so eine Idee«, versuchte Duval das Thema zu beenden, »und sie war vielleicht nicht sehr ausgereift.«

»Nein, ja, also ich will noch etwas sagen, bitte!« Sie sah ihn eindringlich an.

Duval seufzte innerlich. Was würde der große C. G. Jung dazu sagen?

»Es tut mir leid, was ich wegen der *Flics* gesagt habe ...«

Duval winkte ab.

»Nein, nein, lassen Sie mich, bitte ... wissen Sie, in meinem Umkreis ist man eher, *ähm* ... naja sagen wir *anti-flic* eingestellt. Ich stellte mir vor, dass mich meine Freunde so sähen, während ich gerade ein paar uniformierten Beamten Essen serviere, und dass ich vielleicht plötzlich der Treffpunkt für *Flics* würde, ich, Alice! Das können Sie vermutlich nicht verstehen, oder?«

Duval dachte einen Moment nach. Hier waren wirklich psychologische Fähigkeiten gefordert. »Naja, soo *anti-flic* habe ich Sie gestern nicht wirklich erlebt«, begann er.

Alice unterbrach ihn sofort. »Das tut mir auch leid! Also nein, ich meine, eigentlich tut's mir nicht leid.« Sie verhedderte sich und zog und zerrte am Geschirrtuch, das sie immer noch in den Händen hielt. »Aber Sie sind irgendwie anders ...«

Noch bevor Duval darauf antworten konnte, kamen laut trampelnd der alte Damien und Philippe Gantois in das Bistro und mit ihnen ein Schwall feuchte, kalte Luft.

Alice machte große Augen: »Philippe?«

»*Eh oui*«, er grinste schräg, »irgendwann ist immer das erste Mal.«

»Na, dass ich das noch erlebe«, witzelte Alice.

Der alte Damien nickte: »Das habe ich ihm auch gesagt!« Er tätschelte leicht den Rücken des *Garde Forestier*. »Er muss ein bisschen unter Leute, habe ich gesagt.« Er sah den Kommissar verschmitzt an. »Das finden Sie doch auch, oder?«

Duval machte ein neutrales Gesicht. »Durchaus.«

»Sollen wir uns dorthin setzen?«, fragte der alte Damien und zeigte auf den Tisch neben dem nur noch schwach brennenden Kaminfeuer. »Dann können wir in Ruhe reden.«

Philippe Gantois nickte.

»Machst du uns zwei Tee, Alice?«, bat Damien.

»Sicher. Ich habe auch Grüntee ... falls du lieber einen Grüntee willst, Philippe?«

Er nickte. »Ja, danke.«

»So was.« Alice schüttelte den Kopf und ließ heißes Wasser aus der Düse in zwei Henkeltassen schießen, suchte Teebeutel, Zucker und Löffel zusammen und servierte den beiden Männern den Tee, die nur dankend nickten und bereits in ein Gespräch vertieft schienen. Sie legte noch zwei neue Scheite Holz auf und stocherte ein bisschen in der Glut herum, bis eine kleine Flamme begann, am Holz entlangzuzüngeln, und kam zurück zum Tresen.

»Wissen Sie, Philippe war noch nie im Bistro«, erklärte sie dem Kommissar die Situation. »Das ist sozusagen Weltpremiere.« Sie lächelte schräg und zog ironisch die Augenbrauen hoch.

»Ich würde gern einmal Ihr Zimmer hier sehen, Alice!« Duval sagte es sanft und freundlich.

»Bitte?« Vor Schreck ließ sie ein Glas klirrend ins Waschbecken fallen. Sie sah ihn groß an. »Bist du verrückt geworden?«

»Nein, Alice, ich möchte wirklich sehr gern Ihr Zimmer sehen. Könnten Sie es mir zeigen, bitte?«

Sie war verwirrt. »Jetzt?«, fragte sie fassungslos. Ihr Kopf war hochrot geworden und sie atmete stoßweise.

»Ja, jetzt.« Duval war immer noch freundlich, aber bestimmt.

Sie begann leicht zu zittern. »Léon, bitte!« Sie sprach leise und sah ihn eindringlich an. »Ausgerechnet jetzt?« Sie zeigte mit dem Kopf auf Philippe und Damien. »Heute Abend kann ich weg, ohne dass es auffällt, aber jetzt ...«

Der Commissaire schüttelte den Kopf. »Gehen wir in Ihr Zimmer, bitte!«

Leise zischte sie: »Ich verstehe dich nicht. Heute Nacht hast du nicht gewollt, warum denn jetzt?«

»Bitte, Alice!« Duvals Ton ließ keine Widerrede zu.

Alice sah nervös vom alten Damien zu Philippe. Beide unterhielten sich angeregt und sie schienen von der merkwürdigen Konversation mit dem Commissaire nichts mitbekommen zu haben. Sie saßen mit dem Rücken zu ihr und Damien breitete gerade ein großes Papier auf dem Tisch aus, über das sich beide Männer sogleich beugten. Nun, die beiden waren versorgt, sie würden sie nicht vermissen. Sie hoffte, dass sich während ihrer Abwesenheit kein anderer Gast einfinden würde.

»Na gut, dann komm...« Sie öffnete die schmale Tür neben der Theke, an der »Privat« geschrieben stand. Es war dunkel dahinter. Sie drückte auf einen altmodischen Lichtschalter und mit einem *Klack* begann am Treppenaufgang, eine Lampe zu leuchten. »Sicher kann ich Ihnen das zeigen, Monsieur le Commissaire«, sagte sie betont laut, »ja, man hat einen guten Blick von da oben, kommen Sie!« Sie ging vor ihm die steile Holztreppe hinauf. Oben öffnete sie eine weitere Tür und schlüpfte hinein, Duval folgte ihr und zog automatisch den Kopf ein. Er konnte nur in der Mitte unter dem Dach wirklich aufrecht stehen. Acht Quadratmeter? Oder neun? Eine Mansarde ähnlich den ärmlichen Dienstbotenzimmerchen in Paris. Es wirkte staubig und unbewohnt. Als Bett diente eine Matratze auf dem Boden, eine korallenrote Tagesdecke schützte das Bettzeug darunter. Auf dem abgenutzt-schmutzigen Dielenboden stand eine altmodische Schreibtischleuchte. Im Regal am Kopfende stand ein leeres Wasserglas und daneben lagen zwei zerlesene Taschenbücher und eine Packung Papiertaschentücher. Die Kommode schien leer. Vom niedrigen Fensterchen sah man auf den Steg, an dem die vier Schiffe noch immer lagen. Es war schon lange nicht mehr geöffnet worden, Spinnweben hatten sich davor gebildet. Alice hatte die Tür geschlossen und blieb dagegengelehnt stehen. Sie schnaufte leise. Duval, der noch immer gebückt vor dem Fensterchen gestanden hatte, drehte sich nun um und kam auf sie zu. Ihr Herz begann zu klopfen. Er war verrückt, dieser Commissaire. Es war so hellhörig hier. Nicht sprechen! Sie legte den Finger auf den Mund. Sie wagte fast nicht zu atmen und blickte ihn mit gesenkten Augen an. Als wollte sie nicht, dass er ihren fiebrigen und sehnsüchtigen Blick sah. Dann aber hob sie den Kopf und öffnete leicht den Mund. Wie eine Echse fuhr sie sich mit der Zunge blitzschnell über die Lippen. Aber Duval blieb abrupt stehen. Er sah nicht sie an, sondern musterte die Wände, die Holzverkleidung des Daches und den Dielenboden. Sein Blick blieb an der Matratze auf dem Boden hängen. Alice machte einen Schritt auf ihn zu und erstarrte. »Aber ...«, setzte sie an und schwieg dann. Was machte er denn?

Mit großer Geste hatte Duval die Tagesdecke weggezogen und in die Ecke geworfen, dann riss er Leintuch und Decke heraus, schüttelte sie und warf sie ebenso hinter sich. Hastig entfernte er den Kopfkissenbezug und tastete eilig das dünne Kopfkissen ab. Er zog das Spannbettlaken ab und fühlte über die Matratze. Dann hob er die Matratze an und da lag das, was er gesucht hatte. Eine flach gefaltete Plastiktüte. Duval zog ein Paar Einmalhandschuhe aus seiner Jacke und zog sie an. In der Plastiktüte befanden sich eine Brieftasche und ein Umschlag, prall gefüllt mit großen und kleinen Scheinen. Das Geld und die Schiffskasse von Théolien. Kein Zweifel.

Bis eben hatte Duval keine Notiz mehr von Alice genommen, die erschrocken zugesehen hatte, wie er in wilder Wut, wie ihr schien, ihr Bett auseinandergenommen hatte, wo sie doch glaubte, für einen kurzen Moment mit ihm dort versinken zu wollen.

Jetzt sah sie ihn fassungslos und mit vor Schreck geweiteten Augen an: »Was ist das?« Ihre Stimme war rau und vibrierte.

»Nun tun Sie mal nicht so scheinheilig, Alice, Sie wissen ganz genau, was das ist!«

»Was?!« Sie schrie es fast. Dann überschlug sich ihre Stimme, als sie beteuerte: »Ich habe keine Ahnung! Echt nicht! Ich schwöre! Ich weiß nicht, was das ist und wie es dorthin gekommen ist. Ich sehe das zum ersten Mal!«

Duval sah sie an. Sie schien aufrichtig und ihre Aufregung war nicht gespielt. »Das müssen Sie mir glauben!«

»Also Alice, das hier ist unter anderem der Inhalt der Schiffskasse der *Zephyr*, die in der Nacht gestohlen wurde, als auf demselben Schiff zwei Morde geschehen sind.«

»Aha.« Sie klappte den Mund auf und zu.

»Verstehen Sie nun?«

Duval sah, dass es in ihrem Kopf arbeitete, aber sie schüttelte den Kopf. »Nein«, sagte sie dann langsam, »ich glaube nicht, dass ich verstehe.«

»Alice«, sagte Duval beinahe sanft und legte seine Hand auf ihren Unterarm. Sie zuckte bei der Berührung zusammen. »Alice, warum haben Sie dem Skipper Théolien ein Schlafmittel verabreicht?«

Sie schwieg und sah ihn nicht an. Es arbeitete in ihr. Duval wartete, dann sagte er wieder sehr sanft: »Alice ...«

Sie schluchzte auf. »Weil ... weil ... ich dachte nicht, dass es so schlimm ist, ich dachte nur, dass ...« Sie begann zu weinen.

»Alice.« Duvals Stimme war immer noch sanft. »Was dachten Sie?«

»Ich dachte, es ist nur, damit wir uns in Ruhe sehen können, damit es keinen Ärger gibt. Nur deshalb!«

»Mit wem wollten Sie sich in Ruhe sehen?«

»Na, mit Sébastien, das habe ich Ihnen doch schon erzählt.« Sie sah ihn fast ein bisschen verärgert an.

Duval nickte. »Und Sébastien hat Sie gebeten, Théolien in den Schlaf zu schicken?«

Sie nickte. »Ja. Er gab mir diese Tropfen und sagte, ›gib ihm ein paar davon in ein Glas, das wird ihn müde machen, dann pennt er, und ich kriege keinen Ärger, wenn ich später wieder abhaue‹.«

»Und das haben Sie getan?«

Sie nickte wieder.

»Sie dachten nicht, dass Sie ihn damit vielleicht hätten umbringen können?«

»WAS?« Sie riss die Augen auf.

»Was waren das für Tropfen?«

»Keine Ahnung, ein kleines Fläschchen mit einer Pipette. Es sah medizinisch aus, ich weiß nicht mehr, was draufstand, irgendwelche lateinischen Bezeichnungen.«

»Und Sie, die so homöopathisch daherkommen, haben ihm einfach irgendwas in sein Getränk getropft, ohne zu wissen, was es war, nur weil Sébastien Sie darum gebeten hat?«

Alice blickte Duval groß an. »Er sagte, es sei ein starkes

Beruhigungsmittel, aber rein pflanzlich. Und Théolien sei unangenehm und gewalttätig, wenn er wütend sei und wenn er so viel getrunken habe. Ich habe ja gesehen, dass er schlecht gelaunt war und er hat so viel getrunken, weil ich ihn doch habe abblitzen lassen ... ich wollte nur, dass wir uns sehen können, ohne dass Sébastien Probleme bekommt.«

»Wo ist das Fläschchen jetzt?«

»Ich habe es weggeworfen. Erst nicht. Ich wollte es ihm zurückgeben, aber als dann alles passiert ist ... da habe ich es weggeworfen.«

»Wohin?«

»In den Müll.«

»Das ist alles?«

»Ja, das ist alles. Ich habe mit dem Geld nichts zu tun. Ich weiß nicht, wie das in mein Zimmer kommt.« Sie überlegte. »Sind Sie sicher, dass es die Schiffskasse ist?«

»Ziemlich. Warum?«

»Könnten es nicht die Ersparnisse von Sébastien sein?«

»Wie das?«

»Sébastien sagte, dass er in der Saison gutes Geld verdient habe und dass er aufhören würde für Théolien zu arbeiten und stattdessen für einen reichen Eigner ein Schiff nach Martinique bringen würde.«

»Für einen reichen Eigner wollte er ein Schiff nach Martinique bringen?«

»Ja, das ist doch ein geiler Job!« Alice' Augen strahlten, als sie davon erzählte. »Wir hätten beide segeln können und hätten dabei sogar noch Geld verdient. Ist doch der Hammer! Man muss nur die richtigen Leute kennen.«

»Und Sébastien kannte die richtigen Leute?«

»Naja, er kannte jemanden, der die richtigen Leute kennt, sagen wir so.«

»Aha«, machte Duval und sah sie auffordernd an.

»Na, dieser Typ mit der Goldjacke, dieser Santo, der hat jede Menge reiche Freunde, die sich so einen Service leisten, das ist wie Mietwagenrückführung.«

»Santo. Und Santo wollte das vermitteln?«

»Ja, ich glaube.«

»Sie wollten also mit Sébastien weggehen?«

Alice nickte.

»Wann haben Sie das denn alles geplant? Sie haben sich doch nur ein paar Stunden gekannt und schon wollten Sie mit ihm den Atlantik überqueren und mit ihm auf Martinique leben?«

»Ja, verrückt, oder? Aber so ein Angebot kriegt man nur einmal, dachte ich. Ich dachte, das ist ein Wink des Schicksals. Das war das, worauf ich unbewusst gewartet habe. Ich habe sofort Ja gesagt. Ich kann segeln, ich wollte weg von hier, ich war verliebt … und …«

»Und?«

»Na, und zu allem Überfluss hätten wir uns auf Martinique ein geiles Leben machen können, und wenn wir Geld gebraucht hätten, dann hätten wir das nächste Schiff irgendwohin gebracht …« Alices Augen glitzerten, als sie davon erzählte.

»Was für ein geiler Job.« Duval war triefend ironisch.

»Finden Sie nicht?« Alice sah ihn irritiert an.

Duval verzog nur das Gesicht. »Und Sie meinen, Sébastien habe Ihnen das Geld unter die Matratze gelegt, ein kleines Geschenk sozusagen, als Vorgeschmack auf das große Geld?«

Sie zuckte die Schultern. »Vielleicht. Ich weiß nicht, vielleicht hatte er ja Angst, dass man es ihm stehlen würde …«

»War Sébastien denn jemals hier oben in Ihrem Zimmer?«

»Ach so?!« Sie stutzte. »Nein.« Sie schüttelte den Kopf. »Nein«, wiederholte sie nachdenklich, »er wusste gar nicht, wo ich schlafe. Wir hatten uns hier im Bistro verabredet und wir wären dann ins Forsthaus gegangen. Das ist ... *ähm* ... sagen wir, privater und komfortabler.« Sie grinste schräg.

Duval dachte an sein quietschendes durchgelegenes Bett von der vergangenen Nacht. »Aha«, sagte er nur.

»Und das hier ...«, Duval zog ein flaches buchgroßes Päckchen aus der Plastiktüte, das dick mit Frischhaltefolie und Klebeband verpackt war, »das wäre dann auch ein Geschenk von Sébastien?«

Alice wurde blass und dann rot und fing an zu zittern. Sie war ehrlich erschrocken. »Ich ... ich habe keine Ahnung. Wirklich, das müssen Sie mir glauben!« Sie sah ihn flehentlich an. »Léon, ich habe damit nichts zu tun!«

»Sie wissen aber schon, was das ist?«

»Ja, nein, natürlich WEISS ich nicht, was das ist, wenn Sie damit sagen wollen, dass ...« Sie stockte. »Es sieht nur so aus, wie ... aber ich habe damit nichts zu tun, wirklich nicht!« Aufgeregt suchte sie nach den richtigen Worten, ohne das unheilvolle Wort auszusprechen.

Duval ritzte mit dem Fingernagel das Päckchen auf. Ein weißes Puder quoll daraus hervor. Er streckte es ihr hin und sah sie streng an. »Und?«

Alices Augen wurden vor Angst noch größer. »Ich habe damit nichts zu tun! Das müssen Sie mir einfach glauben! Bitte! Ich weiß nicht, wie das unter meine Matratze kommt, wirklich, wirklich nicht!« Ihre Verzweiflung war nicht gespielt.

»Wissen Sie, Alice, ich denke, dieser geile Job, Schiffe für Santos Freunde von A nach B zu bringen, wären Kurierfahrten für ebensolche kleinen Päckchen gewesen. Santo und seine Freunde sind da ganz groß im Geschäft, verstehen Sie? Sie bringen zwar die Boote von einem Ort zum anderen, aber es geht nicht um die Boote, es geht um eine heimliche Ladung: Die verstecken nämlich vorher Drogen in den Segelbooten und Sie oder Sébastien oder Sie beide hätten den Transport vorgenommen.«

Alices Augen weiteten sich. »Nein«, sagte sie und sah ihn ungläubig an.

»Doch«, insistierte Duval. »Ich weiß nicht, wie viel Ihr Sébastien davon gewusst hat, aber ich denke, ganz so unschuldig war er nicht.« Er deutete auf das Päckchen mit dem weißen Pulver.

»Ist das Kokain?«, fragte sie dann.

»Das vermute ich stark.«

Alice starrte ihn nur stumm an.

»Alice, geile Jobs, bei denen man nicht sehr viel arbeiten muss, aber überdurchschnittlich viel Geld verdienen kann, die gibt es nicht. Das sind nur Träume. Oder es ist illegal und dann führt es einen früher oder später ins Gefängnis. Und wenn Sie Pech haben, in ein südamerikanisches, aber auch ein Gefängnis auf einer Karibikinsel ist keine Freude, glauben Sie mir das. Und dann sind die reichen Freunde von Santo plötzlich ganz weit weg.« Er sah Alice ernst an. »Das muss ich Ihnen einfach sagen, Alice.«

Sie blickte ihn stumm an und Duval sah, wie dieser Traum für sie gerade noch einmal komplett in sich zusammenfiel.

Von unten hörte man nun Geräusche und Türen schlagen. »Heho!« hörte man die laute Stimme des Wirts. »Alice?!«, rief er von unten in das Treppenhaus. »Bist du da oben, Alice?« Dann hörte man ihn grummelnd die Treppe hinaufstapfen. Mit einem Ruck riss er die Tür auf. »Wusste ich's doch! Was treibst du denn hier? Unten sind Gäste! Ich bezahle dich nicht fürs Nichtstun!«, polterte er los. Dann sah er den Commissaire und fing sich wieder. Er blickte auf die nackte Matratze und die Bettwäsche auf dem Boden und sah dann von Duval zu Alice. »Das ist doch ... also ... darf man vielleicht erfahren, was hier los ist?«, fragte er noch immer mit lauter Stimme. »Das ist immer noch mein Haus!«

»Natürlich, Monsieur Moriani, und weil es Ihr Haus ist, könnte es sein, dass Sie in Ihrem Haus das hier«, er holte die linke Hand hinter seinem Rücken hervor, in der er den prall gefüllten Umschlag mit Geld und das offene Päckchen mit dem Rauschgift hielt, »versteckt haben, und zwar eindeutig in der Absicht, Alice zu schaden?«

Der Wirt stand drohend im Raum, er war größer als Duval und sah ihn mit einem dunklen Blick an. »Aber keinesfalls, was glauben Sie eigentlich ...?! Was ist das überhaupt?«

Duval hatte eine Eingebung und wagte den direkten Angriff: »Sie haben es gestohlen, Moriani! Sie waren es, und Sie haben auch die beiden Jungs von Théolien getötet. Sie waren es!«

Alice schrie auf. Moriani starrte den Commissaire an und ballte die Fäuste. Duval sah ihn kalt an, griff gleichzeitig mit der rechten Hand nach seiner Waffe und entsicherte sie. Das Geräusch ließ Moriani zusammenfahren. Eilig begann er laut und theatralisch zu sprechen: »Das ist vollkommen absurd! Wie können Sie das glauben? Natürlich war ich das nicht, Monsieur le Commissaire, ich ...« Duval starrte ihn an, während Moriani sich um Kopf und Kragen redete. Irgendwann verstummte er. Er atmete schwer. Schweißperlen hatten sich auf seiner Stirn gebildet.

»Es war Frénet«, sagte er plötzlich tonlos.

»Was?«, fragten der Commissaire und Alice aus einem Mund. Alices Frage klang ungleich schriller.

»Es war Frénet«, wiederholte der Wirt. »Frénet hat Lanvalle getötet.«

»Was?«, fragte Alice noch einmal. Sie klang ungläubig und empört.

»Genau«, bestätigte Duval, »und zwar mit dem schön geschnitzten Messer von Théolien, das ihm aus seiner Gürteltasche gefallen ist, als die beiden Jungs ihn nach dem Schlüssel für den Bordtresor durchsucht haben. Erzählen Sie weiter, Monsieur Moriani, woher wussten Sie davon?«

»Zufällig. Ich wollte niemanden bestehlen und bestimmt nicht töten, Monsieur le Commissaire, aber ich habe gehört, wie die beiden ihr Bubenstück planten. Das hier ist ein altes Haus, Commissaire, man hat es immer mal wieder vergrößert und angebaut und mancher Raum im Inneren hat kein Fenster, sondern wird nur über einen Schacht belüftet. Dort, wo ich die Getränke lagere, ist das so. Der Raum ist über einen Lüftungsschacht mit dem Gastraum verbunden. Man hört dort alles, was im Gastraum passiert und umgekehrt. Aber meist ist es im Gastraum lauter und man hört das Flaschenklirren gar nicht, dort aber versteht man jedes Wort, das im Gastraum gesprochen wird. Auf jeden Fall habe ich gehört, wie Frénet etwas sagte im Sinne von ›den Alten ausplündern‹. Da habe ich dann natürlich erst recht zugehört. Frénet, der um Alice herumschlich, ich dachte mir, es ist nicht schlecht, etwas mehr über ihn zu wissen, um ihn später vielleicht auffliegen zu lassen.«

»Du Schuft!« Alice sah den Wirt mit vor Wut funkelnden Augen an.

»Alice!«, beruhigte Duval die junge Frau und machte ein Zeichen, dass Moriani weitersprechen möge.

»Naja, wenn ich richtig verstanden habe, dann wollte Lanvalle nicht so richtig mitziehen.«

»Genau«, bestätigte Duval erneut, »Lanvalle war nämlich kein Gauner, auch wenn ihn manche als ›komischen Typ‹ eingestuft haben, dem man ›nicht trauen konnte‹.« Duval warf Alice einen Blick zu und sie sah schuldbewusst zu Boden. »Dabei war der, dem man besser nicht hätte trauen sollen, der andere, der ach so sympathische Typ mit der hübschen Fresse und dem charmanten Auftreten. Und Lanvalle arbeitete schon drei Jahre mit Théolien zusammen und hatte natürlich Skrupel, ihn zu bestehlen. Er musste ja auch nicht weg, wie Frénet, den Théolien vom Schiff geworfen hatte, wegen seiner Drogendealerei.« Duval machte eine Pause und sah von einem zum anderen. »Und Lanvalle war selbst in betrunkenem Zustand noch widerständig und versuchte Frénet zu hindern, den Skipper zu durchsuchen, sodass es zum Streit kam, in dessen Folge Frénet auf Lanvalle einstach. Das vermute ich jetzt mal, aber ich denke, so in etwa war es. Dann hat er ihn in die Segellast befördert, um ihn verschwinden zu lassen, vermutlich dachte er, man fände ihn da weniger schnell, als wenn er ihn ins Meer geworfen hätte, so nah am Ufer, da wäre er sofort angeschwemmt worden. Und jetzt kommen Sie ins Spiel, Moriani, nicht wahr?«

Der Wirt sah ihn düster an. »Den ganzen Abend habe ich über dieses Geld nachgedacht. 60 000 Euro, hatte Frénet gesagt, gebe es auf dem Schiff und dass der Kapitän schwarz bezahlt worden sei und deswegen das Geld nicht als gestohlen melden würde. 60 000 Euro! Ich dachte, ich schnappe mir das Bürschchen und das Geld, wenn er mit Alice zugange ist …« Er warf einen anzüglichen Blick in ihre Richtung. »Die waren ja beide so geil aufeinander, ich musste nur warten, dass er kam …«

»Du Schwein!«, zischte Alice und sah den Wirt wütend und verächtlich an.

»Aber er kam nicht«, fuhr der Wirt fort und er sah Alice mit einem spöttischen Lächeln an. »Ich sagte Alice, ich sei müde und bat sie, das Bistro alleine zu schließen. Das tat sie gerne, weil sie so dort in aller Ruhe auf ihn warten konnte.«

Alice warf ihm hasserfüllte Blicke zu, während er sprach.

»Aber, wie gesagt, er kam nicht.« Der Wirt sah nun wiederum hämisch in ihre Richtung. »Ich hörte, wie Alice nebenan im Bistro trällernd hin und her lief, während ich so tat, als ob ich schliefe und wartete. Irgendwas machte mich unruhig. Es dauerte mir zu lang. Und so ging ich zum Steg runter, einfach, um nachzusehen ... ich hatte ein bisschen Angst, dass Alice mich bemerkte oder vielleicht sogar die gleiche Idee haben könnte, aber nein, sie kam nicht und sie hat mich nicht vorbeigehen sehen. Sie blieb brav im Bistro und verzehrte sich nach ihrem Lover.« Sein gehässiger Ton verfehlte nicht seine Wirkung. Alice war rasend vor Wut und sie sah aus, als wollte sie sich auf ihn stürzen. Duval hob beschwichtigend die Hand.

»Auf dem Schiff war Licht und ich hörte Geräusche. Also wartete ich. Es dauerte lange. Und dann erschien Frénet endlich. Alleine. Aber ich wusste ja nicht, was unter Deck passiert war. Ich dachte, Théolien und Lanvalle schliefen, so oder so, und Frénet wäre nun auf dem Weg zu seinem Stelldichein mit Alice.« Er blickte wieder in ihre Richtung und sie funkelte ihn an. »Ich habe ihn bedroht, sagte ihm, ich würde ihn auffliegen lassen, aber ...«

»Frénet war niemand, der sich so leicht einschüchtern ließ«, ergänzte Duval.

»Nein, er hat mich beschimpft und sich über mich lustig gemacht. ›Impotenter Sack‹ hat er mich genannt.« Pascal Moriani warf nun einen bösen Blick Richtung Alice. »Dieses Flittchen muss ja jedem hergelaufenen Wichser erzählen, dass ich einmal ein Problem hatte! EIN EINZIGES MAL! Und das muss sie rumposaunen!«

Alice verzog verächtlich das Gesicht.

Der Wirt schüttelte den Kopf und sah Alice direkt an: »Ich hätte alles für dich getan, Alice! Alles! Ich wollte mein Leben mit dir verbringen! Das Geld habe ich auch für uns genommen. Damit hätte ich das Bistro für den Winter schließen können und wir hätten nach Korsika segeln und den Winter dort verbringen können, ein paar Monate nichts tun, nur du und ich ... das wolltest du doch?« Der Wirt sah sie beinahe flehentlich an, aber Alice zog nur abfällig die Mundwinkel nach unten. Der Blick des Wirts wurde dunkel und hasserfüllt. »Vor einer Woche wolltest du das noch! Aber dann beschließt du aus dem Stand mit dem erstbesten Arschloch abzuhauen, nur weil er dir die Ohren vollsäuselt und dir ein Faulenzerleben verspricht. Das war ein Arschloch, dieser Frénet, hörst du? Ein Arschloch und ein Krimineller dazu!«

»Und deshalb haben Sie ihn umgebracht? Weil er Ihnen Alice wegnehmen wollte?«

»Ich wollte ihn nicht umbringen. Ich wollte das Geld, und dann wollte ich, dass er Alice in Ruhe lässt und sich verpisst. Das war alles.«

»Aber ein Messer hatten Sie für alle Fälle mal dabei?«

Der Wirt sah den Commissaire empört an: »Na, aber hallo ... ich habe *immer* ein Messer bei mir. Wie alle hier. Ich habe ein Boot, ich gehe angeln, wenn ich mal Zeit dafür finde. Für irgendwas brauchen Sie auch hier im Bistro immer ein Messer, und sei es nur um Verpackungen zu öffnen oder um einen Kabelbinder abzuschneiden.«

Duval nahm es schweigend zur Kenntnis. Natürlich trugen fast alle Männer ein Messer mit sich herum. Im ländlichen Frankreich gab es sicher nicht einen Mann, der nicht wenigstens ein *Opinel* oder *Laguiole* in der Hosentasche trug, wenn nicht gar ein Messer mit feststehender Klinge am Gürtel. Im ländlichen Frankreich diente den Männern das Arbeitsmesser auch zum Essen und niemand fand etwas dabei, wenn jemand im Gasthaus verächtlich das unscharfe Messer seines Gedecks zur Seite schob, hingegen sein eigenes Messer aus der Hosentasche zog und aufklappte, um sein blutiges Steak nun mit einem vernünftig schneidenden Messer zu verzehren.

»Sie hatten also ein offenes Messer in der Hosentasche?«, fragte Duval.

»Nein. Natürlich nicht. Ich weiß nicht, wie es kam, ich habe es wohl geöffnet, ich erinnere mich nicht«, verteidigte sich Moriani. »Ich habe ihn nicht mit dem Messer bedroht, also zunächst nicht. Aber der war plötzlich so in Rage und ist auf mich losgegangen. Da habe ich wohl das Messer gezogen und zugestochen, ich kann mich nicht mal erinnern, es war ein Reflex, verstehen Sie? Ich wollte ihn mir nur vom Hals schaffen. Ich habe mich gewehrt!«

Alice heulte wie eine Hyäne auf und krümmte sich, als habe sie Schmerzen. Sie sank mit einem lang gezogenen Jaulen zu Boden. Dort wimmerte sie zusammengekauert vor sich hin.

»Sie haben dreimal zugestochen!« Duvals Ton war schneidend.

»Kann sein, weiß ich nicht. Es war ein Reflex ... ich habe mich verteidigt! Ich dachte, der bringt mich um!«

»Aber Frénet hatte keine Waffe bei sich.«

Alice jaulte erneut.

»Woher sollte ich das denn wissen?«, verteidigte sich der Wirt erneut. »Ich musste doch mit allem rechnen, bei so einem Gauner! Und es war dunkel. Ich konnte nicht sehen, ob er eine Waffe hatte, aber ich war mir ganz sicher, dass er eine hatte. Und der war außer sich, den hätten Sie erleben müssen!« Der Wirt gab sich als Opfer. »Ich hatte wirklich Angst um mein Leben!«

»Aber trotz dieser Angst um Ihr Leben konnten Sie ihm doch irgendwie das Geld abnehmen. Wie haben Sie das gemacht?«

»Ich weiß nicht.« Moriani schüttelte den Kopf. »Es ging alles so schnell.« Er überlegte. »Ich hatte gedacht, er würde mir die Tüte geben, wenn ich ihn nur ordentlich einschüchterte ...«, er zuckte die Achseln, »aber das hat nicht funktioniert. Ich wollte ihm nichts antun, wirklich nicht, das müssen Sie mir glauben! ... Und dann begann er mich anzugreifen und dabei habe ich versucht, ihm die Plastiktüte aus der Hand zu reißen, aber er ließ sie nicht los, sondern stürzte sich wie ein Verrückter auf mich. Er schlug und trat auf mich ein, hier, schauen Sie ...«, er krempelte ein Hosenbein hoch und zeigte zum Beweis ein großes dunkles Hämatom an seinem Schienbein, »er ließ sie erst los, als ...« Moriani sprach nicht weiter. »Dann ist er plötzlich auf dem Steg zusammengebrochen und stöhnte.«

Alice wimmerte leise vor sich hin.

»Er ist zusammengebrochen, weil Sie dreimal auf ihn eingestochen haben«, ergänzte Duval sachlich.

Pascal Moriani schwieg dazu.

»Drei Mal. Dabei haben Sie ihm die Leber durchbohrt, die Milz verletzt und zusätzlich eine Arterie, die den Darm versorgt. Um die Leber derart zu perforieren, mussten Sie schon mit erheblicher Gewalt zustechen, Monsieur Moriani.«

Moriani sah ihn ausdruckslos an. »Ich habe mich nur verteidigt«, wiederholte er stoisch.

»Wie ging es weiter?«, fragte Duval.

»Dann ist er zurück aufs Schiff. Ich habe noch einen Moment gewartet, ob er wiederkäme, aber er kam nicht mehr.«

»Nein. Er kam nicht mehr. Er hat sich unter Deck geschleppt und hat in seiner Kabine noch versucht, sich selbst zu verbinden und ist dort jämmerlich verblutet. Und Sie haben ihn verbluten lassen.«

Alice heulte wieder laut auf.

»Aber ... aber das wusste ich ja nicht ... ich wusste ja nicht, dass er so stark verletzt war. Ich wollte ja nur, dass er sich verpisst und Alice zukünftig in Ruhe lässt ...«

*»Pauvre type!«*, zischte Alice und sah ihn voller Abscheu an: »Du Idiot! Ich wäre so oder so gegangen!«

Der große Mann sah plötzlich erschöpft aus. Alle Kraft schien aus dem muskulösen Körper gewichen zu sein, gebeugt und mit hängenden Schultern stand er da und starrte Alice stumm an. Dann wandte er sich ab. Sein sonnengebräuntes Gesicht wirkte grau und müde.

»Und Ihr Messer haben Sie danach ins Meer geworfen?«

»Ja.« Moriani sprach nun mit veränderter Stimme. »Ich hatte es wie ein Idiot noch in der Hand, als ich am Ufer ankam, und habe es einfach weggeschleudert. Ich, ich ... ich hatte das ja nicht vor, verstehen Sie? Ich hatte keinen Plan, ich habe in dem Moment auch nicht darüber nachgedacht, ob es wirklich ein guter Ort war, um es verschwinden zu lassen ...«

Duval ging an ihm vorbei und rief in das Treppenhaus: »Philippe!«

Der *Garde Forestier* hatte nur darauf gewartet. Er kam bereits die Treppe hinauf.

Duval war dankbar für die Präsenz von Philippe Gantois, aber Pascal Moriani hatte sich ohne Widerstand Handschellen anlegen lassen. Der große Mann wirkte gebrochen, alt und grau. Als sie sich anschickten, die steile Treppe zum Gastraum hinabzusteigen, öffnete sich energisch die Tür des Bistros. Madame Marnier wehte auf hohen Abätzen herein und mit ihr eine Welle von Parfüm. Ihre rote Haarmähne war vom Wind zerzaust, ihr Gesicht war leichenblass. Hinter ihr erschienen zwei Beamte der Wasserschutzpolizei. »Na, was geht denn hier ab?«, fragte sie und musterte Duval, den *Garde Forestier* und Pascal Moriani in Handschellen. Als Letzte erschien verheult und aufgelöst Alice. Madame Marnier knallte ihre Aktentasche auf einen Tisch. »Da komme ich ja wohl gerade richtig! Würden Sie mich bitte informieren? Und können wir dafür irgendwo ungestört sein?« Sie sah sich um.

Duval führte die Richterin ins Nebenzimmer und gab einen kurzen Lagebericht. »Ich denke, das Mädchen hatte eine derart kleine Nebenrolle in diesem Spektakel, dass ich vorschlage, sie außen vor zu lassen«, beschloss er seine Ausführungen.

Madame Marnier zog spöttisch die Augenbrauen hoch. »Die Kleine hat es Ihnen wohl angetan, was, Commissaire? Verlieren Sie mal nicht Ihre Objektivität, ich bitte Sie!«

»Keine Sorge, Madame Marnier, ich verliere meine Professionalität schon nicht nur wegen zweier schöner großer Augen.«

»Ach, wenn es immer nur die Augen wären ...« Sie war bissig.

»Ich bitte Sie, Madame Marnier!« Duval war ungehalten. Wie gut, dass er Alice widerstanden hatte, dachte er, so hatte seine Verärgerung über Madame Marniers Unterstellungen keinen falschen Ton. »Nein«, fuhr er sachlich fort, »ich denke, man hat sie manipuliert. Sie ist ein bisschen labil und leicht manipulierbar, aber ich denke, das alles war ihr eine Lehre und ich bin sicher, so etwas kommt nicht noch einmal vor. Wir sollten ihr nicht die Zukunft vermasseln mit einem Eintrag ins Strafregister.«

»Sie reden wie ein Sozialarbeiter, Duval. Ich habe diese Phrasen so satt. Hören Sie, sie ist keine sechzehn mehr, sie ist eine erwachsene Frau, die gefälligst Verantwortung übernehmen muss für das, was sie tut. Wo kommen wir denn da hin?« Sie winkte ab. »Erzählen Sie das alles Ihrem Kapitän, wenn Sie den überzeugen können, dass er keine Anzeige wegen Körperverletzung erstattet, können wir noch einmal darüber nachdenken«, fügte sie gnädig hinzu. Sie zog einen Durchsuchungsbeschluss für die *King II* aus ihrer Aktentasche. »Was machen wir hiermit? Das hat sich dann ja wohl erledigt?! Es gibt keinen Zusammenhang zwischen Orsini und den Toten.«

»Trotzdem«, insistierte Duval. »Ich finde, wir sollten die *King II* auf jeden Fall durchsuchen. So eine Gelegenheit kriegen wir so schnell nicht wieder. Vom Geständnis Morianis weiß Orsini ja noch nichts. Und einen Zusammenhang gibt es ja doch: Er hat Frénet in Capri für Kurierfahrten angeworben. Da bin ich sicher. Und vielleicht hat er neben seiner Modekollektion auch Drogen an Bord, wer weiß, vielleicht machen wir einen schönen Stich, und wenn nicht, haben wir ihm wenigstens gezeigt, dass wir ihm auf die Finger schauen!« Duval war entschieden.

Während die Beamten die große weiße Jacht Zentimeter für Zentimeter durchsuchten, stand Santo Orsini breitbeinig und mit verschränkten Armen im Salon und kaute auf einem Kaugummi. Seine Genugtuung darüber, dass die Beamten offensichtlich nichts fanden, wurde von der Tatsache getrübt, dass Madame Marnier sich geweigert hatte, ihre Schuhe auszuziehen. Keinesfalls würde sie auf Strümpfen auf dem Schiff herumlaufen. »Madame!«, hatte er sie angeraunzt. »Das gehört sich nicht auf einem Schiff, das müssten Sie doch wissen!«

Aber in diesem Ton konnte man ihr nicht kommen. »Was sich gehört oder nicht, darüber können wir auch gern morgen um 8 Uhr in meinem Büro diskutieren, Monsieur Orsini«, sagte sie kalt. »Sie haben vor ein paar Wochen zu gleicher Zeit wie die *Zephyr* in Capri angelegt. Und jetzt sind Sie beide ebenfalls hier und wir haben zusätzlich zwei Tote auf der *Zephyr*. Das ist doch ein eigenartiger Zufall, finden Sie nicht?«

»Eigenartig, was wollen Sie denn damit sagen? Das ist ein Zufall, ja. Capri, Capri, ich war auf Capri, weil ich dort meine Modekollektion in einer Boutique vorgestellt habe. Das ist nicht verboten, soviel ich weiß!? Ich mache Luxusmode für Luxusboutiquen, also bin ich an Luxusorten. Basta. Ich war nicht nur auf Capri, ich war auch in Portofino, in San Remo und in Monaco.«

»Ja, das habe ich überprüft«, nickte Madame Marnier. »Mich interessiert aber vor allem Capri. Sie haben dort im Zwei-Sterne-Restaurant *L'Olivia* gegessen.«

Orsini machte ein »Na-und«-Gesicht.

»Haben Sie dort gegessen?«

»Ja, vielleicht. Ich habe in den letzten Wochen in so vielen Restaurants gegessen, was weiß ich, wie die alle heißen.«

»Schauen Sie, die Familie Longley hat mit ihren Freunden exakt zum gleichen Zeitpunkt auch dort gegessen, und weil sie reizende und großzügige Menschen sind, haben sie Ihre Crew eingeladen. Sie waren also schon auf Capri in unmittelbaren Kontakt mit der Crew der *Zephyr*. Interessant, nicht?«

»So ein Quatsch. Ja, ich habe dieses Segelschiff gesehen, so groß ist der Hafen von Capri nicht. Und wir haben vielleicht im selben Restaurant gegessen, na und? So viele anständige Restaurants gibt es dort auch nicht. Aber wir hatten keinen Kontakt und ich habe mit diesen beiden Toten nichts zu tun.«

»Mäßigen Sie Ihren Ton, Orsini. Natürlich hatten Sie Kontakt. Wir wissen, dass Sie Sébastien Frénet dort angeboten haben, Kurierfahrten für Sie zu machen.«

»Was habe ich?« Orsini brach in ein künstliches Gelächter aus. »Kurierfahrten für was denn, bitte schön? Wer erzählt denn so was? Nie und nimmer.«

»Erklären Sie mir doch, warum Sie ausgerechnet hier am Steg angelegt haben. Zum gleichen Zeitpunkt wie die *Zephyr*.«

»Fragen Sie doch mal den Skipper von der *Zephyr*, warum er hier angelegt hat«, gab er rotzig zurück und Madame Marnier machte augenblicklich in ihren Pumps einige energische Schritte auf den empfindlichen Holzplanken.

»Madame!«, schrie er erschrocken auf. »Es ist nicht mein Schiff!«

»Warum regen Sie sich dann so auf?«, gab sie ungerührt zurück. »Aber kommen wir mal darauf zu sprechen. Es ist nicht Ihr Schiff, es gehört Louis Cosenza, wenn ich recht informiert bin.« Sie sah ihn fragend an und Orsini nickte. »Ich wusste gar nicht, dass Monsieur Cosenza auch in der Schiffsvermietung tätig ist.«

»Er stellt mir das Boot kostenlos zur Verfügung. Ich zahle

den Unterhalt, solange ich es habe. Das ist ein Freundschaftsdienst.«

»Ach, wie nett. Und welchen Freundschaftsdienst erweisen Sie ihm dafür?«

»Ich weiß nicht, von was Sie sprechen.«

»Warum also sind Sie hier?«, fragte Madame Marnier erneut.

»Ob Sie es glauben oder nicht, Madame, ich habe ein Problem mit dem Motor des Schiffes und warte auf ein Ersatzteil und einen Mechaniker. Seit drei Tagen warte ich. Das ist vielleicht ein miserabler Service, das kann ich Ihnen sagen … aber niemand arbeitet heute noch korrekt, alles Faulenzer und Halsabschneider …«

»Ah, ich würde mich an Ihrer Stelle nicht allzu weit aus dem Fenster lehnen!« Energisch stöckelte Madame Marnier mit ihren hohen Absätzen über den empfindlichen Holzboden hin und her und ignorierte geflissentlich den wütenden Blick Orsinis. »Nicht wahr?« Sie lächelte ihn böse an. »Ausgerechnet hier hat Ihr Boot einen Motorschaden?«

»Ja, Madame!« Er hob in einer gespielt hilflosen Geste die Arme. »Was wollen Sie da machen?«

»Das ist aber nicht der einzige Grund, warum Sie hier sind, nicht wahr?« Ihr Ton wurde scharf.

»Nein, Madame«, Orsini sprach nun mit einer onkelhaften Stimme, als erkläre er einem uneinsichtigen Kind die Welt, »lassen Sie es mich Ihnen erklären, Madame. Schauen Sie, ich promote mein Modelabel, und ich suche eine passende Immobilie in Cannes für eine Kinderboutique, ich werde im Frühjahr nämlich mit meinem Modelabel *Santino* für Kinder rauskommen, das habe ich auch Ihrem Commissaire bereits gesagt, Madame. Und ich bin möglicherweise ein bisschen anspruchsvoll, denn ich habe noch nicht das Richtige gefunden, insofern bin ich immer noch hier. Verstehen Sie das, Madame?«

»Ja, stellen Sie sich vor, Monsieur Orsini, das verstehe ich«, sagte Madame Marnier in einem bissigen Ton zurück. »Sie werden also in Cannes eine Immobilie erstehen?«, fragte sie zuckersüß.

»Noch habe ich nicht das Richtige gefunden, aber ja, eine Boutique auf der Croisette würde mir durchaus gefallen.« Er sah die Richterin selbstgefällig an.

»Sie verstehen, dass ich das im Auge behalten werde, und zwar mit allen Möglichkeiten, die mir zur Verfügung stehen«, gab Madame Marnier trocken zurück.

»Madame!«, versuchte es Orsini nun im aufgebrachten Ton des unschuldig Verdächtigten. »Ich habe mir nichts mehr zuschulden kommen lassen, ich bin völlig korrekt! Ich bin jetzt in der Modebranche, wollen Sie das nicht verstehen? Wirklich, ich habe nach dem Knast mein Leben geändert. Das ist doch das, was Sie immer wollen, dass man sich ändert und nicht mehr rückfällig wird, oder? Das habe ich gemacht. Ich bin völlig korrekt. Und wenn man dann korrekt ist, lassen Sie einen immer noch nicht in Ruhe, *quel bordel de merde!* Was wollen Sie denn noch? Sind Sie neidisch, dass ich damit mehr Kohle mache als Sie?« Demonstrativ sah er auf seine protzige Armbanduhr. »Dass ich mir eine Boutique auf der Croisette leisten kann?«

»Werden Sie mal nicht unverschämt, Orsini.« Madame Marnier machte einen kleinen energischen Flamencoschritt und stampfte kurz auf.

Orsini schnaufte.

»Die USA haben Sie also zu Unrecht ausgewiesen?«

»Ach, hören Sie mir mit den Amis auf.« Er winkte verärgert ab. »Da wollte mir jemand aus der Konkurrenz an den

Karren fahren, der hat nicht verkraftet, dass ein kleiner Frenchie bessere Geschäfte macht, und hat mich verleumdet. Ich habe mir nichts vorzuwerfen, wirklich, ich habe nichts Gesetzeswidriges getan.«

»Wir haben nichts Auffälliges gefunden, Madame.« Die Männer, die die Durchsuchung durchgeführt hatten, schüttelten den Kopf. »Nichts. In den Kartons, die sich in einer der Kabinen stapeln, haben wir ausschließlich Hemden und T-Shirts der Marke *Santo* gefunden.«

Santo Orsini konnte seine Genugtuung darüber kaum verbergen.

Madame Marnier aber gab noch nicht auf. Als sich am folgenden Tag die Wetterlage beruhigt hatte, ließ sie zwei Taucher den Schiffsrumpf und den Meeresgrund absuchen. Nur einen Steinwurf entfernt von der *King II* fanden sie einen Revolver, einen .357 Magnum der Marke Smith & Wesson, sowie die Reste eines aufgeweichten Kartons mit entsprechender Munition. Aber Orsini stritt vehement ab, diese Waffe besessen zu haben und legte stattdessen eine Schmierenkomödie hin: »Oh, là, là«, machte er in gespielter Empörung. »Also das ist wirklich ekelhaft, was die Leute heutzutage alles ins Meer schmeißen! Wirklich! Ich bin zwar kein *Écolo*, aber das geht doch zu weit.«

»Dieser Hund!«, schimpfte Madame Marnier. »Er macht sich wirklich über uns lustig! Und nichts haben wir! Nichts! Nur lächerlich haben wir uns gemacht!«

»Ein bisschen geärgert haben wir ihn. Viel mehr konnten wir ja nicht erwarten. Dass er nicht der Mörder war, stand ja schon fest. Immerhin haben wir ein neues Ausstellungsstück fürs Polizeimuseum«, meinte Duval trocken und besah sich den Revolver. »Kleines Schmuckstück! Davon musste er sich ja leider kurzfristig trennen. Denn natürlich ist es seine Waffe.«

»Natürlich.«

»Und wir behalten ihn und seine Transaktionen im Auge. Und an Sie wird er sich sowieso noch lange erinnern«, fügte er ironisch lächelnd hinzu und dachte an die kleinen Kerben, die Madame Marnier mit ihren Absätzen wütend in die teuren Holzplanken getreten hatte.

»Ich weiß nicht, von was Sie reden«, sagte sie, aber in ihren Augen blitzte doch kurz ein Lächeln der Genugtuung auf. Sie verzog dennoch bitter den Mund: »Das sind kleine Spielchen, aber das ist nicht genug, einfach nicht genug.« Sie atmete durch. »Gut, Duval, ich habe hier nichts mehr zu tun und fahre mit den Kollegen vom Wasserschutz zurück. Was machen Sie?«

»Ich werde Philippe Gantois noch einmal aufsuchen und ihm berichten«, sagte Duval. »Und später nehme ich die Fähre.«

»Gut, ich erwarte dann Ihren Abschlussbericht!« Sie streckte ihm die Hand entgegen. »*Au revoir*, Commissaire.«

Duval nickte und drückte ihre Hand. »*Au revoir*, Madame la Juge.«

Er blieb am Steg stehen und sah zu, wie das Boot der Wasserschutzpolizei ablegte. Dann drehte er sich um und ging Richtung Inseldorf.

# Epilog

Sie glitten bei nur leichtem Wind aus Südost über das Meer dahin. Es war etwas frisch, aber die Sonne strahlte hell vom Himmel. Wie unglaublich, dass nach drei Tagen Sturm und Regen das Wetter noch einmal so umschlagen konnte. Blickte man Richtung Horizont, so waren dort nur Weite und unendliches Blau. Azurblauer Himmel und dunkles stahlblaues Meer. Blau. Weite. Stille. Hin und wieder knatterten die Segel ein wenig, die Maste ächzten. Eine Möwe grüßte schreiend, während sie sich übermütig in die Lüfte schwang. Er dachte nichts. Alle Gedanken waren an Land geblieben. Er war nur da, präsent inmitten dieser Stille, diesem Blau, dieser Weite. Er fühlte weder Ärger noch Schwere. Beglückend leicht war sein Herz, als könne auch er sich aufschwingen und mit der nächsten Möwe davongleiten. Gleichzeitig fühlte er sich klein, verletzlich und demütig angesichts der Weite. Die *Zephyr* glitt durch das leise rauschende Meer, die Wellen plätscherten an den Bug, die Segel knatterten.

»Alles in Ordnung?« Théolien sah ihn prüfend an.

Duval nickte. »Alles in Ordnung«, sagte er mit belegter Stimme.

»Ist Ihnen schlecht?«

»Nein.« Duval räusperte sich. »Ich bin nur sehr ... berührt.«

»Ah.« Théolien nickte. »Es ist immer wieder so großartig«, sagte er ernst. »Wenn ich alleine bin und weit draußen, dann flenne ich manchmal wie ein Kind und manchmal möchte ich schreien, weil ich es nicht aushalten kann vor Glück. Aber dann dreht meist Gott sei Dank der Wind und man besinnt sich, dass man wieder konzentriert etwas tun muss.« Er stand sehr aufrecht neben ihm und der Wind zauste ihm durch Haare und Kleidung.

Théolien hatte ihn zu seiner Überraschung eingeladen, an Bord der *Zephyr* bis nach *La Ciotat* zu segeln, wo er die Jacht zu einer Werft bringen würde. Duval hatte augenblicklich zugesagt. Bedenken wegen seines Übelkeitsproblems waren ihm erst danach gekommen. Aber Théolien hatte nur abgewinkt. »Seekrankheit ist eine Erfindung der Pharmaindustrie«, hatte er gebrummt. »Nehmen Sie ein ordentliches Frühstück zu sich und denken Sie einfach nicht daran.« Vorsichtshalber hatte er dennoch ein Mittel gegen Seekrankheit genommen, und als sie die erste halbe Stunde mit dem Motor hinausfuhren, hatten ihm die Vibrationen und das Dröhnen des Motors unangenehm im Magen resoniert. Aber seit Théolien und die zwei für diesen Törn angeheuerten Seeleute die Segel gesetzt hatten und sie nur noch leise zischend dahinglitten, war auch der leichte Druck im Magen verschwunden. Unter Deck wagte er sich dennoch nicht, aber den Kaffee, den ihm einer der Männer angeboten hatte, hatte er dankend angenommen. Nun glitten sie Richtung Westen, der Wind war ihnen gewogen und Duval genoss die Fahrt. Er musste nichts tun, sah aber Théolien und seiner kleinen Crew bewundernd zu, wie sie Segel setzten und refften, die Segel immer sofort zusammenfalteten und verstauten und die Leinen danach wieder zu Bunschen aufschossen und sie mit eleganten Knoten an die Wanten hängten oder damit die Nagelbanken belegten. Jeder Handgriff saß, alle wussten, was sie zu tun hatten und sie balancierten mit einer bewundernswerten Sicherheit und Leichtigkeit auf dem Deck. Manchmal sah man ein Schiff am Horizont auftauchen, das mehr und mehr Konturen annahm, um dann in einem großen Bogen in eine andere Richtung davonzusegeln. Auf Steuerbord sah man von Weitem die Küste, aber Duval zog es vor, auf die Meerseite zu blicken, Backbord, wie er gelernt hatte. »*Les copains d'abord, les copains d'abord*«, brummte er leise den Refrain eines Chansons von Brassens. »*Les copains d'abord*« war auch der Name des Schiffes von Brassens, ein Wortspiel über die Freunde, die er an Bord seines Schiffes hatte, und über die echte Freundschaft, die für ihn zuallererst kam im Leben. Das gleichnamige Lied war genau das: eine Hymne auf die wahre Freundschaft. *Son capitaine et ses mat'lots, n'étaient pas des enfants d'salauds, mais des amis franco de port, des copains d'abord.* Er blickte zu Théolien, der schweigend und lässig das Steuerrad hielt und dachte an die beiden Männer, die den Tod gefunden hatten auf diesem wundervollen Schiff. Und er dachte an Alice. Théolien hatte sich entschlossen, keine Anzeige gegen sie zu erstatten und Madame Marnier schien geneigt zu sein, sich der Sicht Duvals anzuschließen, dass Alice Théolien unwissentlich ein Betäubungsmittel verabreicht hatte und ohne Kenntnis des geplanten Raubs war. Duval hatte bei seinem letzten Besuch noch einmal das Bistro aufgesucht. Es war bis auf Weiteres geschlossen. Alice aber hatte er zu seiner Überraschung im Forsthaus angetroffen, als er Philippe Gantois über den Ausgang der Ermittlungen informieren wollte. Sie schien von den Ereignissen stark mitgenommen zu sein und nach wie vor ohne klare Zukunftsperspektive. »Erst mal bleibe ich hier«, sagte sie auf Duvals Frage,

»zumindest so lange, wie Philippe mich erträgt.« Sie warf dem *Garde Forestier* ein ironisches Lächeln zu. »Sie hat mir versprochen, mit dem Rauchen und dem Trinken aufzuhören«, erklärte er Duval. »Was?«, schrie Alice. »Niemals!« Der *Garde Forestier* seufzte gespielt. »Es ist noch ein langer Weg.«

Duval lehnte sich in der Plicht zurück und ließ sich von der Weite und dem Blau überfluten. Er war schweigsam und er war froh, dass auch Théolien und die beiden Seeleute eher schweigsame Männer waren und die Fahrt still zu genießen schienen. Sie segelten zunächst gemächlich an La Ciotat vorbei und hinein in das kristallklare türkisblaue Wasser und die bizarren weißen Felsformationen der *Calanques*. In den kleinen einsamen Buchten, die zum Teil nur vom Meer zugänglich sind, entdeckte man die pittoresken weißen Fischerhäuschen oft erst auf den zweiten Blick, so sehr verschmolzen sie mit dem Weiß der kalkigen Felsen. Der Anblick war atemberaubend. Doch mit der Nähe zum Festland machte sich auch der Arbeitsalltag wieder in Duvals Kopf bemerkbar. Die Postkartenidylle konnte Duval nicht davon ablenken, an einen jüngst vergangenen Mord zu denken, der ausgerechnet hier in den abgeschiedenen und zerklüfteten *Calanques* stattgefunden hatte: Einen scheinbar untadeligen Rentner hatte man an den Anker seines Schiffes gebunden und ins Meer geworfen.

»Alles in Ordnung?« Théolien unterbrach seine Gedanken.

»Ja, danke, das war wirklich ein großartiger Tag. Ich habe es sehr genossen. Noch nie war ich so komplett raus aus der Tretmühle und so leer im Kopf, das war wirklich ein Erlebnis! Aber jetzt nähere ich mich gedanklich schon wieder der Arbeit. Ist schwierig, das abzuschalten, was wollen Sie machen ... aber egal«, Duval machte eine wegwerfende

Handbewegung, »ich habe jetzt erst mal eine Woche frei! Wie geht es denn mit Ihnen weiter?«, fragte er dann.

Théolien zuckte die Achseln: »Ich weiß es noch nicht. Longley wird sich von der *Zephyr* trennen, das ist sicher. Seine Gattin erträgt die Vorstellung nicht, mit einem Schiff zu segeln, auf dem zwei Morde verübt worden sind.« Er sah vor sich hin. »Und ich fühle mich der *Zephyr* mehr verbunden als Longley. Sie ist ein gutes Schiff.« Ernst blickte er Duval an. »Ich sage Ihnen was, vielleicht verstehen Sie es: Schiffe haben eine Seele! Also vielleicht nicht gerade diese protzigen weißen Plastikjachten, aber dieses hier«, er tätschelte liebevoll den hölzernen Mast der *Zephyr*, »dieses hier schon. Ich kann die *Zephyr* nicht verlassen, nicht nach allem, was wir miteinander erlebt haben und gerade wegen der Morde, aber das wird eine Madame Longley nie verstehen.« Sein Ton war resigniert. »Ich hoffe, sie findet einen anständigen neuen Eigner, für den ich dann vielleicht arbeiten kann.«

»Sie können sie nicht selbst erwerben und dann Törns zum Mitsegeln anbieten? Das gibt es doch, oder?«

»*Naha.*« Théolien lachte kurz auf. »Schön wär's. Nehmen Sie es mir nicht übel, Commissaire, aber Sie haben wirklich keine Ahnung. Wissen Sie, was so ein Schiff kostet? Und schlimmer noch, was für Folgekosten da dranhängen? Für Reparaturen, für den Unterhalt ...« Er schüttelte den Kopf. »Das ist unvorstellbar! Allein die Kosten für die Liegezeit in einem Hafen ... ich habe zwar ein bisschen was auf die hohe Kante gelegt, aber das ist jenseits meiner Möglichkeiten. Segeln mit so einem Schiff, das bleibt ein Spaß für die ganz Reichen. Und ich bin ja beileibe kein Millionär. Nein, leider, das bleibt ein Traum.«

Im Zug zurück verwandelte sich das Glück des erlebten Tages in eine schwere Müdigkeit und Duval sah schläfrig aus dem Fenster. Er sah das Meer immer wieder zwischen den verhuschten Schatten von Bäumen und Siedlungen hervorblitzen. Die Sonne, der sie den ganzen Tag entgegengefahren waren, war schon ganz in den Westen gewandert und das Abendlicht war warm. Der Himmel färbte sich rötlich. Duval seufzte tief. Immer noch war die Côte d'Azur so wundervoll blau und grün, ein dunkles Immergrün, und nur dort, wo die wenigen Platanen standen, in Schulhöfen oder auf Bouleplätzen, fiel raschelnd Laub zu Boden, so wie er es aus Pariser Gärten und Parks kannte. Die Platanen aber waren seit geraumer Zeit krank: Ihr Laub wurde im Frühjahr nicht richtig frischgrün und im Herbst nicht richtig sattgelb. So fahl und gelblich und mit einem milchigen Schleier überzogen, wie die Blätter während der Sommermonate gewesen waren, fielen sie jetzt auch zu Boden. Auch viele der Palmen waren krank, Käferlarven des roten Rüsselkäfers verschlangen gefräßig das Innere der meisten Dattelpalmen, die diesem Angriff hilflos ausgesetzt waren. Ihre langen Palmwedel vertrockneten und fielen ab. Nach dem Sturm der letzten Tage sah man erst, wie viele Palmen betroffen waren und wie sie nun, ihrer majestätischen Krone beraubt, die langen Stämme unzüchtig nackt und klagend in den Himmel streckten.

Dennoch war es nun richtig Herbst geworden, die Luft war frischer, die Tage wurden deutlich kürzer und kaum war die Sonne untergegangen, wurde es fast augenblicklich dunkel und kalt. Duval zog seine Jacke enger und ließ die dunkler werdende blaugrüne Landschaft an sich vorbeiziehen.

Als er nach Hause kam, sprang die Rotgetigerte von der Mülltonne und rieb sich laut miauend an seinen Beinen. Das wurde aber auch Zeit, schien sie sagen zu wollen. »Na, du Katze«, sagte Duval und streichelte ihr kurz über das Fell. Sie schnurrte laut. Dann sprang sie vor ihm die Treppen hinauf und drängte sich, kaum hatte er die Tür geöffnet, durch den Spalt und an ihm vorbei. Vor dem Küchenschrank blieb sie sitzen und maunzte auffordernd. Er konnte das Futter fast nicht in das Schälchen geben, so sehr bedrängte sie ihn dabei. Sie schnurrte laut und stürzte sich hastig auf das Trockenfutter, das sie dabei auch wild neben das Schälchen warf. Duval sah zu und schüttelte amüsiert den Kopf.

Im Badezimmer hatte er das kleine filzige Seegras-Bällchen auf den Rand der Badewanne gelegt und einen liebevollen Gedanken an seine Großmutter geschickt. Bald war Allerheiligen. Er würde eine Blumenschale auf ihr Grab stellen. Weiße Alpenveilchen, die hatte sie so geliebt. Manchmal war er erstaunt, was ihm alles wieder einfiel. Später legte er eine Vinylplatte von Brassens auf und ließ sich schwer in das Sofa fallen. Als hätte sie nur darauf gewartet, sprang die Katze auf seine Knie und legte sich laut schnurrend zurecht. Er kraulte sie hinter den Ohren. Die Platte knisterte ganz leise, bevor Brassens zu singen begann.

Müde ließ er noch einmal den Tag Revue passieren. Was für ein Glück, am Meer zu leben. Er wollte wieder segeln, das war sicher. Vielleicht müsste er dafür nicht aktiver Segler werden und sportliche Regatten bei starkem Wind müssten es auch nicht gleich werden, so viel Herausforderung brauchte er nicht, aber mitsegeln, so wie heute, und hin und wieder einen Tag auf dem Wasser verbringen schien ihm eine fantastische Idee zu sein. Niemals vorher, weder beim morgendlichen Laufen noch beim Schwimmen hatte er sich so leicht und frei und fern aller Alltagssorgen gefühlt. Er war, so schien es, vom Segelvirus infiziert.

Seine Erkältung hatte sich hingegen glücklicherweise nicht durchgesetzt. Etwas kratziges Halsweh am Morgen und am Abend, das er erfolgreich mit Honig, Propolistropfen und Aspirin in Schach hielt. Heute würde er früh zu Bett gehen und morgen kämen Matteo und Lilly. Um 11.20 Uhr an Terminal 2. Hélène hatte ihn so oft erinnert, dass er die Flugnummer sogar im Schlaf aufsagen könnte. Eine freie Woche mit seinen Kindern lag vor ihm. Er freute sich unbändig.

# DANKSAGUNG

Mehreren Menschen sei an dieser Stelle gedankt, allen voran denen, die mich in die Welt des Segelns eingeführt haben:

Claudie und Jean-Philippe Godard, die mir von ihrem Leben als Kapitän erzählt haben, Marie-Claude Fauroux, die mich sowohl an Bord als auch unter Deck einiger wundervoller alter Segelschiffe führte, Rainer Huckele, Siegfried Augustat und vor allem Gerd Ziegler für viele technische Details und die deutsche Seglersprache und an Letzteren geht mein besonderer Dank für kritisches Lesen ausgewählter maritimer Textstellen.

Dank geht ebenso an Andreas Herrle, Arzt für Allgemeinmedizin in Landsberg, für seine Erklärungen zu tödlichen Stichverletzungen und Messern als Tatwaffe.

Ich danke dem Juge d'instruction Gérard Morel für seine stets freundliche juristische Unterstützung.

Und vor allem danke ich meinem Mann Thierry Cazon, dem ich die Einblicke hinter die Kulissen verdanke.

# Un mot de remerciement

Je remercie ici plusieurs personnes, tout d'abord ceux qui m'ont introduite dans le monde de la voile: Claudie et Jean-Philippe Godard qui m'ont parlé de leur vie à bord comme capitaines, Marie-Claude Fauroux qui m'a permis d'embarquer sur plusieurs vieux gréements, Rainer Huckele et Siegfried Augustat pour des détails techniques ainsi qu'à Gerd Ziegler. Je remercie particulierèment ce dernier pour sa lecture critique de quelques pages nautiques.

Je remercie Andreas Herrle, médecin généraliste à Landsberg pour ses explications sur les plaies perforantes et des couteaux comme arme de crime.

Je remercie le juge d'instruction Gérard Morel pour ses lumières et son écoute toujours aimable.

Et je remercie surtout mon mari Thierry Cazon qui me permet de voir ce qui se passe derrière la façade.

# Mord am Lago Maggiore

Bruno Varese. Die Tote am Lago Maggiore.
Ein Fall für Matteo Basso. Taschenbuch.
Verfügbar auch als E-Book

Bruno Varese. Intrigen am Lago Maggiore.
Ein Fall für Matteo Basso. Taschenbuch.
Verfügbar auch als E-Book

Bruno Varese. Totenstille über dem
Lago Maggiore. Ein Fall für Matteo Basso.
Taschenbuch. Verfügbar auch als E-Book

KiWi

Leseproben und mehr unter www.kiwi-verlag.de

# Machen Sie Urlaub in der Bretagne mit Kommissar Dupin

Jean-Luc Bannalec. Bretonische Verhältnisse. Ein Fall für Kommissar Dupin. Klappenbroschur. Verfügbar auch als E-Book

Jean-Luc Bannalec. Bretonische Brandung. Kommissar Dupins zweiter Fall. Klappenbroschur. Verfügbar auch als E-Book

Jean-Luc Bannalec. Bretonisches Gold. Kommissar Dupins dritter Fall. Taschenbuch. Verfügbar auch als E-Book

Jean-Luc Bannalec. Bretonischer Stolz. Kommissar Dupins vierter Fall. Taschenbuch. Verfügbar auch als E-Book

Jean-Luc Bannalec. Bretonische Flut. Kommissar Dupins fünfter Fall. Taschenbuch. Verfügbar auch als E-Book

Jean-Luc Bannalec. Bretonisches Leuchten. Kommissar Dupins sechster Fall. Klappenbroschur. Verfügbar auch als E-Book

Leseproben und mehr unter www.kiwi-verlag.de

Kiepenheuer & Witsch